ちくま文庫

結婚とわたし

山内マリコ

筑摩書房

この文庫について

本書は、二〇一七年にマガジンハウスより刊行した単行本『皿洗いするの、どっち？　目指せ、家庭内男女平等！』の文庫版です。二〇一三年から二〇一七年にかけて雑誌「an・an」にて連載していた、わたしの個人的な同棲生活・結婚生活について書いたエッセイが元になっています。最初の書籍化にあたり、二〇一五年までの原稿から抜粋して大幅に改稿、結婚ハウツー本のような形式で出版したものが『皿洗い〜』でした。

今回の文庫化にあたって、まったく別の本として楽しんでもらえるよう、連載時の日記形式に戻した〈完全版〉を採録し、後日談を加筆しました。

はじめに

この十年で時代は変わったし、価値観も変わったなぁとしみじみ思う今日このごろ。なかでも大きかったのは、SNSに女性たちが結婚にまつわるあれやこれやを吐き出し、家事や子育てといったパーソナルな領域の話題を共有するようになったことでした。

女性というだけで無条件にのしかかる家事負担。それを「おかしい」と思っても、かつては愚痴の形でその場しのぎ的に解消することしかできなかったのが、SNSに書き込まれ、ときに炎上して話題を集めたことによって、大いなる問題提起として社会に一石を投じるものになりました。

ちなみにここでいうSNSとは、青い小鳥のアイコンでお馴染みだったツイッターのこと。買収され、現時点では名前がXに変わってしまい、一時代が終焉しつつあります。ツイッターが一つのメディアとして影響力を増し、次第に言論空間の様相を呈するようになっていったあのころ。すでにオールドメディアになりつつあった雑誌の片隅で毎週ほそぼそと、家庭内男女平等を目指して身の回りのあれこれを拾い上げ、書き記していたのがこのエッセイです。最大瞬間風速的にどんどん言葉が流れて霧散していくツイッターに比べ、年月が経ってもこうして再び新たな本として命を吹き込まれるのは活字の強みですが、誰しもが十年前のツイートを発掘され晒されると「ヒィッ」となるように、わたしもいま、ものすごく恥ずかしいです。フェミニズム的視点を持ってものを書いていた自覚はあるものの、ジェンダー意識が大幅に向上した二〇二〇年代の感覚からすると、古くて「ん?」と思う箇所も。人は変わるし、変われる、ということが伝わればと思いそのあたりも温存しつつ、読みやすさを考慮して、ところどころ修正しました。

このエッセイを書いていた当時、わたしは三十代中盤。ライフステージが変化する真っ只中にあり、「女性」であることの当事者性が一気に高まる年齢・立場を生きていました。

結婚は甘いコーティングとは裏腹に、女性差別を内包しています。家庭という密室で、男女が対等な関係性を保つのは至難の業だけれど、それもこれも承知したうえで結婚に飛び込み、相手と真正面からぶつかり合いながら、家庭内での男女平等を目指す。

難しく考えずに楽しんでもらえる、ゆるい読み物エッセイにしようと思いつつ、内心ではそんな矜持を持って書いていました。

目次

そのうち結婚するつもり日記

2013年

同棲、はじめました

すべてのはじまりは二〇〇九年。あの夏のことは忘れもしません。彼氏はおろか男友達の一人もおらず、文学的ニート状態だったため気軽に話せる同僚的な男性もいないという日々が三年続いた夏のある朝。自分の二十代がこのまま、ビキニの一つも着ることなく終わろうとしているのだと気づき、わたしは死に近い恐怖を感じました。永遠に終わらない気がしていた有り余る若さの日々が、終わりかけているなんて――。

根っからの文化系のため、部屋にこもって愛猫チチモを撫でながら、映画を観たり本を読んだりしていれば幸せだったものの、気づいたら二十代最後の年。わたしはようやく内なる声をはっきりと聞いたのでした。

「彼氏が欲しくて死にそうだ」

恋愛至上主義ではないものの、体の底から突き上げてくるピュアな欲求はもはや自分の手に負えない。圧倒的に遊び足りていないことにはたと気がつき、急に若さが惜しくなり、焦りに焦ったのでした。

とりあえず取っ付きにくいビジュアルをなんとかしなくてはと、チャラくなることを決意。「ミステリアス」と褒めそやされたこともある黒髪ロングヘアーを軽薄な茶色に染め、死守してきた耳たぶにピアスの穴を空け（そしたら彼氏できるって聞いたから）、複数の男性とお食事などをし、慣れない夜遊びもし、海にも行き、花火にも行き、思いきり自分を見失って駆け抜けた、夏の終わりに彼氏ができました。大学時代の同級生と、卒業して五年も経ってから交際をスタートさせることになったのです。

当初の予定では交際三ヶ月で二十代のうちに電撃結婚するはずでしたが、ずるずる二年つき合ったところで東日本大震災が起き、一人暮らしは危険との防災意識から一緒に住むことが決定。二人とも地方出身者ゆえ、頼れる身内のいない東京での暮らしにちょっとでも安心感を、というセーフティーネットとしての同棲生活がはじまりました。なんだかんだで更に二年が経ち、その間にわたしは小説家デビュー。フリーランス稼業で自宅で仕事をしていた彼氏も勤め人に。しかし、婚約指輪を差し出す素振りは微塵もありません。

こう書くと、「早くプロポーズしてよ～」と思っているように誤解されるかもしれませんが、結婚に対するわたしのスタンスは非常にシビアなので、そういうわけでもないんです。したいような、したくないような……。

そんなエブリデイの同棲よもやま話をしたためようと思います。

自己紹介がてら人生を年表にまとめました。

十八歳　大阪の大学に進学。同じ学科にいた男性（彼氏、のちの夫）と知り合う。
二十二歳　サビ猫を拾う。チチモと名付け溺愛。
二十五歳　大学卒業後は富山の実家には戻らず京都へ。三年半ほど過ごす。
二十七歳　一念発起して上京。文学的ニート期に突入。
二十九歳　文学新人賞に引っかかるも、本を出すまでの道のりは遠い。
三十歳　彼氏とおつき合いスタート。
三十一歳　東日本大震災後、富山の実家に一時疎開。夏、同棲開始。
三十二歳　小説家デビュー。
　　　　雑誌「an・an」にて本連載スタート。この〈同棲、はじめました〉はその第一回にあたり、これまでの経緯を原稿用紙三枚に無理やり収めたものです。

東日本大震災がきっかけで結婚することを「震災婚」といい、ウィキペディアによるとその動機は、「死に対する恐怖から、相手の年収などということを考えずに共に暮らす者を求め」たことによるんだとか。われわれは死の恐怖にあってもなお結婚という道をとらず、その一歩手前の同棲で手を打ったのでした。

自由への逃走

同棲よもやま話を書きます、と前回宣言していたのに、これを書いているいま現在、一人でホテルに宿泊中です。同棲二年目、作家になって一年目のわたしは、ここ最近ホテルに家出する技を会得しました。しかも一人暮らし時代からの連れ猫、チチモの世話を彼氏に押し付けての脱走です。

原稿の執筆は主に近所の喫茶店、天気や気分次第で家に引きこもったりという感じで、最近は平日週末の区別なく励んでいます。ですが勤め人の彼氏は土日が基本的にオフ。昼過ぎに起きてソファでゴロゴロ、録りためた『タモリ倶楽部』や『ゴッドタン』を見てバカ笑いし、ちょくちょく仕事部屋のドアを開けては、用もないのに話しかけてきます。「一人で出かけて来れば？」と追っ払うと、路頭に迷ってパチンコに行ったりスーパー銭湯で垢すりしてもらったりと、なんか会社以外に居場所のない中年男性っぽいことに。そんな彼氏に部屋を譲り、パソコンを持ってカフェに逃げるも、週末は浮ついた客層で混雑しているし、もたもたしてると腹が減って夕飯問題（家で食べる？　外で食べる？　家で食べるなら誰が作る⁉）が浮上してしまう。そうなったらもうおしまいだ。

そこで、金曜の夕方あたりに都心から離れた安いホテルに部屋を取り、「帰りは月曜になります☆」とメールを送りつける強硬手段に出るようになりました。本当は自分も土日に休めるよう、仕事のリズムを作れればいいのですが。

ともあれ、ホテル生活は極楽です。「掃除してください」の札をドアノブにかけて朝食を食べに行き、部屋に戻ると「魔法でも使ったの⁉」というくらい完璧にクリーンな部屋に復元されているのです。食事の用意も掃除も誰かがやってくれる、その幸せを嚙み締めて、わたしはちょっと泣きました。

同棲してみて痛感したのは、なにより家事負担の重さ。とにかくまぁ面倒くさいです。一人が二人になったことで面倒くささは二倍になり、相手が彼氏、つまり男性であることで、その手間はなぜか三倍くらいに跳ね上がる。だからこそ週末のホテル暮らしで掃除済みの部屋に戻ったわたしは、感動に打ち震えたのです。家事を誰かにやってもらえるって最高。なんて幸せ！　ルララ〜♪

すると突然、窓の外からパパパパ〜ンと〝ゼクシィ〟のラッパの音が。鳴り渡る鐘と結婚行進曲に「げ！」と思ってカーテンを開けホテルの中庭を覗くと、チャペルウエディングがおっぱじまってるではありませんか。二年の同棲生活ですっかり心が荒《すさ》んだわたしには、シルバーグレーのタキシードを着てみんなから祝福されている新郎が、モンスターに見えました。家事負担を三倍増にする、男性という名のモンスターに……。

作家が原稿執筆のためホテルや旅館に押し込められることを「缶詰」といいますが、わたしは自主的に（自腹で）缶詰になってました。同棲時代は荻窪に住んでいたので、定宿はいまはなき吉祥寺第一ホテル、この回で泊まったのは立川にあるホテル。二十代ずっと暇だったのに、作家デビューしていきなり忙しくなり、てんてこ舞いの日々でした。

引っ越し事件

結婚式の準（？）主役である新郎を、よりにもよって「モンスター」と言い放つほど、男性を見る目が歪んでしまったことについて語らせてください。あれはそう、同棲直前、部屋探しをしていた日々に遡ります。

飼い猫を抱えての部屋探しは常に前途多難。アニマルに不寛容な世知辛い住宅事情は周知の通りですが、築年数の古い部屋なんかは交渉次第で入居ＯＫのところも結構あり、これまでガチンコ戦法でボロアパートを渡り歩いてきました。同棲ってことで家賃の予算も上ったし、いい感じの部屋を探すぞ〜とウキウキ気分で彼氏に「不動産屋いつ行く？」と聞くも、仕事が忙しいとかで、まず予定が立ちません。この時点で「彼氏と一緒に不動産屋巡りをして、最高の物件を見つける」という淡い夢はぶち壊しになり、不動産屋に行けない代わりに彼氏から、めぼしい物件の検索結果がメールで送られてきました。

メールに貼り付けられた大量のＵＲＬ。それらはたしかにどれも洒落ていていい感じです。が、その一件一件にペット可にならないか交渉するのはこのわたし。そして彼氏提案の部屋はすべて、ペット不可との返答でした。

長くなるので詳細を端折ると、ネットで検索し直して部屋を見つけたのもわたし、内見を申し込んだのもわたし、内見行くぞと彼氏の尻を叩いたのもわたし、引っ越しの見積もりで営業の人と熾烈《しれつ》な価格交渉をしたのもわたし、ガス水道などの手配をしたのもわたし、引っ越し当日、業者のおにいさんたちを相手にあれこれ指示を出したのもわたし、わたしわたしわたし……。とにかく引っ越しに関してのなにもかもを、いつの間にかわたしがやっていました。

そのころは文学的ニートという名の暇人だったので、自分が稼働するのは当然と思っていたものの、やっぱり腑に落ちません。なんかすごく嫌だこの展開！　と、モヤモヤしたわだかまりができました。

引っ越し事件から見えてきた彼氏の習性はこの三点。
・基本的になにもしない
・そのわりに口は挟んでくる
・感謝の言葉が足りない
そう、引っ越しの時点で、のちの同棲生活でわたしが彼氏に抱く不満のすべてが出揃っていました。そしてこの日を境に、わたしは「男性とはなんぞや?」という迷宮に入り込むことになり、今後連載が続く限り、長々と、くどくどと、その研究成果を報告していくつもりであります。

兎にも角にも、デート期間中はギリ保たれていた思春期恋愛めいたふわふわした世界観は、同棲をはじめて以来「生活」という魔物によって強制終了したのでした。まだ結婚もしてないのに。

そして以降、それまでいいところを見せていた彼氏の化けの皮が剝がれ、もちろんわたしのもボロボロと剝がれまくり、ついにあの悪名高き、皿洗い戦争が勃発するに至るのです。

個人を性別に一般化して「女は」「男は」で語る行為は、「主語がデカい」と評されることもしばしば。ですがこのエッセイでは、ジェンダー的に自分が女で、相手が男であるがゆえに起こる衝突を書くことに意味があると思い、相手を「彼氏」(結婚後は「夫」)という一般名詞で書いています。

とはいえ、完全な一般人である彼氏の非を、わたしの側から一方的に描いて世間に発表するのはどうなんだろうと、単行本では公正を期するべく個別にページをもうけ、『男のいいぶん』として彼氏に原稿を数本、書いてもらいました。この文庫版は単行本と構成を大きく変えたため、個別ページはやめて、この後日談パートに内容が対応している箇所を引用していきますね。ちなみに引っ越し事件に関しては、「同棲初期の彼女は客観的に見て無職」「どう見てもヒマそう」「こちとら仕事しながら精一杯やっていたんですよ」とのぼやきが。物書きの配偶者がエッセイなどで私生活を晒されることはプライバシーの侵害でもあり、わたしも最近はセーブするようになりました。でもそうすると、「いる」のに「いない」ことになってるという、存在が不可視化されてしまう問題が出てきて……扱いが難しいよ！

皿洗い戦争

皿洗い……その類まれなる面倒くささは筆舌に尽くしがたいものがあります。わが国において洗濯機などよりはるかに開発が遅れた食洗機は、いまだ各ご家庭に完備されていない状況が続いています。もちろんうちにもありません。いや、検討に次ぐ検討を重ねた末、導入をあきらめたのです。

これでも同棲前に、ケンカの火種になるような家事の負担を最新家電で取り除こうと、いまどきのカップルらしいことを考えていました。掃除はルンバにお任せしようとか、食洗機を買おうとか。しかし結局、そのどれも買わずに今に至ります。理由は単純、キッチンも部屋も狭いから。そんなわけで皿洗いは、百年前と同じ手動で行われることが嫌々ながら決定したのでした。

ここでちょっと話が逸れますが、わたしと彼氏が支払う家賃は同額、完全に折半です。つい去年までは小説家の卵で収入がなかったといっても、彼氏が〝糟糠《そうこう》の妻〟よろしくわたしを金銭的に支えていたわけではありません。あまり大きな声では言いたくないのですが、わたしは両親のスネをしつこくかじりつづけて生きていました。

家賃・食費・光熱費は彼氏と同じ金額を払うことだし、家事の分担も対等なのは至極当然。あらかじめ話し合って彼氏も「やるやる」と言っていたにもかかわらず、いざ蓋を開けてみると、彼氏の家事稼働率が五割に達したことは数えるほどしかありません。自分の中に〝尽くす女〟要素は皆無、なのに「家事は女がやるもの」という悪しき刷り込みのせいで、流しに汚れた皿が山積みになっていると軽い罪悪感が頭をもたげ、渋々、わたしは食器洗いスポンジを握るのであった。

一方、彼氏はごはんを食べたあと、床で涅槃のポーズをとりながらテレビタイムに突入していて、なんか笑い声とか立てています。わたしが皿を洗いながら背中から轟々と放つ殺気に気づきもせず、「アハハハ～」といい気なもんです。その瞬間、わたしの心に湧いた感情を、憎しみと言わずなんと言おうか。皿洗いが終わると、彼氏は一応申し訳程度の礼を言いますが、金でももらわなきゃこのモヤモヤは収まりがつきません。イラつきのあまり、ヤンキーのようにメンチを切るわたし。きょとん顔の彼氏。部屋中の空気がピリつきます。荒んだ日々の幕開けです。

家賃が折半なだけでなく、マンションの契約書も連名で作ってました。「絶対そうした方がいい」と、母から助言を受けて。たしかに連名契約じゃないと、一方が居候ってことになってしまう。それは危険だ。

単行本のタイトルが『皿洗いするの、どっち?』だったので言い出しづらかったのですが、このあと引っ越したマンションには食洗機が付いていて、皿洗いから解放されました。日本の食洗機の普及率は、二〇二二年の段階でも約三十五%だそう。かつて洗濯機など主婦の手間を軽減させる画期的な家電が登場したとき、「女が働かなくなる」と言って買い渋る男性がいたそうですが、皿洗いに関しては今もその認識なのかも。

お料理問題

はっきり言って料理が苦手です。下手です。ただ単に下手なんじゃなくて、料理センスというものがまるでありません。センスどころか作る以前の問題が多すぎて、どこから書いていいかわからず途方に暮れています。

まずわたし、筋金入りの偏食で、子どものころから野菜全般が苦手。給食の時間は地獄でした。ドレッシングのかかっていないレタスを無理やり口に押し込めながら泣いてました。そして少食のため、すぐお腹がいっぱいになってしまう。ただし食い意地は人一倍張ってるから、不完全燃焼感だけが残るという……。

大人になってからはだいぶマシになりましたが、いまでも定食やお弁当を完食できるのは快挙の部類で、一人暮らし時代は基本的に白米と納豆で栄養を摂ってきました。野菜だけでなくスイカもメロンもダメ。甘いものの許容量も少なく、パフェは三口くらいで「もう充分」となる。人と同じものを美味しいと思えないことが、性格が歪む大きな原因であったことは間違いありません。そして一度気に入ったものを、飽きるまで延々食べつづけるという謎の習性があります。

そんなわけで、同棲生活をはじめるにあたっていちばん頭を悩ませたのが、ほかでもなく毎日の食事でした。まず第一に、彼氏に料理が下手ってことがバレるのが嫌。なにしろ奴ら（メンズのこと）は結婚相手の条件に「料理がうまいこと」をぬけぬけとした顔で挙げ、結婚したあかつきには毎日ただで美味しいごはんを作ってもらえると思っている傲慢な生き物です。彼氏に料理が下手なことがバレてはならぬ！　その一念で、デート期間中にうちでごはんを食べるときは、鍋やカレーといった万能料理でごまかしてきました。しかしその手ももう限界だ。一緒に暮らすということは、毎日一緒に食べて生きていく、ということなのですから。

それにしても、わたしはまたしても腑に落ちません。料理は女がするものであるという、古くから脈々と続く役割の押し付けに。ごはんを作るというのはものすごい手間です。労働です。買い物に行き、食材を選び、重い荷物を持って帰り、頭を捻って献立を考え、調理し、後片付けする。これが仕事なら、一食につき五千円はもらわないと割に合わない。彼氏はなんならわたしより料理センスありげなのですが、登板頻度でいうとだいぶ少なく、どうも料理に関して「自分はスタメンではなく補欠。むしろ監督」くらいの心持ちでいる模様。〝お料理がんばらなければ同調圧力〟で押し潰されそうなわたしに対して、ノーダメージな彼氏が憎い。しかし腹は減るので、クックパッドを開いて悲しい気持ちで包丁を握るのでした。

ちなみにこのエッセイから十年が経った現在、わたしはほとんど料理をしていません。性別役割分業ではなく「向き不向き」で家庭内の役割をこなそうと論陣を張って一人ウーマンリブを繰り返した結果、「やらなくていい」という地位を獲得しました。しかし、同棲初期に嫌々ながらも料理に励んだことで、料理スキルがそこそこレベルアップしたのはよかったなぁと思います。料理がまったくできないのは普通に不便なので。不便というか、生存に関わることなので！

花柄王国の滅亡

食だけでなく衣食住の「住」もまた、同棲するにあたって大変革を迫られた項目です。彼氏もわたしも一人暮らし歴が長いため、それぞれの部屋は、趣味全開のマイワールドが展開していました。彼氏のアパートには安値で手に入れた革の三シーターソファと無垢の木のテーブルなど、デカくて重い立派なものが数点。そしてわたしが愛猫チチモと住んでいたお部屋は、「それ全部パルコで買ったでしょ?」というような女子仕様でした。

ホリデーアパートメントの花柄カーテンやunicoのソファ、フランフランの棚、紫色のベッドカバー、シュライイヒ社の動物フィギュアに猫型マトリョーシカ、陶器でできた猫の置物、木彫の猫、壁にはフランス映画のポストカードべたべた、オーナメント盛り盛り、さらにはムーミンのフィギュア、ムーミンの指人形、ムーミンのつぼ押し。それらが渾然一体となって織りなす薔薇色の空間を、わたしは可愛いと信じて生きてきました。

しかしこだわり男子=彼氏からすると、それらの無意味なお雑貨に彩られたごちゃついた部屋は、かなり子どもっぽく感じられたようです。無垢の家具を愛する彼氏のお部屋年齢は推定三十八歳。一方、ユニコーンのぬいぐるみとかを平気で置きかねないわたしのお部屋年齢は、日本人なら二十一歳、欧米でいうと十二歳の少女といった感じ。で、当のわたしは三十路を越えており、いつの間にかなんか、だいぶイタい感じに……。

ファッション同様にインテリアもまた、年齢によって似合う似合わないってあるもんなんだと、彼氏にネチネチ指摘され、わたしはジワジワ気づきはじめました。そして引っ越しの際に新しい部屋から、ラブリーなものは排斥される方針が決定。木彫の猫は段ボール箱に詰めて実家に送り、ほこりをかぶったオーナメントは外してゴミ箱へ、ムーミングッズは数点に絞り込み、チチモが爪でバリバリにしたソファやベッドカバーは一斉処分、そうして十年に及ぶ栄華を誇ったわが花柄王国は、崩壊したのであります。

インテリアを統合し、全体のトーンも大人っぽい茶系に統一されて、お部屋年齢もすっかり年相応に落ち着きました。彼氏による乙女去勢は完遂され、わたしはキャス・キッドソンにもグリーンゲートにも、そう易々とはなびかない、鉄の心を手にしたのです。

しかし、ああしかし。わたしは二年半前に放棄した、あの花柄王国が恋しくてなりません。気まぐれに衝動買いした千五百円くらいの雑貨を並べて悦に入っていたあの幸福な日々よ。王国を捨てた罰なのでしょう、わたしの手肌は皿洗いで荒れ、最近はもっぱらハンドクリームの人工的な花の香りでどうにか乙女成分を補給し、乾いた心を慰めています。

悲しい話だ。なにもかも悲しい。ホリデーアパートメントやキャス・キッドソンがもうないことも全部悲しい。一応書いておくと、相手の趣味を否定して持ち物を勝手に捨てるのはダメ絶対。話し合い、譲歩し合い、それでもわだかまっちゃうわ、というお話です。

連れネコ物語

出不精な性格で、とにかく家にいるのが大好き。思えば中学生のころ、物書きにぼんやり憧れるようになったのも、家から出なくていい職業だからでした。書くことを仕事にできればなんでもいいと、二十代のころちょっとだけフリーライターをしていたのですが、取材ばかりで全然家にいられなかった……。やっぱり自分がなりたいのは小説家なんだと認め、いろいろあった末、東京に流れ着きました。

こんなに家にいるのが好きなわたしよりも、家にいるお方、それがチチモです。二十歳のときに愛猫チチモと出会ったことで、インドア派の傾向はますます強固になりました。わたしはチチモを溺愛し、チチモはその愛の上にどっかりとあぐらをかいて悠々自適。「ニャーッ」と一鳴きすれば召使い＝わたしがすっ飛んで来て、かつお節だのモンプチ・クリスピーキッスだのが提供されます。そしてまたわたしも嬉々として召使いに徹してきました。ヒトとイエネコの境界を超えた、女同士の怠惰かつ自堕落な、底なし沼のようなハッピーデイズ。しかしこの暮らしもまた、花柄王国とともに崩壊したのであります。

わたしたちの二人暮らしに男性が一人加わることになって、彼女は荒れました。「いつ帰るの？　ねえ、この人いつ帰るの？」と遠巻きにジト目でアピールするチチモ。彼女はあらゆる手で彼氏への不快感を表現します。ゴロニャンと甘える素振りを見せ、彼氏が「ど〜れひとつ」と手を出すと、ピシャリと一発猫パンチをお見舞い。ニャ〜ンと甘い声で呼びつけ、駆けつけた彼氏が「よーしよーし」と撫でるや、身を翻してシャーッと威嚇したりも。元来気難しい性格のチチモは当然のように彼氏を毛嫌いし、敵意を剝き出しにしました。わたしが外出して、家に彼氏と二人きりになったときは、ひたすら不貞寝して、うんともすんとも言わないそうです。

チチモは生後半年ほどを野良猫としてワイルドに生きていたせいか、性格がなんちゅうか、とてもエキセントリック（婉曲表現）。内弁慶で自己主張が激しく、なにかにつけてニャ〜と鳴いて圧をかけてきます。長年の甘やかしでお姫さま気質に拍車がかかり、気位は摩天楼のごとき高さで、その魅力はもはやわたし以外には理解不能な、個性の塊のような感じに。
しかし、同棲も二年を過ぎたあたりから、チチモの彼氏に対する態度が徐々に軟化しはじめました。最近ではむしろ彼氏の方が猫語の読解に優れているくらい。ニャ〜と圧をかけるチチモに対し、わたしがすぐに猫缶で手を打とうとするところを、「違うよね、遊んでほしいだけだよね〜」とネズミのおもちゃを持ちだし、ハードな遊びでチチモの心をガッチリ摑んでいます。時間はかかったけど、仲良くなってくれて、ほんと、よかったよかったぁ。

彼女が家を空ける機会が増えると共にチチモとぼくの仲は親密さを増し、彼女の出張時にはぼくの布団に入ってきて一緒に寝ることも。しかし二人いれば絶対にぼくの布団が選ばれることはなく、所詮は代替品なのだね……と思わされます。

単行本収録『男のいいぶん』より

先に言っておくと、チチモは二〇一七年に永眠、二人で最期を看取りました。七回忌を迎えたいまもなおその存在は大きく、すっかり「伝説の猫」のような感じに。さびしさに耐えきれずすぐに二代目を飼うのでは、という大方の予想に反して、いまもチチモ一筋。チチモ神として祀ってます。生前はチチモに遠慮して旅行にほとんど行っていなかったので、没後は「弔い」と称し、タガが外れたように旅行しまくってました。

巻き込み現象

朝の冷え込みが厳しくなり、ぼちぼちこの現象が起こる季節になってきました。夜には自分の上を暖かく覆っていたはずのベッドカバーが、朝起きるとない！　ふと見ると、となりで彼氏が太巻き寿司のようにベッドカバーを巻き込んで熟睡。またヤラれた！　というアレです。

同棲当初は彼氏のセミダブルベッドに、二人はまるで捨て猫みたいにぎっちぎちに丸まって寝ていました。さすがに狭すぎるので買い替えることにし、アパートの部屋に搬入できる最大サイズ、クイーンをチョイスしました。ケンカの火種を消す作戦の一環として、ベッドはデカければデカいほどいいという結論に達したからです。

そしてここがポイントなのですが、冬用掛け布団はクイーンサイズではなく、シングルサイズのものを一人に一枚あてがうことにしました。一枚の大きな掛け布団を共有する場合、布団の奪い合いが起きることは避けられませんから。でもそれじゃ見た目がちょっとヘンなので、一体感（?）を出すため最前面にくるレイヤーに、大きなベッドカバー一枚をふわっとかけておくことにしたのです。ちなみにベッドカバーはただの飾りじゃなくて、保温をつかさどる最後の砦の役割も果たしています。

なのでベッドカバーを剝ぎ取られると、薄ら寒い。不満の残る目覚めを迎えたわたしの心中は穏やかではありません。ベッド回りについてはかなり真剣に考えて揃えただけに、はじめてこの現象が起こったときは愕然としました。睡眠を妨害してくる相手を好きでいられる自信がないから、あんなにいろいろ策を練ったのに、それでもこうなるか。

そもそも男女は、快適だと感じる温度がかなり違う。わたしがマイクロファイバーの敷マットと毛布の間に、どら焼きのあんこのように挟まって、さらに湯たんぽまで入れてやっと「ぬくぬく」に達するのに対し、彼氏は毛布なしという無防備ぶり。「毛布は暑いからいらない」とのことですが、いやしかしその慢心こそが、ベッドカバーを巻き込む原因なのではないか。いや違うか？　あれは寒いとかじゃなくて、寝相の問題か？

寝相、いびき、歯ぎしり、そして布団の中でこくオナラという名の最強生物兵器等、無意識だからこそ誰にも止められないプリミティブな暴挙の数々の前に、われわれはあまりにも無力。人間、誰かと一緒に寝るというのは、本当にそれだけで、まあまあのストレスなのです。

「心の丈」

元旦に誓った新年の目標が「アンガーコントロール」だったにもかかわらず、小さなケンカは一日おきくらいのハイペースで起きてます。そのほとんどがわたし発。なぜケンカになるのか客観的に分析したところ、次のようなパターンが浮かび上がってきました。

・彼氏がいらんことを言う
・その発言にカッとなったわたしが怒りを炸裂させ、話し合いを要求
・険悪ムードに彼氏が心をパタッと閉ざし沈黙。話し合いはうやむやに

わたしとしては、根本原因を探る話し合いをしたいのですが、彼氏はまるで嵐が去るのを待つ村人のような硬い表情でこれを拒否。重い口をやっと開いても、お互い外国語を喋っているのかと思うほど話が成立しません。一応そのたびに仲直りはするものの、このケンカの詳細を女友達に話せば百％の同意と支持を得られるのに、なぜこと彼氏が相手だと、こんなに話が通じずこじれるんだと不思議でなりません。

新年早々にもデカいケンカをしました。いつものケンカだと、最大の見せ場はわたしの怒りの独演部分なのですが、なぜかこのときは立場が逆転して、彼氏が超怒っているではありませんか。

田辺聖子の短篇小説「荷作りはもうすませて」（『ジョゼと虎と魚たち』所収）の中に、こんな一説があります。「不機嫌というのは、男と女が共に棲んでいる場合、ひとつっきりしかない椅子なのよ……」。つまりどっちかが不機嫌になったら、もう一方は不機嫌になる権利がなくなってしまうということ。これは男女を問わず他者と同居する上での基本ルールといえましょう。しかし彼氏はこのルールを無視して、不機嫌の椅子に座って独演中のわたしを椅子からどかし、自らが不機嫌の椅子に堂々座ります。

彼氏は誰に紹介しても「やさしそうな人ですね」と評される風貌の持ち主であり、実際、性格も温和。けれどケンカになると意固地になって、貝のように押し黙り、話し合いにも応じず、謝りもしない。……手強い相手です。

そんな彼氏から手紙（！）が届きました。「心の丈」と題されたテキストには、わたしの悪行の数々が綴られていました。「アソートのチョコアイスのいちご味ばかりを残す」といったチマいエピソードから、「風呂掃除をサボる」等々の指摘が。

マリコ「わたしは目が悪いから風呂に入っているときは汚れが見えないんだ！」

彼氏「話が通じない！」

なんか確実に、それぞれのダメな部分が似てきているような気が。「お互いを高め合う恋愛」から二十億光年くらい離れた、同棲そろそろ三年目の姿がここに！

こと家庭内においてぼくへの個人的怒りと男性への社会的怒りは混同され、理不尽な個人攻撃を受けることがあります。同棲初期にはその怒りを全身に浴びてげっそりするということも日常茶飯事でした。しかしそうやって日々ジェンダー教育を受け続けたぼくは今や「その主張は君が忌み嫌うミソジニー的思想をそっくりそのまま反転させただけのものではないか！」などと彼女の中のマッチョ志向を看破しネチネチと指摘する立派な戦士となりました。

単行本収録『男のいいぶん』より

世間一般ではジェンダー意識など皆無だった二〇一〇年代初頭からこんな話ばかりしていたおかげで、彼氏は手強い論客に急成長。ＳＮＳで話題になっているトピックスをあーだこーだと話しているときは、ウィーアーフェミ仲間、みたいな感じに。ただ、同棲しはじめた最初の数年は、本当によくケンカしてました。些末な引っかかりをスルーせず、こまめに相手にぶつけて、議論して、修正して……という一連の作業を、便宜上「ケンカ」と表現していますが、ケンカできるのは相手との関係性が対等である証拠。男女の組み合わせはいつの間にか上下関係になりがちなので、ケンカは対等をキープするためにも必要な確認作業なのです。

MOTTAINAI

同棲をはじめてから二度、キッチン回りに革命が起きました。一度目は単身者用冷蔵庫をそこそこ大きいファミリーサイズに買い替えたとき。二度目は食材の宅配サービスに入ったとき！

わたしは出身が富山県なので、買い物といえば近くのコンビニでさえ車で行く郊外型の生活で育ちました。どれだけ大荷物を買い込んでもへっちゃらなのが車のいいところ。ところが東京ではそうはいきません。駅前のスーパーへは自転車で行くのですが、ミネラルウォーターや牛乳パックの入った重たいエコバッグをかごに入れるとき、自転車の首が「ガクンッ！」となってその拍子に自転車ごとバランスを崩して倒れそうになるたび、真顔に。生活の疲れがどっとのしかかります。仕事の打ち合わせで街に出たついでに、今日はもうごはんを作る気力がなくて惣菜を買おうとするも、夕方のデパ地下は戦場なので、腹を空かせたままスゴスゴ帰ったことも数知れず。食材の調達ひとつとっても、かなりの負担でした。

ネットスーパーを利用するようになってだいぶ楽になったのですが、「まだまだ楽できるはずだ！」と、ついにパルシステム（生協の宅配）に入りました。配達は週に一度。旬の野菜から重たい飲料類、かさばるトイレットペーパーまで、生活に必要なものはすべて扱っていて、自宅まで届けてくれる。食材を冷蔵庫に仕舞い、あとはそれを使い回すだけ。快適な暮らしがはじまりました。

配達直後は冷蔵庫にあるものをすべて把握し、頭がキレキレになって、向こう数日分のメニューがババババッとはじき出されたりも。しかし、そのとき浮かんだメニューはまさに絵に描いた餅。外食の予定が入っていたり締め切り前で料理どころじゃなかったりで、まともにごはんを作れるのはせいぜい週二〜三回。彼氏の登板は週一回（少ねえ）で、あとは緊急措置をとることになります。仕事帰りの彼氏に、行きつけの中華料理店（日高屋のこと）でテイクアウトしてきてもらうことも。

そんなわけで、気がつけば一週間前に配達された大根が玄関に放置され、野菜室には二週間前に来たはずの巨大サニーレタスが手付かずで居残り、余裕だなと思っていた賞味期限長めの惣菜パックが一ヶ月前くらいに寿命を迎えていて、納豆にもなんか白いプツプツが。

わたしだってもちろん、食材を無駄なく使い切りたい。けど、それは本当に至難の業。ファッション誌の一ヶ月着回し企画みたいなレシピがあればなぁと思いつつ、それがあったところで作らない予感大。

読み直していて、届いた野菜たちの放置ぶりにちょっと引きました。大根を玄関に一週間放置は酷いな……。パルシステムは購買だけでなく、紙パックなどリサイクル資源も引き取ってくれるので大助かり。ついこのあいだ、契約十年を迎え、感謝のしるしとしてミニバラの苗をいただきました。

2014年

正月帰省にて思ふ

同棲をはじめて二度目のお正月。結婚していたら夫の実家にも顔を出すのでしょうが、われわれは同棲という法のグレーゾーンに生きているため、それぞれの実家へ帰ります。わたしはかごに入れた愛猫チチモとともに上越新幹線に、彼氏は東海道新幹線に乗り込むため、東京駅でしばしのお別れです。

年末年始の東京駅の混雑は凄まじく、いつにも増して殺気立っています。とりわけ子連れの家族はめっちゃ大変そう。かく言うわたしも、三キロのチチモを抱えながらキャリーバッグを転がすというストレスフルな状態なので、かなりピリピリしています。地元の富山に帰るには、新潟の越後湯沢で特急に乗り換えるのですが、その移動がなかなかナーバス。みんなちょっと小走りなので焦る焦る。来年（二〇一五）春の北陸新幹線開業が待ち遠しい限りです。

さて、五泊六日の実家滞在中は、みっちり予定を詰め込んでいたので、東京にいるより忙しいくらいでした。姪っ子の歓待でスキー場に行きソリをしたのが今回の帰省のハイライト。お正月といえば箱根駅伝と全国高校サッカー選手権大会ですが、ふと見ると、母校のサッカー部があれよあれよと勝ち進み、なんと準決勝進出を決めているではありませんか！

選手たちが生まれたのは九〇年代後半、ちょうどわたし自身が高校生だったころ。女子高生マリコは自分がやがて三十三歳の独身女性になるなんて、想像もしていませんでした。雑誌ばかり読んでサブカルにどっぷりで、夢見がちで、ＴＳＵＴＡＹＡで映画のビデオを借りまくっては、大人になったら好きなことを仕事にしたいなぁとうっすら思っている子でした。当時から就職や結婚は頭になく、実際そのどちらとも無縁の人生を送っています。

とりわけ「結婚」には、一瞬たりとも憧れたことがなかったなぁ。ウエディングドレスや結婚式へも、照れくささからくるアレルギーみたいなものがあったほどで。その結果が、現在なのです。もはや結婚したいのかしたくないのかも、自分ではわからない。子どもが欲しいかどうかについても然り。

それにわたし、二十歳のころからずーっとチチモを育てているので、人間なら今年から中学生なんですよね。そう考えると、もう自分はかなりの時間を子育てに費やしているような気もするのでした。

同棲中で、自分がこのあと結婚するかどうかも定かでなかった時期。人生がどう転ぶかわからないこのくらいの年齢は、海の中で一人、浮き輪も持たずに水をかいているような感じで、どっちに進むかは自分次第。いろいろ真剣に考えていたなぁ。

三十代をふり返ると、「あそこが人生の本番だった」という感じがすごくします。わたしはいちばん叶えたい夢が「小説家になること」、その次に巨大だった欲望が「彼氏がほしい」でした。結婚することや子どもを持つことは個人的な夢ではなく、社会的にそうあるべきとされていることだったんだなぁと、いまなら切り分けて考えられます。

嗚呼、『最高の離婚』スペシャル

二月八日。この日をどれほど待ち望んだことでしょう。昨年（二〇一三）の一〜三月クールに放送され、『あまちゃん』以前の日本ドラマ界でもっともアツかったこのドラマの続編がもう見られるなんて。制作発表されてからの数ヶ月、個人的にはソチ五輪以上にワクワクしていました。

ドラマ『最高の離婚』の設定をざっと説明しますと、神経質で面倒くさい夫（瑛太）と、ガサツな妻（尾野真千子）が初回で離婚したものの、ズルズル同居をつづける中で、一度ゼロまでいった夫婦間の愛情を復活させていく、というストーリー。真木よう子と綾野剛の夫婦を加えた主要人物四人の年齢設定は三十歳。スペシャル版では最終回の一年後が描かれるとのこと。

一般的に恋愛ものは、恋心が成就するまでのドキドキを描くラブコメ路線と、おつき合い以降、とりわけ結婚生活をリアルに描写するシリアス路線の二つに大きく分けられますが、『最高の離婚』のスゴいところは、本質的には後者に属し、主人公たちが「結婚ってなんだ？」という重いテーマと向き合っているにもかかわらず、前者が得意とするラブコメディになっているところ。瑛太のキャラクターのチャーミングさで引っ張りながら、異性と一緒に住むことから起こるいざこざやみみっちい小競り合いを、見事な会話劇として見せてくれます。さすがは坂元裕二脚本！

神経質な男&ガサツな女という組み合わせが若干うちに似ているところから、毎回彼氏と正座して見てました。そして最終回、瑛太&尾野真千子がお互いに対する恋心を復活させたときは、なぜだか自分たちまで、別れの危機を乗り越えて絆を深めたような充実感を味わったのですが、この夫婦に一体どんな「その先」があるのか？

スペシャル版では子どもを欲しがる妻に対し、「子どもなんていらない」と冷たく拒絶する夫という、シャレにならないすれ違いが描かれ、ラストは尾野真千子に去られた瑛太の、哀しいやもめ暮らしビデオレターのようになっていて、崖から突き落とされた気分に。このスペシャルが、更なる続編か映画化への、大いなる布石であることを切に祈ってますが、作られるかなぁ。

『最高の離婚』においてぼくがいちばん共感したのは、まさにこういった女性の理不尽さ（著者注：わたしの矛盾だらけの横暴さのこと）に、瑛太演じる濱崎光生が煩悶するだけでなく反撃している点でした。言われっぱなしで尻に敷かれるに甘んじ、心を殺して家庭生活を継続する男が多い中、瑛太はがんばっていたし、ぼくはそこから彼女と闘う勇気をもらいました。

単行本収録『男のいいぶん』より

たしかに『最高の離婚』を見た直後の彼氏は、いつもより強めで饒舌だった記憶が。彼氏と濱崎光生は真に心の友であった。しかしこれ以降、『最高の離婚』の続編が作られることはありませんでした、無念。

看病と歯ブラシの狭間で

三月。父が緊急入院し、このところ富山の実家に帰っています。医者の口から「覚悟してください」が出るなど一時はヤバかったのですが、無事持ち直して一安心。母は病院にいるだけで具合が悪くなるという繊細さんなので、付き添いはわたしの任務になり帰郷。毎日病室に通い、暇を持て余す父のとなりで原稿を書いています。付き添いの仕事はとても単調です。新聞と洗濯物を届け、飲料などを補充し、病院食では物足りなくなった父の食べたいものをこっそり調達します（ケンタッキーをご所望されたときは、匂いが漏れないよう袋を三重にして密輸）。来客があればコーヒーを買いに行き、お見舞い金をいただけばその管理もする。身の回りのありとあらゆることを一手に引き受け、まるで家政婦兼秘書のような感じ。お見舞いに来る人たちはみな、専属世話係と化したわたしの使い勝手の良さに、「娘っていいね〜息子じゃこうはいかないもんね」と感想を漏らしてました。たしかに息子＝男性は一般的に、人のケアどころか自分の世話すら苦手で、母親ｏｒ妻にやってもらって当然と思ってますしね。

もちろん個人差はあるものの、自分に関して言えば、「病人の付き添い」という任務に徹し、世話を焼くのはまったく苦じゃなく、ある意味楽しいし、やりがいもあります。というか自分でも「こんな子がいたら便利だな」と思うほど、付き添いとしてのわたしは有能です。

わたしにわたしという世話人がいれば、押し付けたい仕事は山ほどあります。請求書の発行、荷物の受け取り、開封と整理、スケジュール管理、メール代筆、掲載情報を公式サイトにアップする。掃除洗濯はもちろんのこと、ごはんを作って体調管理もして欲しいし、これからどういう本を書いていこうか相談にも乗って欲しい。食べたいものを買いに走ってくれて、息抜きの話し相手として過不足なく返答もしてくれる。あーあ、わたしにもそういう子がいればなぁ～（遠い目）。

しかし、世話する側もされる側も、これに慣れるのは危険だとも思うのです。誰かに身の回りのことを任せきりにすることも、誰かの世話を生きがいにすることも、同等に危うい。やはりそれぞれが自立し、自分の幸せを追求するのが平等ってもんだ。

というわけで同棲生活においても、こんな世話までしてたらつけ上がるだけだと思うような要望は、ピシャリと撥ねつけるようにしています。その一線が、「歯ブラシ持ってきて」。ソファでグダグダになった彼氏がよく言うんです、「歯ブラシ濡らして歯磨き粉つけて持ってきて～」って。本人曰く「甘えてるだけ」らしいですが、違うね、あんなのただの怠慢だね。だからわたしはいつも、頑として「絶対ヤダ」と断ります。健康なくせに人様に歯ブラシを持ってきてもらうような生活をしていたら、人間どんどんダメになっていくんですよ、マジで！

ここでいくつか反論を。ぼくの「歯ブラシ持ってきて」に対して不寛容な彼女ですが、本人は日に三度は「ティッシュ取って」、風呂あがりに足を投げ出して「ボディクリーム塗って」、顔に貼り付けた化粧水パックをぺろっと剝がして「これ捨てといて」、果ては「便秘だから腸もみして。いや、もっとちゃんとのの字を書くように、本気で、両手で、あーもっと優しく丁寧に」と自由気ままに振る舞っています。彼女の便秘対策にまで協力しているぼくに、歯ブラシくらい持ってきてくれてもバチは当たらないではないか。

単行本収録『男のいいぶん』より

十年後の現在、いろいろと立場が逆転して、相手にあれこれ用事を言いつけてしまうのは主にわたしであることを、この原稿を読んで反省しました。父は、このあと回復してシニアライフを満喫……が、昨年旅先のタイで倒れ、現地に駆けつけたわたしがこのときとまったく同じような看病生活を約一ヶ月にわたって送り、日本に連れ帰って看取るまでのドタバタ騒動については、またいずれ、どこかでまとめて書きたいです。

サンジェルマンデプレ通信

これを書いているいま、パリ左岸のサンジェルマンデプレのホテルにいます。三十三歳にして初の海外旅行、しかもパリ。その感動をみずみずしい感性でレポートしようと思うのですが、あろうことか滞在二日目にしてすでにけっこう飽き気味です。

そもそも、三月半ばから沖縄旅行&富山への長期帰省と続き、父の退院を待って東京に戻るころには桜も散っており、息つく暇もなくパリ行きという慌ただしさ。なんだかわけがわからないまま日本を発つ日を迎えました。

しかも、二週間近くすぶらせていた風邪がじわじわ悪化しているという超バッドタイミングでの渡航。旅先で体調を崩さないためにも、むやみにテンションを上げないようにしようと、自戒しての出発となりました。

しかし蓋を開けてみると拍子抜けの連続でした。パリまで飛行機で十二時間もかかると知ったときは軽く絶望したものですが、見逃していた映画をまとめて観るのに忙しくて、時間を持て余すどころか「あ〜まだ『ウルフ・オブ・ウォールストリート』の途中なのに!」と後ろ髪を引かれながら到着。普段から体内時計がぐちゃぐちゃの生活のため、時差ボケのダメージもゼロ。普段から軽い便秘のため、旅先での腸内環境のストレスもなし。と、なんか日常の延長っぽくて特別感がない。

それでいて、パリのパリっぽさはどこまでも盤石。もちろん文句なしに素敵です。しかし、世界に驚く子犬のような目で「うわぁ〜!」と思わず声を出してしまうのはせいぜい最初の十分。実物はこんな感じだったんだなと一旦飲み込むと、あとはどこを歩いてもだいたい六階建ての砂色の建物が連なっていて、尿意を感じるたびにカフェに入る(公衆トイレがないから)、このパターンの繰り返しです。この街歩きスタイルを三セットくらいやったところで、あれ、もしかして飽きたかも？　と思った次第。

旅行の手配一式をやってくれた親友のあもちゃんには悪いなぁ〜と思いつつも正直に伝えると、彼女も「そうなんだって、パリって飽きるんだって」とゼロの顔で言ってました。あもちゃんにとってはこれが三度目のパリ。名古屋育ちの彼女的には、エッフェル塔よりテレビ塔、カフェ・ド・フロールよりコメダ珈琲の方が落ち着くことを再三確認する旅となったようです。

「あ〜、これで赤ちゃんができても心置きなく子育てできるわ」

セーヌ川をぼーっと眺めながらあもちゃんがそうつぶやき、ハッとしました。同い年のあもちゃんは結婚して二年目、できればそろそろ子を授かりたいという時期。念願叶えばパリどころじゃない、怒濤の子育てライフに突入するわけで。そういえばパリには日本人の女二人旅が多いけど、結婚前の若い女子ペアか、六十過ぎた中年女性のペアばかりでした。

無事に赤ちゃんを授かり、子育てを終えてまた一緒にここへ来て「パリって飽きるんだって！」と言える日が来るのを楽しみに、わたしはこれから水圧の弱いシャワーを浴びようと思います。それではみなさん、オルボワール！

統一感のある街並みに憧れを抱いていたくせになんだこの言い草は！　しかし実際、帰国してすぐは、景観保護という概念すらなさそうな日本のごちゃごちゃした街並みを見て「多様性に溢れてるな」と逆に感心したり。ちなみにこの回、原稿を出し忘れてパリに来てしまい、ケータイで書いて、編集さんに送ってました。

憎しみディナー

旅行中、既婚者の友達ともっとも幸せを感じたのが、ごはんの用意をしなくてもいいことでした。メニューを解読できないフランスで、毎食どこでなにを食べるかはそれはそれで悩ましい問題だけど、それでも「家で作って食べる」という選択肢がないだけで毎日が移動祝祭日と化します。日々の炊事から解放されたことの喜びの方が、ここがパリであるという喜びより大きかったかも。パリでも終始「ごはん作るのがめんどくてさぁ～」って話をしてました。

わたし「彼氏が微妙に食にうるさいから困るんだよね。こないだは鶏挽き肉こねて味噌で味付けして大葉巻いて焼いてた」

友人「偉いじゃん！　うちなんてかなりの頻度でクックドゥだよ。旦那も美味しい美味しいって食べてくれるし～」

料理に対していい意味で志が低い妻と、決して文句を言わないその夫、素晴らしいカップルだ。うちは、帰りが遅い男性と、家で仕事している女性という組み合わせのため、必然的に夕飯を作るのはわたしの任務になり、しかも彼氏の帰宅時間に合わせて午前零時前後に夕飯を作って食べるというめっちゃくちゃなサイクルがここ数日固定化しつつあります。世間様がそろそろ寝付く夜十一時に「そろそろやるか」と包丁を握るわたしの心理は基本的にこんな感じ。

「あ〜執筆のためにも朝型の生活にしたいのに……ギギギ……まだ仕事終わってないのに……ギギギ……結局男ってごはん作ってもらえるからいいよな……別に養われてるわけでもないのに……やっぱ同棲って男が楽するだけだな……つーかもっと早く帰って来いよ……日本男性の働き方効率悪過ぎ……ギギギ……」

その精神状態で米を研いだり味噌汁にネギを浮かべたり野菜を炒めたり、合間合間に彼氏にLINEで「結局帰りは何時になるんだ？」と詰め寄ったり。不毛な押し問答をした挙げ句、険悪なスタンプの応酬をし、帰って来てディナーがはじまるころには憎しみが頂点に達しているという有り様。

わたしだって、ごはんは家で食べるのが好きです。健康にもいいし、なんだかんだ家で食べるのが美味しいし。料理が上手くなりたいという向上心も一応ある。ううむ、やはり作るしかないのか、この俺が。

三十代はじめの、お互い仕事がいちばん忙しかったころ。わたし本当に、料理するの嫌だったんだな。というより、自分にだけ義務として課せられていることがたまらなく嫌だった！
そして作家業は家でできる仕事のため、必然的に家事をする役回りになることも重荷でした。「女だからやって当たり前」の意識がまだまだ内圧になっていたなぁ。

彼氏の生態

彼氏の生命力の低下に歯止めがかかりません。鬱とかそういうのではなく、ただゼロなのです。

趣味らしい趣味もなく、ごくたまに友達（近所に一人いる）と飲みに行くのが唯一のレジャー。昔は日曜大工が趣味だったのに、いまや本棚の転倒防止器具すら付けてくれない。以前はクロスバイクで走っていたのに、この半年パンクしたまま。会社から帰ってごはんを食べ終わると、ソファに寝転がってスマホのバイクゲームをたしなみ、週の半分はそのまま寝落ちします。風呂に入るのを面倒くさがり、畳んだ洗濯物を自分のタンスに仕舞うのを面倒くさがり、模様替えで移動させた机周りの片付けを面倒くさがり。ちなみにこの原稿を書くにあたって、了承を得ようとソファに寝そべる彼に声をかけると、「テーブルにある食べかけの皿にラップかけてくれるならいいよ」という条件を提示してきました。自分が箸をつけた夕飯の食べ残しを、冷蔵庫に仕舞うのが面倒だから。

こ、こんな人だったっけ？　定年退職後になにしていいのかわからなくなっている中高年の男性を見ると、あ〜うちの彼氏に似てるな〜と思います。しかし彼らの半分の年齢でこの気力のなさ。先が思いやられるな。

思えば交際前にデートを重ねていた二〇〇九年……あの夏、彼は輝いていました。週末は映画館だ美術館だ遊園地だとデートに誘ってくれ、美味しいお店に連れてってくれるわ、気前よくおごってくれるわ、そしてここがポイントなのですが、ときたま甘い言葉をメールで送ってきたりして、恋人いない歴三年が経過していたわたしはその巧みな攻勢に陥落したのでした。しかし、つき合った途端にモチベは下がって別人のように。いまさら男性の「釣った魚に餌はやらない」モードへの不満は口にすまい。それが彼らの腹立たしき習性であることは百も承知なので。そんなことより、もっと生きることに前向きになってほしい。生きる力を取り戻してほしい。それがわたしの切なる願いである。

彼氏の無気力な性格がおもしろくて書いてみたのですが、思いのほか深刻な感じになってしまったので、このあたりで筆をおこうと思います。本人に「幸せ？」と訊いてみたところ、「そーだね〜」とのこと。幸せって退屈だから、気力も減退しているのだ、ということにしておきたい。

こ、これはあれだ、映画『花束みたいな恋をした』で文化系趣味人だった菅田将暉が、就職したとたん忙殺されてパズドラしかできなくなる現象だ！　ハードな会社員生活は本当に簡単に人を変えてしまいますね。夫、根本的に無気力だけど、このあと退職してフリーランスになったら、目に光が戻りました。

政府の考え

二〇一四年、六月七日のこと。「女性の社会進出を後押しするため、政府は家事をサポートする外国人労働者の受け入れを認める方針を固めた」というニュースが流れました。聞いた瞬間、「そうきたか！」と。

成長戦略の一環として女性の活用だの活躍だのを言い立ててたけれど、いよいよ具体的に動き出した感があります。以前、中国人の女性から、「中国では家政婦さんを雇うのはすごく一般的なこと」という話を聞いたときは、なんてうらやましいと思ったものですが。制度ができるということは、日本も近い将来そういうふうになっていくのかもしれません。しかし、あれだけ移民・難民に厳しいくせに、こと家事の話となると「俺たち男性も家事育児がんばって、女性の負担を減らそう!」と呼びかけるわけではなく、いきなり外国人を呼んで手を打とうとするとは。

家事という、日本ではこれまであまり「雇用」が発生しなかったジャンルが開拓されるのはいいことであるように思える一方で、ここまで「俺たちはやらないから外注で済ませてよ」という態度でこられると、さすがにちょっとイラッとくる。核家族で専業主婦の母に育てられたわたしは、家の中に他人がいることに不慣れ。がんばれば自分でできることにお金を払うハードルも高く……。あれだけ家事の外注に興味を持っていたのに、いざリアルに考えるとやや腰が引けている自分がいます。

まあ、是非はともかくとして、政府もわたしも、家事を面倒くさい、できれば人にやってもらいたいと思っているという点では意見が一致していたことになります。政府がこの件で動くとは予想してなかったので、けっこうびっくりでした。


ちょっと調べたところ、国家戦略特区で家事代行として働きに来ていた外国人労働者はコロナ禍で激減、滞在期間を延長する措置などがとられていました。とはいえ、もはや日本に働きに来ても稼げないので、外国人の働き手も不足している世界線に突入中。

可愛いカラスの子

とある日曜日、外からカラスの殺気立った鳴き声が聞こえてきました。窓を閉めきっているのにすごい声量。どうやら、かなり近くで鳴いているみたい。しかも「カアアヨエーッキィエーッ」みたいな、ちょっと尋常でない鳴き声なのです。休日出勤の彼氏が出かけようとドアを開けると、今度は彼が「ヒィッ」と悲鳴を上げたので、なんだなんだと首を伸ばして玄関先を見ました。

うちは一軒家の二階フロアのみという変わった物件で、玄関ドアの横が洗濯機置き場。その横の棚に並べた植木鉢に、オカリナくらいのサイズのカラスがちょこんと、素知らぬ顔で座っていたのです。

「ぎゃあああああああああああああ！」

至近距離で遭遇したカラスの子に思わず絶叫。しかし、いくらわれわれがぎゃーぎゃー騒ごうと、カラスは一向に飛び去ろうとしません。とりあえず彼氏はそのまま会社へ行くことに。

カラスは？

まだいる

参ったね

洗濯機の蓋がうんこでビッチョビチョだ
うげぇ……

などとLINEでやりとり。結局その日カラスは一日中、鉢の上から動きませんでした。でも、静かにじっとしているし、よく見ると羽毛がふわふわだし、目が合うとキュピッと小首をかしげたりするし、なんだか、だんだん可愛く見えてきました。

おそらくは今朝、この子が巣立ち飛行に失敗したのを見ていた母カラスが、我が子を心配してパニクッていたのでしょう。そんなドラマを想像すると愛おしくさえなり、エサのひとつでもやりたい気持ちに。羽の中に顔を埋めてうとうと寝ている姿を見ると、よしよしと撫でたい衝動にも駆られます。このままにしておいたら、この子は力尽きて死んでしまうかもしれないと思うと、もう家で飼っちゃおうかな、という気になってきました。でも、うちにはチチモがいるしなぁ。

次の朝、カラスは鉢からすぐそばの電線に飛び移って、そこでまたじっとしていました。どうやら鉢と電線を行ったり来たりして飛ぶ練習をしているようです。あまりのいじらしさに情が移り、なんかもう胸が苦しい。その数時間後、飛び方を覚えたカラスは飛び去っていきました。わたしの心に、なんともいえない喪失感を残して。

以後しばらく、深刻なカラス・ロスに。外で電線にとまったカラスを見ると、「もしかして、あのときの?」と考えたり。ちなみに野鳥を飼うのは原則禁止、自力で巣立ってくれて本当によかった。

カラスの子の可愛さは、わたしと夫のあいだで語り草になってます。カラスを見たときの「もしかして？」のくだり、いまもやってます。子育て中の親カラスはピリピリしていて人に攻撃することもあるそうなので（『動物のお医者さん』のジンギスカンの回だ！）、絶対に刺激しちゃダメ。カラスも人も、巣立ちのときは、見守りの心で。

腰ポン中毒記

腰ポンとは猫の尻尾の付け根あたりをポンポン叩く行為。その部位は猫にとって最高の快楽ポイントらしく、このところうちの愛猫チチモがかなりの中毒で、わたしたちは悩まされてます。はっきり言って神経衰弱寸前です。チチモに手を焼いているのはいまにはじまった話ではないのですが、腰ポン中毒によってもう一段階、厄介な猫になってしまった……。

チチモの複雑でエキセントリックで不条理な性格について、なんと書けば伝わるでしょう。チチモを愛し、チチモに振り回されてきたこの十三年。撫でて・構って・可愛がってがチチモの三大欲求で、それが満たされるまでこちらの状況は一切無視して頑なに鳴きつづけます。こちらが自発的に「チチモ可愛いなぁ～」と思って撫でようとするとぬるっと逃げられ、逆に忙しくしているときに限って「なでて！」と強要される。しかも、NGゾーンも多いセンシティブガールなので、頭や背中はいいけれど、ちょっと後ろ足をさわろうものなら「そこじゃない！」と長い爪をむき出しにしてガンガン蹴ってくるので油断できません。愛を強要され、憔悴しながらチチモの気が済むまで撫で、「もういい！」と半ギレされて引っかかれて、儀式は終了。チチモは再びツナ缶型の猫ソファに戻ってお昼寝タイムに。そして数時間後に起きてくると、また鳴きつづけるのです。

そりゃあ赤子のギャン泣きに比べたら猫のニャーニャーなんて生易しいもんですが、気の短いわたしは「ああもう！」とイライラしてしまう。取っちめようと追いかけ回すと、チチモは「きゃー！」と目をきらきらさせて逃げ回ります。そしてまた撫でタイムを堪能し、最終的に「もういい！」と半ギレで猫ソファへ帰宅。それがチチモの一日です。「きみが甘やかしたからこんな変な性格になったのでは」と、彼氏はわたしを責めます。

そんな、小さな暴君チチモが、十三歳にして腰ポンに目覚めてしまった。

実はチチモは、長らく腰（正確には尻尾の付け根あたり）も「嫌！　さわらないで！」と拒否していました。「え～猫はみんなここ好きっていうのに、なんでウチの子だけ嫌がるの～？」と思ったのが運の尽き。あれは一ヶ月ほど前、何気なーく腰をポンポン軽く叩いてみると、うっとり夢見心地に体をあずけ、「腰ポン最高ぅ～」と床を這い回るようになったのでした。

すっかり腰ポン中毒となったチチモは、これまでにも増して要求高い、高圧的な猫となってしまったのです。

仕事部屋で彼氏と二人パソコンに向かっているときも、チチモは容赦なく腰ポンをせがんできます。ただの「ニャー」ではわれわれはもう動かないと悟ったチチモは、いろんな声音を使い分け、あの手この手で腰ポンして～と猛烈アピール。「どこから出してるの⁉」と思わずふき出してしまうほど変な声で、われわれの情に訴えかけてきます。「またぁ～？」と仕方なく仕事を中断し、リビングのじゅうたんの上に横たわるチチモの腰をポンポンポンポンポンポンポン。「あーもう腰ポンやりすぎて腱鞘炎になりそう！」ということで、わたしは頭やあごを撫で、下半身は彼氏の担当に。ポンポンポンポンポンポンポン。二人して死んだ目で、延々とチチモを歓待します。無言でポンポンしながら、よがるチチモの恍惚の表情を見て、ついに彼氏は気付いてしまいました。

「これは明らかに……性感マッサージやないか！」

たしかに、腰ポン施術中のチチモを見ているとなにかを思い出すなぁと思ってたけど、ほかでもない、避妊手術前の発情期の様子に激似なのです。ググってみたところ、「そこは猫ちゃんの性感帯」とはっきり書かれてました！　そして発情期のときもそうだったように、快感に対して無邪気すぎるチチモは、エンドレスで腰ポンを要求。この六月はずっと、起きてるときはごはんか腰ポンという、とんでもなく堕落した日々を送っています。

SNSに流れてくるラブリーな猫動画では伝わらない、猫飼いの真の苦労がここに！　チチモは態度こそ高圧的ですが、物を壊したりしないし、かごに入れたら大人しく電車にも乗れる、とても飼いやすい子でした。逆に言うとチチモが優秀だったからこそ、そうではない猫だった場合が怖くて、二代目を迎えられない……。

ごはん作らせ力考察

「今日遅くなるから」と彼氏が言えば、それは朝四時や翌日の昼十一時の帰宅を指します。気まぐれ上司&納期に振り回される気の毒な話ですが、ニヤケ顔が止まりません！　元々わたしは骨の髄まで一人暮らし大好きっ子。趣味が文系ゆえ、読みたい本は山積み、観たい映画でHDDレコーダーはパンク寸前。一人で過ごす夜はさびしいどころか、小忙《こいそが》しいくらいなのです。だから「遅くなる」と言ったわりに終電で帰ってこられようものなら、「早いよ！」とクレームをつけたりも。せっかく風呂上がりに全裸でベッドに寝そべり、本読みながら涼んでたのに〜。同棲は同棲で楽しいけど、彼氏の帰宅＝至福の一人時間が強制終了を意味するのは確かです。

別に部屋に彼氏がいるときにも、読書や映画鑑賞はできるのですが、それは純粋な「一人の時間」とはちょっと違います。なんていうか、質が悪い。ちょくちょく話しかけられて中断するし、わたしもついちょっかい出したくなって集中できないし。なにより「そこに男性がいる」というだけで、なんか物理的にも心理的にも、部屋の容積が狭くなるんです。こういう男性特有の「空間支配力」って、一体なんなんでしょう。黙ってじっとしてるだけなのに、いるだけでほのかな圧が。彼氏は醸す雰囲気が限りなく植物に近く、性格的にもマイルドだけど、やっぱり部屋にいるだけで、そこに信楽焼のタヌキが置かれているようなずっしりした存在感が出ます。

そのことに気付いてちょっと研究したところ、彼氏の「空間支配力」は、ほぼ「リモコン支配力」と同義であることを発見しました。男女が醸す雰囲気の硬軟にはある程度の性差はあるものですが、家庭内における空間占有率の正体は、間違いなく「リモコン」だと思うのです。

ちょっと暑いとすぐエアコンつけて、自分の快適な温度に調整する彼氏。わたしが

「寒い！」と言うと、「なんか羽織れば」と。お前が脱げよ！　快適温度の差はこれからの季節、非常に揉めます。そしてもう一つはテレビ。わたしが手間暇かけて作ったごはんを食べているのに、リモコン握ってテレビをザッピングし、自分の見たい番組を見る彼氏。「ちょっと！　リモコン権はごはん作った人のものだって決めたじゃん！」と言っても、なんやかやと自分の要求を通して、『ゴッドタン』とかその手の番組を再生するわけです。わたしも二十代のころはお笑い芸人のホモソーシャル全開なノリを楽しめたけど、三十歳過ぎるとさすがに下ネタとかキツくて。ソファでちょっとテレビ見てるときもそう。ニュース見てるのにバラエティに変えられたり、朝ドラ『花子とアン』を見てたら、うしろから演出にケチを付ける彼氏の批評コメントが聞こえてきたり。ダァー、うっせえよ！

とまあ、この手の小競り合いは毎度のことですが、その「圧」がプラスに働く部分もあるわけで。

まれに彼氏が一日家を空けようものなら、諸手をあげてプチ一人暮らしを満喫、リモコン全権はもちろんわたしのもの、誰にも邪魔されない悠々自適のひとときを送るわけですが、同時にそれは果てしなく自堕落な、荒みきった暮らしでもあり……。

特に食まわりの雑さは人様に言うのをためらうレベル。昼はレトルトのカレー、夜はパスタソース、家中のおかしを発掘してポリポリつまみ、小腹が空けば冷凍うどんなどにも手を出すという炭水化物過多なことに。三十過ぎた体にその手の食事はテキメンにこたえるもので、頭がモワーンとして働かず、仕事がまったくはかどらなくなる悪循環。わかってるなら一人でいるときもちゃんとごはんを作ればいいのに、と思われるでしょうけれど、それは無理。無理。無理なんです。

以前テレビで、お年寄りの一人暮らし世帯が、スーパーでお惣菜をよく買っているというニュースを見ました。従来は、お年寄りは総菜の定番、揚げ物よりも煮物が好きで、女性は一人暮らしでも台所に立って料理しているイメージだったけれど、実はみんな一人分の食事を用意するのは大変だと思っていて、お惣菜を買うなどの〝手抜き〟をしていることがわかり、これからの高齢化社会に向けてお惣菜のヘルシー化が求められますよね、うんちゃらかんちゃら、という内容でした。

そう、わたしに限らず、一人暮らしの食生活はどうしても雑になりがちなもの。女に生まれたからって料理の才能があるわけでもないし、いかにも「おふくろの味」を作りそうなおばあちゃんだからって、別に料理が好きなわけでもないのです。

そんな非お料理向きのわたしからすれば、彼氏は家にいるだけで、こちらに「ごはん作んなきゃ」というほのかなプレッシャーを与える、ときに迷惑な存在でもあります。おそらく彼自身は、あのプレッシャーを一度も感じたことがないのでしょう。そう思うとほんと憎々しい！　ですが、彼氏のそんな「ごはん作らせ力」のおかげで、ある意味こちらの食生活の水準もあがっているわけなのだな、ということに、同棲三年目にして気がつきました。彼氏がいることで、本来なら作る気なんてさらさらない料理を作り、献立のバランスなんかもそれなりに考え、夕飯らしい夕飯にありついている。そしてごはんは一人で食べるより、誰かと食べる方が確実に美味しい。と、こんなにポジティブシンキングな結論に達したのに、今日も夕飯のことで彼氏と大ゲンカしました。ちょっと気を許すと家事をサボりまくる彼氏の怠慢、マジでなんとかしてほしいです。わたしにも「ごはん作らせ力」があれば……けど、あんな空気どうやって出すの⁉

ごはん作らせ力なんて出してないよ！　え、出てるのかなぁ？　一応「あ、今日は自分がごはん作る番だな」と察する日はあって、そんな日には粛々と台所に立ちます。（中略）もちろん一人暮らしのときもそれなりに自炊をしていました。でもそれは「必要に迫られて」というよりは「○○が作りたいから」という側面が強かったかもしれません。面倒だから外食でいいや、コンビニでいいや、なんなら食べずに寝てしまえ、という選択肢が気軽にとれる状態での料理と違って、毎日毎日やって来る食事の時間を眉一つ動かさずやり過ごし、つつがなく日々を暮らすためには、料理とは別の次元の「生活」の才能が必要です。

単行本収録『男のいいぶん』より

そう！　その「生活」の才能が、女には生まれながらに備わっているとされていることが問題なのだ。女にだけやらせようというのが差別なのだ！

以前取材でお話をうかがった女性も、「料理は大変だけど、自分一人ではやらないところを家族がいるからできる。それは自分にとってもいいこと」というふうにおっしゃっていました。自分の原稿を久々に読み思ったのが、これって一種の自己防衛というか、自己弁護のロジックだったのかも、ということ。料理を押し付けられていることはつらいけど、自分のためにもなったからよかった。そういうことにでもしておかないと、自分が可哀想だからという気持ちも、多少はあったのです。

家事労働ハラスメント

先日ツイッターを開いてみると、「家事ハラ」という言葉が乱れ飛んでいました。数ヶ月前に『家事労働ハラスメント――生きづらさの根にあるもの』（竹信三恵子・著／岩波新書）という本を読んでいたので、「あの本がブレイクしたのか？」とTL《タイムライン》を遡ると、どうも様子が違っています。みんなが指している「家事ハラ」は、言葉は同じなれど意味が百八十度違うものだったのです。

話題になっていたのはネットニュース〈夫の約七割が妻の「家事ハラ」を経験⁉ 食器洗い「やり方違う」とダメだし〉という記事でした。つまり、せっかく夫が家事を手伝おうと皿洗いや掃除や洗濯なんかをやっているのに、妻が「やり方が違う」とか「やり方が雑」とか「下手」だとか、水をかけるようなことを言って夫をしょげさせること、これを「家事ハラ」と呼んでいるのでした。

えぇぇぇぇぇぇぇ〜〜⁉

先に「家事労働ハラスメント」をタイトルに冠した本が出ているのに、なぜかぶせてくるの⁉ しかもご丁寧なことに本家とは真逆の意味合いで！ 夫が家事やらないのは妻にやる気を削がれているからって言いたいの⁉ などなど、みんなこのネットニュースにはモヤモヤしたらしく、ツイッター上が喧々囂々《けんけんごうごう》としていたのでした。ちなみにこの調査は、子育て中の共働き家庭（妻もフルタイム勤務）を対象にしたもの。そりゃ炎上しまっせ。

こういうテーマは本当にデリケートなので、正直どういう方向性で書いても誰かの地雷は踏んでしまうものですが、とりわけ「家事は女性の仕事だ」という旧来の性別役割分業を前提にした発言は大反発を食らうこと必至です。だってそれが成立したのは、家事や子育てを全部やってくれる妻がいる男性が、終身雇用&年功序列という、いまでは考えられない好待遇で働いていた、せいぜい団塊の世代までの認識だから。

共働き世帯が半数を超す時代に依然として「家事は女性が」などとほざいていると槍が飛んできます。そもそも件の本では、家事労働を女性たちが無償で担わされることを、構造的なハラスメントだと表現しているのに。

家事ナメてたら大変なことになるんです！　それはわたしが書いているこの愚痴エッセイのテーマの一つでもあります。同棲という適当な感じの暮らしを営んでいても、生活に家事が必須なことに変わりはありません。「よりよき家事分担の模索」は、いまやわが人生の主題の一つであります。

というわけで、またＬＩＮＥで彼氏相手に春闘に励みました。最近忙しい彼氏の家事分担率が二割切ってるので。「こんだけ家事やってもらってるなら、家賃も折半じゃなくて全額出せや」「もしくは家事半分やれや」「もしくはあたしが家賃全額出すから家事全部やれや」などとグイグイ主張したところ、一言「しぬ」と返信が。「しぬ」って……。

ツイッターでこの手の炎上が起こるたび、われらも議論し、それによって彼のジェンダー意識がぐんぐん向上していったころ。アラサー時代にフェミニズム開眼したわたしが言っていることと、ツイッターで話題になっていることの一致が、彼を少しずつ目覚めさせていったようです。現在、家事分担率が二割を切っているのはむしろわたしの方。これはわたしが長年にわたる春闘で勝ち取った権利なのである！　そしてお互いの状況に応じてこの分担率は変動します。やっぱり同居する人間、全員がそれなりに家事能力があるということが大事である。

暗黒の三連休

平日の昼間に美容院に行くと、決まって「今日お休みですか？」と聞かれます。「いや〜、休みってわけじゃないんですけどモゴモゴ」と毎度答えに窮してしまうのですが、いまだになんて言うのが正解かわかりません。そもそもどのタイミングで休みを取ればいいのか自分でもよくわからない。小説家は個人事業主。つまりはフリーランスで働くわたしにとって、これは昼夜逆転と並ぶ長年の悩みでもあります。

うちは職住を分離していないため、生活と仕事はほぼ地続き。基本的には一日中家に引きこもってノーメイクで髪を振り乱して延々執筆するのですが、週に何度かはノートPCを持って近所のカフェで仕事したりもするし、打ち合わせなんかがあれば電車に乗ってシャバに出て、その空き時間にささっと買い物したりもするわけで、オンとオフの区別がぼや〜っとしているのです。週末も忙しく働いているとも言えるし、平日なのに遊んでいるともいえる。

自分一人ならまだしも、彼氏の方もときどき土日に家で仕事してたりするので、ストレスは目に見えないささくれ立った空気となってわれわれを圧してきます。この間の海の日の三連休は本当に酷かった。三日間ずっと二人とも家で仕事していたので、それはもう、めちゃくちゃ荒れました。基本モードがケンカ腰、ストレス発散を兼ねた取っ組み合いが数回（そのまま背中合わせになって相手をぐーっと反らせるといったストレッチ体操に発展することもある）、結婚してもいないのに「離婚する！」発言が十数回等。連休の間ずっと、休みの日なのにどこにも連れてってくれない父親に辛く当たる娘のような態度でした。自分だって仕事あるのに、彼氏が遊んでくれないというていで。「喜びは二倍に、悲しみは半分になる」は結婚披露宴のスピーチの定番ですが、ストレスに関しては一つ屋根の下に人間が複数いることで、間違いなく三倍四倍と膨らんでいくものだと思われます。

二人暮らしの平和のためにも、連休があればすかさず温泉旅行の予定なんかをぶち込んでおくのは、ケンカ回避策&ストレス発散案として、かなり賢明なことだと痛感したのですが、その計画を立てようとすると、「いつ休めるかわかんないから無理」と言われ、またわたしがイラ立ちケンカがはじまるというのをエンドレスで繰り返し、「ああ、こうして家庭内の殺人事件は起こるのか」と感じたりもしつつ、どうにか乗り切りました。

やはり人間、ちゃんと休んで、ちゃんと遊ばなくては！

このころ本当に忙しかったんだなと、読んでいて思い出しました。というのも、個人事業主の文筆業である自分は、要するにタレント兼マネージャーみたいなもの。作家業は、メールの返信やスケジュール管理、請求書の発行といった事務作業がけっこう多くて、肝心の執筆時間を圧迫してしまい、それが多忙に拍車をかけていたのでした。

そこで二〇一六年からわたしが導入したのが、オンライン秘書サービス。年契約し、ビジネスチャットツールから、オンライン上のアシスタントさんにメール代筆などの仕事を頼んでいました。初代担当者の方のお名前（実名）が「アシノさん」だったため、「アシスタントのアシノさん」は語呂が良すぎてAIだと勘違いする編集者が続出。仕事のペースが落ち着いてきたので昨年解約しましたが、長い間本当にお世話になりました。

デートしたい

このところデートが欠乏して死にそうです。デート、デート、デートがしたいよう。最後にわたしがちゃんとしたデート（昼には出かけて映画などのメインを堪能し、夜は外食で〆るような、一日コースのお出かけ）をしたのは、ちょっと手帳をめくってみたところ、四月二十七日のことでした。つまりゆうに三ヶ月もの間、デートというものをまったくしていないことになります。

毎日顔を合わせてはいるものの、二人で映画〜とか、二人でシャレオツなカフェでお茶する〜といったことは久しくしていません。だからでしょうか、性的なものとはまた別種の欲求不満で毎日イライラしてます。前回は三連休にどこにも行けなかったストレスについて書きましたが、三連休中にわたしがあんなに荒れたのは、三ヶ月デートしていなかったことが遠因になっていたわけで。かつては彼氏いない期間、数年にわたってデートとは無縁の生活を平気で送っていたし（いや、平気ではなかったが）、一人で黙々と名画座に通うようなストイックな趣味人間だったのですが、一緒に出かける相手がいるのに出かけられないとなると、なんかこう、マジでむしゃくしゃするんです。

思えば最後にデートをした四月のあの日。あのぽかぽか陽気の日曜日。わたしの浮かれようったらありませんでした。電車に乗って上野へ行き、お気に入りスポットである上野東照宮の改修された門の装飾を見て、春のぼたん祭も見て、それから東京都美術館でやっていたバルテュス展を鑑賞する間、わたしはずっと、いまにもくるくる踊りださんばかりでした。たしかその日、あまりにもデートが楽しいので、「これからは隔週でお出かけしようね！」と、満面の笑みで彼氏に持ちかけたっけ。それが叶わずやがて「月に一度はお出かけしようよ」に譲歩、それも叶わず三ヶ月経って、とうとう「貴様このままで済むと思うなよ」等の暴言を吐くまでになってしまいました。ああ、わたしはただデートしたいだけなんです。デートさえすれば（比較的）ご機嫌でいられるはずなんです。

まあ、わかっちゃいたんですがね、こうなることは。同棲前は週末ごとに、デートという名の逢瀬を重ねていたけれど、一緒に住んでいるとそういうあらたまった外出は適当になってしまうものだと。ともにデートを楽しむ相手だった彼氏が、いつしか「毎日夕飯を一緒に食べるダチ」みたいな関係になって久しい。なんだかなぁ。だいたい同棲ごときでこの有り様じゃ、結婚なんかした日にはどうなるんだって話です。

そんなわけで、「クッソー、デートしたい」としょっちゅう口にしていたせいか、彼氏がわたしをデートに誘うようになりました。しかし決まって深夜。ヨレヨレの部屋着を着た状態で。手にはゴミ袋を提げて。そう、つまり彼氏は、深夜に二人でこっそりゴミ出しする行為を、独自に「デート」と呼びはじめたのです。なんちゅう卑怯な回避法。敵ながらアッパレ。あ、敵ではないか。

なまじいつも一緒にいるため、改まったお出かけは後回しになってしまうのは、いまも変わらず。しかしこのころ溜め込んでいたわたしのストレスはいまの比ではないな。

ラブロマンス映画でテコ入れ

デートに飢えきっていた八月はじめ。大変喜ばしいことに、彼氏と映画に行ってきました。もう長いこと家の中にいる姿しか見ていなかったため、新宿の交差点の向こう側に彼氏が立っているのを見たときは、まるで芸能人を目撃したかのような非日常感。異常にテンションが上がってぶんぶん手を振ったら、彼氏、スーッと物陰に隠れてました。

観たのは『her／世界でひとつの彼女』。スパイク・ジョーンズの新作で、主演はホアキン・フェニックス。iPhoneのSiriみたいな、音声のみのOSと恋に落ちる男の物語という、ロマンチックが止まらない感じのストーリー。「一緒に行こうね！」とさんざんアピールし、封切り二ヶ月が経ってようやく実現しました。

日頃「いいムード」とはまるっきり無縁のため、たまには一緒に恋愛映画の一本でも観て、あのころの気持ちを取り戻そうと思ったのです。しかし観る前から「眠い」を連発していた彼氏は、開始五分で爆睡。劇中、OSの声を担当するスカーレット・ヨハンソンがどれだけ喘ごうがいっこうに目を覚まさなかったという……。

近頃のわたしたちは、男子小学生レベルのくだらない会話か、家事をめぐるみっともない小競り合いしかしておらず、恋愛初期のドキドキ感なんて銀河系のはるか彼方に吹っ飛んで久しい。白Tシャツにすっぴん、メガネにひっつめ髪という格好で執筆するわたしを見た彼氏は、「香港の屋台にいるおじさんみたいだ」と言っていました。なんということでしょう。彼の目にはわたしが、香港の屋台にいるおじさんに見えているなんて。

ラブロマンス映画を観て出会ったころの気持ちを思い出してもらおうと思ったのに、五分で爆睡とは。これが交際前なら、「スパイク・ジョーンズの映画で寝るような人とはおつき合いしたくないわ」と言って、颯爽と立ち去るところなのだが。

つき合いたての当初も、「二十代前半ならこれで別れてるな」と思うような出来事が頻発しました。二十代後半という、人との小さな差異に目をつぶれるようになったタイミングでつき合った人だったから長続きしたというのは、大いにあります。

カーシェアリング・ドライブ

キャンペーン中だったとかで、彼氏が突然カーシェアリングに登録しました。近所にあるステーションには何台かシェア用の車が駐まっていて、会員になればアプリでひょいと借りられる便利な仕組みです。

思えば高校三年の春休みに自動車の免許を取って以来、ずっとペーパードライバーでした。地元のよく知っている道を軽自動車でなら運転できないこともないのですが、なにしろ一度も車を所有したり、通勤・通学に使ったことはないので、運転への心理的ハードルが高い。地元に帰省すれば移動の足がなく、「○○に連れてって～」と親に懇願する十八歳以下の子どもに戻ります。

しかし東京にいるときのわたしは自由です。乗り換え案内アプリとSuicaがあれば、どんな場所にも自力で行けます。公共交通機関が発達し、駅前が賑わっている都会はいいなぁと思う反面、大きな不満も。スーパーやドラッグストアが駅周辺にしかないため、日用品の買い物がえらく不便なのです。

毎日外出するわけではないので、買い物はできるだけ一度に済ませたい。しかし重い荷物を運ぶ手立てがない。それを解消するため、食材の宅配サービスとネットスーパーを駆使するようになりましたが、それだけじゃ味気なく。

というわけで、記念すべきカーシェアリング乗車一回目は、大通り沿いに建つ、ちょっとだけ高級なスーパーへ行くことに決定しました。運転は彼氏ですが、東京の道は走ったことがないそうなので、道が空いた閉店間際の時間に出発です。ちなみに彼氏、大学時代は中古車に乗っていたけど、事故って廃車にしたという話。事故の詳細は訊いても教えてくれませんでした。不安がつのります。

それにしても、普段グダグダな状態の彼氏しか見ていないため、ハンドルを握っている姿を見てハッとしました。か、か、かっこええ。運転するメンズって、こんなにかっこええんやな。そして感動はまだまだ続きます。大型の高級スーパーは素敵食材の宝庫。世界各国のチーズ、想像を超えた白だしの種類、見たこともない冷凍食品等が、山のように売られているのです。普段は西友かイオンのやってる都市型スーパー〈まいばすけっと〉に駆け込んでいるので、高級スーパーの威光を前に呆然。震える声で彼氏に、「いますごく幸せだわ」と何度も噛み締めるように言いました。

帰りに遠回りしてドライブも楽しんだのですが、東京もちょっと走ればすぐに、チェーン店の巨大店舗と駐車場が連なる郊外の景色に突入。なんだか地元に帰ったような気分になった、お盆直前の真夜中でした。

助手席に座っているときのあの、乗せてもらってる感が苦手だ。一生懸命ナビしても、全然こちらのいうルートを採用してもらえず、地味に自尊心が削られるのもすごく嫌。あぁ、運転もっとうまくなりたい!

ケアカ低すぎ

彼氏のせいで風邪をひきました。八月も半ばを過ぎた、ある日のことです。仕事が詰まってくると深夜から明け方にかけて集中的に執筆することがあり、この日もわたしがベッドに入ると、入れ替わりで彼氏が起きてきました。支度を終えて「じゃあ会社行くから」と出かけて行く彼氏。わたしはアイマスクしたまま「いってらっしゃーい」と手を振りました。半袖パジャマを着て、お腹にちょこんとタオルケットをかけただけの無防備な恰好で。

そして数時間後。

全身が冷えきった状態でパッと目が開きました。生命の危機を感じて体が強制的に覚醒したような恐ろしい目覚め方です。寒い。すごく寒い！　なんだなんだなにごとだ⁉　驚いてエアコンのリモコンを見ると、風量が自動になっているではないか。わたし的に快適なエアコンの設定は、二十七〜二十八度で風量が最弱の〈しずか〉。〈自動〉じゃ強すぎる！

しかし後悔先に立たず。くしゃみ＆水っぽい鼻水がエンドレスで出つづけます。完全に風邪のサインだ。瞬間、彼氏ののほほんとした顔が脳裏をよぎりました。そうだ、彼氏が朝の支度してるときのままの設定になってたんだ。あいつ家を出るときエアコン弱めてくれなかったんだ！　そしてその凡ミスのせいで風邪ひいたんだ！

いま、この夏風邪事件を巡って、わたしと彼氏の間で大論争が巻き起こっています。

最初は「あ、寒かった？　ごめんね〜」と謝っていたのに、わたしがあんまりにも彼氏の気が利かなさを責めるので、だんだん逆ギレして「オレは悪くない！」と居直るようになったのです。居直られて腹が立ち、ますます責めるわたし。またしても泥仕合である。

しかし言い争うにしたがって、彼に「寝ている人の快適温度にエアコンを設定してから外出する」なんて高度な気遣い、望むべくもないかと思うようになったのでした。個人差はあれど、人をケアすることにおいて、女性は優秀です。ケアとは、世話や配慮、気配り、手入れ等を指します。もちろんこういうことが苦手な女性もたくさんいますが、うちに限って言えば、わたしの方がまだケア力は高い。週の半分、エアコンの風が直に当たるソファで寝落ちする彼氏が風邪をひかずにいるのは、わたしが深夜に見回って、タオルケットをかけたり、エアコンを消したりしているからなのです。

いずれにせよ、自分と同じだけの気遣いが彼氏にもできるはずという思い込みは非常に危険。彼氏のケア力のなさのせいで体を壊さないように、ますます自分のケア力を高めるくらいしか防御策はないのでしょうか。

こういう問題を性差で片付けるのは乱暴だけど、男たるもの人のケアどころか自分の面倒すら見られなくて当たり前（と腰に手を当てて居直る）という時代はたしかにあった。その価値観で育った男性たちはちょっとしたきっかけでタガが外れ、セルフネグレクトに陥って死に直結することが本当にあります。男性たちよ、自分は自分でケアしよう！　己を愛そう！

「男前でびっくりしました！」

自分で選んだ妻のことを「愚妻」などと表現する昭和な感性は、依然根強いと思われます。実際、既婚の男性が「ワイフ愛してる！」と堂々公言しているところを見たことがない。極私的存在すぎて勢い余ってディスってしまうのか、ディスってもいい存在だとナメているのかはさておき、もし自分が彼氏と結婚して、どこかでわたしのことを「うちの愚妻がさぁ〜」などと言っているのを耳にしたら、タックルして床にのして、馬乗りで殴りかかってしまいそう。考えただけでも腹が立って、まだ結婚してもいないのにぷりぷり怒る始末。

でもよくよく考えると、それと同じことをわたしもちょいちょいやらかしていることに気づきました。その証拠に、そろそろ一年続いているこの連載で、わたしが彼氏のことを褒め称えたことは皆無！　振り返ってみても、彼氏が家事しないとか、彼氏のせいで風邪ひいたとか、ディスりに次ぐディスりです。男の人と一緒に生活するとはどういうことかを考察するのがテーマだから、負の面ばかりを強調してしまうのは仕方ないのですが、それだけでなくわたしは現実でも、友達や編集者さんの前で彼氏のことを語るとき、「あ〜あいつねぇ〜」と、ダメな部分ばかりをあげつらってしまう、良くない癖があるのです。そう、わたしは妻を「愚妻」と表現するオヤジたちの仲間なんです！　その癖のせいで、友達や編集者さんのなかに彼氏の歪んだ人物像が植え付けられ、「そんな彼なら捨てちゃえば？」と言われることもしばしば。え、一緒に暮らすの超楽しいんだけどな、と首を傾げるのですが、全部自分で蒔いた種なわけで。今回は思い切ってその贖罪に、彼氏が喜ぶことを書き残しておきたいと思います。

彼氏が喜ぶこと、それは、顔を褒められること。彼氏はちょっとうらやましいくらい、自分の顔が気に入っているのです。確かに黄金比と謳われた池上季実子を彷彿させるほど、顔立ちが立派に整っているのに異論はありません。実はイケメンと名高いさかなクンによく似ています。

先日、マガジンハウスの雑誌「ＧＩＮＺＡ」の編集者Sさんに誘われ、屋形船にカップルで乗ってきました。彼氏にとって初の公の場です。後日そのSさんから届いたメールには、「彼氏さん、男前でびっくりしました！」の一文が。男前でびっくりしました

男前でびっくりしました！　男前でびっくりしました！　男前でびっくりしました……（エコー）！

そのキラーフレーズがたいそうお気に召した彼氏は、本当に本当に嬉しそう。あのオシャレ総本山「GINZA」の編集者さんに男前と認められたとあって、これ以上ないご満悦です。

「ねえねえ、『GINZA』のSさんが、オレのことなんて言ってたって？」と何度も訊いてくるので、「男前でびっくりしたって!!!」と復唱するのが、二日ほどわが家で流行りました。顔のおかげで欠損がカバーされてるとか、いろいろ言いたいことはあるのですが、「アンチ愚妻」の試みなので口をつぐみます。彼氏をディスらずにエッセイを締めくくるというのは、本当に難しいですな。

わたしの目には時々、ショーケンに見えたりも。

お子について

遅い夏休みをとった彼氏が、一人で名古屋の実家に帰省した九月半ばの連休。もうすぐ一歳半になる姪っ子に久しぶりに会えたのがよっぽどうれしかったのか、LINEに続々と姪っ子動画が送られてきました。

おじさんのことを完全に忘れて警戒心丸出しの姪っ子、てちてち歩きながらクイックルワイパーをかける姪っ子、でんぐり返しをキメて家族中から「すご〜い！」と歓待される姪っ子、姪っ子姪っ子姪っ子！　とにかく姪っ子が可愛くて仕方ない様子。

いや、わたしだってうちの姪っ子を可愛いと思っているけど、ここまで無邪気に、ある意味無責任に「姪っ子サイコー！」と全身で表現する彼氏も、すげーなと思うんです。わたしが姪っ子を愛でているときは、「うーむ、そりゃあ可愛いが、やっぱり子を育てるって大変なんだな。自分の時間ゼロか。厳しいぜ」などとリアルな実感が頭をチラつき、そこまで手放しに、百％で目を細めていられない。姪ＬＯＶＥを叫ぶ彼氏を見て、「あ、子ども好きなんだな」とほっとする自分もいれば、「げ、子ども欲しそう！　アピールか⁉」と警戒する自分もいる。心の中がいろんな感情でかき回されます。

タイトルのとおり結婚はそのうちするつもりだけど、子どもに関してはまだまだ決められてないのが現状。欲しいといえば欲しいけれど、子なしもアリなんじゃないかなぁという気持ちもあります。いまの調子で仕事をしていきたいのが第一義であるわたしにとって、その選択はあまりにも難しい。肉体的なこともあるし、頭で考えてるだけじゃ答えなんて出ないです。

たとえば二十代後半、「わたしどうしちゃったの⁉」というほど、体が彼氏ほしいと叫んでいたように、三十代になると子どもが欲しいという猛烈な思いが湧き出るもんだと聞いていて、それが来るのを待っていたのですが、その波、まだ全然来ないし。というわけでこれに関しては、自分がどうしたいのか、やっぱり本当にわからないのです。

彼氏にもちょくちょく訊いているものの、わたしと同じようにずっと煮えきらない態度でした。改めて問うたところ、「子どもを持たずに生きるには、人生はあまりにも長いのではないか」と、爺さんみたいな言葉が出てきました。姪っ子効果で、どうやら子どもが欲しい方向に心が傾いているようです。「そっか、わかった。じゃあいつごろから子作りを？」と具体的な話に入ろうとしたら、途端に彼氏の心はそっぽを向いて、テレビに戻ってしまいました。「欲しい」気持ちはあるものの、そこまで話を詰められるとちょっと困るかな、といった感じ。気持ちはわかる。

だって考えれば考えるほど、子どもを「欲しい」と思うって、スゴい話です。神の領域って感じがして、畏れ多すぎ！　それこそこんな懊悩も、すべて無意味な予感しかしない。ひとまず「子なし」に傾いていた針を「欲しい」にちょっとだけ寄せたところで前進とし、この案件は再び棚上げすることにします。

まああまり重く考えず、もし授からなかったら犬でも飼いましょうと話しています。なにしろうちにはもうチチモという子どもがいることだし。チチモ、充分可愛いし。

夫も子どもに対してはこのくらいのテンションだったし、双方ともに兄姉に子がいるため、「なんとしても孫を！」みたいなプレッシャーもなく、棚上げしたまま月日は流れ、四十三歳になるいまも、うちに子どもはいません。でかい子宮筋腫があって、これを取らないことには自然妊娠は難しいとのこと。痛くもないのに手術をする気にはなれず、不妊治療はせず、いまに至ってます。しかし、チチモが早々とあの世に行ったのは痛かった。同時に、チチモを愛した十六年間、わたし子育てがんばった、やり切った、という思いもあったな。犬も猫も子もいないけど、わたしたちは毎日楽しく暮らしてまーす！

非現実の王国で

仕事で富山に帰郷。午前中は暇だったので姪っ子の幼稚園の参観日に、うちの母とともに行って来ました。スケジュールは九時から遊戯室で、かけっこと大人気ダンス「エビカニクス」の披露、そのあと教室に移動して、牛乳パックとストローとどんぐりを使って迷路を自作するという（あの創作物をうまく説明できない）充実のプログラム。最後は、紙を丸めて作った薔薇のオブジェと、「（振り込め詐欺に）だまされないようにきをつけてね」と書かれた、警察署の電話番号付きのお手紙の贈呈で締めくくられました。

「うう、姪っ子、こんなに大きくなって」と感動で泣きそうになる瞬間もあるのですが、幼稚園と書いて字のごとく、あまりの幼稚さとシュールさに、「なんだこの茶番は⁉」と衝撃を受けたりも。十二時に解放されたときは、これまで感じたことのないような疲労感でぐったり。睡眠不足だったこともあって、家に帰ってきてすぐベッドに倒れこみ、アラームを二十分後にセットして目を閉じたところ、五時間ぶっ通しで爆睡してしまいました。たった三時間お子の世界にお邪魔しただけで、五時間の休息が必要とは。やっぱりわいに子育ては無理や！

兄曰く「慣れるよ」とのことですが、あの子にごはん食べさせて風呂に入れて、と考えただけで体力的精神的にギブアップ。お子メーターは再び「子なし」の方向に振れてしまいました。前回と今回でプラマイゼロです。

さてさて、お子のいない世界で日々暮らすわたしと彼氏。世話しているのは愛猫チチモとベランダの植物だけというとてつもなく気楽な生活です。それでも日頃は仕事と生活に追われてかなりバタバタしていて、家事の愚痴なんかをここに書いてしまうのですが（言うほど大した家事はしていないが）、地元で幼稚園ライフ&子育て家庭を垣間見たことで、自分たちがいかに浮ついた、非現実的な世界（またの名を東京という）に生きているかを実感しました。

先日親友あもちゃんから、「おしゃれ雑誌でおしゃれなエッセイばっかり書きやがって、このおしゃクソめが！」と、胸に沁みる素敵な叱責を受けたのですが、その通り。分不相応な夢を追いかけ回しているうちに、いつの間にか都会のおしゃれワールドの一員となっていたわたし。

気がつけば肩書きに「エッセイスト」とか書かれるようになっていたわたし。

っていうかそもそも、「an・an」で連載しているわたし。

なんだか、ずいぶん遠いところに来てんな。

とまあ、ちょっと幼稚園の行事に出ただけでいろいろ考えてしまいましたが、こうして立ち返ったり省みたりすることができるのも、気楽で暇な証拠といえましょう。とりあえず仕事がんばろー（逃げた）。あ、彼氏は元気です。

エビカニクスを踊っていた姪っ子もあっという間に中学二年生。会えるのは年に数回なので、おもしろいように大きくなっていきます。子どもって、なんていうか大胆に、容赦なく成長していきますね。

このときはちょうど義姉が第二子を出産する直前だったため、代わりに幼稚園のイベントに出てました。甥っ子が生まれ、男女がそろったことでわたしはますます、「子どもを産まねば」という社会的なプレッシャーから解放されていったのだった。

家事小説

講談社が発行する「群像」十一月号に、中編小説を寄稿しました。題名は『かわいい結婚』。普段この連載に書いているような家事をめぐるあれこれを小説に落とし込んだ作品です。結婚したとたん向いていない家事がのしかかり、主人公が苦悶する話。純文学系の文芸誌に「家事ツライ」というテーマは軽いと思われるかもしれませんし、筆致はたしかに軽めなのですが、自分的にこのテーマはとても重い。真剣に向き合うべき題材と思って執筆しました。

十八歳で一人暮らしをはじめてから、掃除や洗濯はもちろん、自分の食事の面倒は自分で見てきましたが、別に苦ではなく、家事って大変と思うようになったのは同棲してからのこと。それまでもやっていたことなのに、メンバーがたった一人増えただけで（そしてそのメンバーが男性というだけで）、負担はぐっと重たくなりました。洗濯ひとつ取っても量が倍ですからね。また男の人って、Tシャツとかパンツの生地がいちいち厚くて。

掃除は得意、料理は苦手と、ジャンルによって得手不得手はあるにしても、家事が嫌いというわけではありません。ただ、誰かと一緒に住んでいることによって、より高い生活レベルを求めるほうが、より自発的に家事をすることになってくる。うちの場合はわたしになります。

「家事は女がやるもの」という忌々しき固定観念を抜きにしても、家事にまつわる性差問題は根深くて矛盾だらけ。たとえば彼氏が皿を洗ったとき、わたしはふざけてオーバーに「あんたって最高！　愛してる！」と褒め称えたりするのですが、同じことをもし彼氏が言ってきたら、「皿を洗ったからわたしのことを愛してるだなんて、それどういう意味だコラ？」となるわけで。家事をすることと愛情を一緒くたにされると、フェミニズム・センサーがビィビィ鳴るくせに、彼氏が家事をしてくれたら、反射的に「好き好き」言っておだててしまう。

さらに不思議なのは、彼氏もそれなりにきれい好きで、じゅうたんタービーかけたり、風呂とかもまめに掃除しているのですが、そのことでまったくストレスを溜めていないということ。わたしだけがどんどん家事にイラついて、家事ってなんぞやと日々考え、エッセイに書き、ついには小説にまでしたためてしまった。

家事に向いていない主人公が、どんな結末に至るか、ぜひ読んでみてください。

『かわいい結婚』は講談社文庫から絶賛発売中。じゅうたんタービーとは、このころわが家で愛用していたカーペット用の手動掃除機のこと。夫はこの商品を手放しで褒め、「タービーの代理店をやりたい」というほど入れ込み、実は連載でも一話を割いていたのですが、ルンバを愛用する現在からすると全然ピンとこない話だったので削除しました。

おじさんの世界

一年三百六十五日は、週でいうと五十二週。「an・an」は週刊なので、つまり今回でめでたく一周年ということになります。わたしが知る限り、一年間毎号欠かさず読んでくれている身近な人が三名います。一人はわたしの親友、もう一人は彼氏の親友、そしてうちの父！　そう、うちの父はわたしの同棲の進捗状況を、毎週「an・an」でチェックしているのです。

一貫して放任主義で、わたしの結婚に対してもどこまでもノータッチだった父。そんな父が今年に入ってから、「あちらの両親の顔も知らないのはどうかと思う」と、もっともなことを言うようになりました。ドキッ！　ついにそこの部分を突っ込まれてしまったか。お互いの実家には何度も遊びに行ったことあるのですが、なにしろうちは富山、彼氏の両親は名古屋と微妙に遠いので、両親同士が会う機会はなかったのです。

というわけで、絶好の行楽日和として各所でイベントが行われている十月の三連休に、保護者面談もとい、両家顔合わせ的なやつをやってきました。その予定が決まってからというもの、うちの母は「着ていくものがない！」と大騒ぎ。わたしも前日に大慌てで、一度しか着ないであろう清楚系のワンピースを購入しました。当日は父母娘が全員、生地のしっかりした服を着て、特急しらさぎに乗り、一路名古屋へ。彼氏のお父さんが予約してくれたお店は、名古屋駅直結のJRセントラルタワーズの中にありました。ひときわ高級感を醸し、実際高級な料亭の中は、時代劇で見る「城」みたいな造り。ひょえ〜とビビりながら通された個室にて、さらなる異次元ワールドが展開されたのでした。

それは、一言でいうなら、おじさんの世界。個室には大人が計六人いるのに、ほとんどおじさんしか喋っていないのです。「こちらが彼氏のお父さんで」などという無粋な紹介は無用！　おじさんはおじさんと会った瞬間から、膝をついて礼儀正しく頭を下げ、手土産を渡し合い、完璧な呼吸で話を弾ませていました。おいてけぼりの母軍団。ほぼ無言で、いる意味のない彼氏。ときどき会話に割って入っては言わなくていいことを言うわたし。

おじさんというのは、「気のいいおじさん」と「話の通じないおじさん」に二分されると思うのですが、幸いなことにここにいるおじさんは、どっちも「気のいい」ほう！　気のいいおじさん同士は一瞬で打ち解け、「あとは本人に任せます」の結論で一致し、和気あいあいな感じで解散となったのでした。
そんなおじさんワールドに感化されたのか、若いおじさんである彼氏が、結婚へ前向きな姿勢を見せるようになりました。わたしとしては顔合わせの二年後くらいかと見込んでいた結婚が、この分だとだいぶ前倒しになりそうな気配。おじさんという山が動いたことで一気に前進。世界はおじさんで回ってます！

いやほんと、世界はおじさんで回っているのである。おじさんという既得権益層がいかに日本で嫌われていて、そのホモソーシャルな生態が問題にされているかはみなさんご存知のとおり。ただ、うちの父がおじさんとしては例外的に性格がよく、話せる人間だったこともあり、わたしはアラサーになるまでその現実が認識できていませんでした。父はプロゴルファーで根っからのスポーツマン。なのに正反対の文系人間のわたしが小説家になったことを、いちばん応援してくれていました。

あの紙

両家の顔合わせ食事会も無事に終わり、なんだかマジで結婚しそうな雰囲気です。
いや、もちろんずっと結婚するつもりではいるのですが、なんとなーく絵空事のように思っていたふしがあり。しかしついに、いよいよ、さすがに年も年だし、現実と対峙するときがやって来ました。

その第一歩として、まずはあの紙をもらいに行くことに。「あの紙」とはもちろん婚姻届のこと。既婚者の友人に聞いたところ、婚姻届は住民票の写しを請求するのとはわけが違うため、ちゃんと窓口でもらうんだそう。しかも婚姻届を出すにあたっての心得みたいなものを窓口で説明されるから二人で行った方がいいよ、とのこと。というわけで去る土曜日、二人そろって近所の区役所の出張所へ行ってきました。

番号札を取って待つこと数分。窓口に呼ばれ「婚姻届をください」と言うと、すぐに出てきました。「婚姻届の書き方」が解説されたわら半紙に挟まれたあの紙は、思っていたパリパリした紙質とは違い、枠線などのインクが茶色なので驚きました。えっ、緑じゃないの？

どうやらわたしが思い描いていた婚姻届は、離婚届のほうだったよう。常々ドラマなんかでよく見かけるのは離婚届だから。婚姻届ってはじめて見たかも。

婚姻届は、書き損じたときの予備がついて、二枚で一セット。修正液は使っちゃダメだから、一文字でも書き間違えたら、残るチャンスは一回か。普段から請求書なんかを書くとき、必ず二枚か三枚はミスってしまうから、予備は十枚くらい欲しいんだけどなぁ。二枚で足りるのか？　そういう意味ではけっこう緊張しそう。婚姻の重み以上に、書き損じの恐怖の方が重くのしかかります。なにせまたこの紙を取りに役所に出向くのはすごく面倒なので。この二枚でキメたいところです。

さて、窓口で職員さんは、居住地と本籍地が違う場合は、戸籍謄本が必要になること、そして提出のとき、身分証明のために免許証などがいることを教えてくれました。ん？　そんだけ？　なんか友人の口ぶりでは、「結婚に対する覚悟（？）を問われるから、二人でそれを聞いた方が気が引き締まっていいと思う」って感じだったんだけどな。窓口の人のアドリブなのか？　もしかして提出するときか？

婚姻届の提出にあたって、証人の署名や戸籍謄本を揃えるのは当然のこと、紙を提出した日が結婚記念日となるため、ちゃんと狙った日に決め打ちで行かなければ。しばらくはこの紙に振り回される日々が続きそうです。

あの紙は窓口で言えば予備に何枚でもくれるみたいです。

彼氏から夫へ

婚姻届の左半分、「夫になる人／妻になる人」欄に二人とも名前を書き、はんこも捺し、あとは右半分の「証人」欄を埋めるだけという段階に来ています。一ヶ月前には予想だにしなかった急展開！　今回はとりあえずあの紙を出すだけなので、そこまで忙殺されることはなさそう。婚姻届を提出したあとにやることといえば、免許証とパスポート、銀行やクレジットカードや携帯電話の名義変更、健康保険や年金の手続きです。結婚式や披露宴や新婚旅行を同時進行でやることを考えると余裕ですが、それでもかなり面倒くさくて、考えただけで憂鬱な気持ちに。これがマリッジブルーってやつか？　違うか？

そんなときは初心に立ち返るべし。ということで、高校時代の愛読書、美輪明宏著『人生ノート』を久しぶりにめくってみました。そこにはこんな記述が。

〈（著者注：結婚相手と自分の性格が）いかに違っているかの部分を、おたがいどこまで妥協していけるかという努力をするのが結婚です。（中略）相手に対する妥協、忍耐の毎日、精神的葛藤、これが結婚です〉

高校生だったわたしは、一体なにを思ってこの文にアンダーラインを引いたのか。ご丁寧にも本には、買った日付が書き込まれていました。一九九八年十一月二十日。わたしの十八歳の誕生日ではないか。そして予定通りにいけば、結婚記念日になる日です。

美輪様の教えもあってか、結婚になんの期待もしない現実的な女に成長したわたしですが、いまのろけなくていつのろける？　のろけのラストチャンスなので、一つ披露したいと思います。実は最近わたし、彼氏のことを「夫」と呼んでいるんです。ややフライング気味ですが、いまから慣れておこうと思って、本人に向かって「ねえ、夫ぉ〜」と。同一人物なのに彼氏が夫になっただけで、グレードアップ感半端ないです。ちなみに彼氏が結婚を決意した理由も、「いい年して〝彼氏〟でいることが嫌になったから」だそう。潮時だったってことですな。

思い出すなぁ。このクソ忙しいのに名義変更なんてくだらないことをしなきゃいけないなんて！　と怒り狂っていたあのころ。選択的夫婦別姓、早く導入してくださーい。

シングルガールとの別れ

とくになんの感慨もなく結婚前の日々を過ごしているのですが、あるとき「わたし、シングルガールじゃなくなるのか」と思ったとたん、猛烈なさびしさに襲われました。「独身」にも「未婚」にもなんの未練もないけれど、「シングルガール」でなくなることはものすごく悲しい。『魔女の宅急便』から『SEX　AND　THE　CITY』に至るまで脈々と連なる「都市で自立して生きる女の子」の系譜。わたしはあのジャンルを心底愛していて、描かれるすべてのキャラクターに共感し、心の友と思ってきました。だけどもうすぐ自分はその一員でなくなってしまう。そう思ったら悲しくて悲しくて、婚姻届を破り捨てたい衝動に駆られました。

一部の女の子は実家という安全な場所から離れ、地元での安穏な暮らしを捨て、単身都会を目指します。『魔女宅』のキキのように住む場所を探し、仕事を探し、運命を切り拓き、自分で自分の舟を漕いで生きていく道を選びます。誰かに頼って生き方を決めてもらうんじゃなくて、自分で選び取ろうともがく。女の人にそういう自由が許されるようになったのは実はごく最近のこと。その自由を目一杯謳歌しようと、街に飛び出していく女子が描かれた映画やドラマが大好きで、さらには自分自身が、そういった映画の主人公になった気がする瞬間を、何度も味わいました。

思えば同棲以降、ああいう瞬間はほとんどなくなってしまった。彼氏と一緒に住んでいるのは安心です。でも、そうやって守られた環境ではどんどん感覚が鈍くなっていく。何年か前の彼氏いない歴三年目くらいのころ、既婚者の女性と話していたとき、内容のお気楽ぶりにビビった記憶があります。自分と同じシングルガールの友人と話している内容のシリアスさ&重さを「苦悩する哲学者」とするなら、既婚女性はまるで女子高生のようだなと、そのときのわたしは感じました。シングルガールは神経をピンと張って、かすかに緊張しながら生きている。ああ、そんなシングルガールが愛おしい！　この期に及んでまだまだシングルガールでいたい！

小泉今日子さんが二十歳の誕生日に「プレゼント」として休みをもらい、どこへも出かけず誰とも会わず、たった一人で己を見つめて過ごしたというエピソードはわたしの中で有名ですが、自分もそういう、シングルガールとの別れの儀式をしようと思い立ちました。ちょうど十一月に友人グループと軽井沢旅行の予定があったので、一人だけ延長してホテルに泊まって、粛々と己と向き合おう。せっかくなので、ここは奮発して万平ホテルを予約。ジョン・レノンの定宿であり、シングルガール的には加賀まりこと安井かずみが出会った場所として記念碑的なスポット。シングルガールとの別れにこれ以上相応しい場所はなーい！

一泊目は『文芸あねもね』という東日本大震災チャリティアンソロジーの参加メンバー数名とともに、山本文緒先生の飼い猫さくらおばさんに会いに行き、二日目にみんなとバイバイしたあと、万平ホテルに移ってしっぽり過ごす予定でした。たった一人のバチェロレッテ・パーティー（独身さよならパーティー）のつもりで。

ところが、「一人でもう一泊してくる。万平ホテルで」と言ったとたん、彼氏は目の色を変えて、「え、オレも行こっかなぁ」と言い出しました。こいつ便乗する気だ！　まさか「シングルガールとのお別れ会だから来ないで」とは言えず、わたしは「あうぅ」と歯切れの悪い返事。「邪魔？」と訊き返す彼氏に「邪魔だよ」とは言えず。予約した日が月曜なので、勤め人である彼氏は来られないはずなんです、有休を取らない限りは。そもそも、わたしが旅行したい旅行したいと床を転げ回ってアピールしても、予定を立てるのが面倒だからか、これまで一度も乗ってこなかったし。つき合って五年になるのに、帰省がらみ以外での旅行というと、群馬県の伊香保温泉に行ったっきりだったので、どうせ来ないだろうと高を括ってました。

しかし彼は来た！　別に来なくてもよかったのにぃと、わたしの心の中のシングルガールがほっぺたをぷぅと膨らませて拗ねてますが、やっぱり誰かと一緒の方が旅は楽しい。到着した彼氏に、「見て見て！　ここがジョン・レノンも泊まった一二八号室！　これがジョン・レノンの要望でメニューに加わったロイヤルミルクティー！」と大騒ぎ。明日はジョン・レノン御用達のフランスベーカリーと、ジョン・レノンが食べ歩きしたミカドコーヒーに行きたいと言うと、「五年つき合っててジョン・レノンのファンだなんて一言も言ってなかったのに」と呆れてました。

なにより彼氏の来訪に感謝したのは、夕食の時間。万平ホテルのメインダイニングルームは、高い高い格天井にステンドグラスという、和洋折衷の大変クラシカルで豪奢な空間です。フランス料理がコースで供されるのですが、見渡す限り熟年夫婦か中高年の女子旅ばかり。こんな場所に三十代女性が一人でいたら、「自殺しに来たの？」と疑われてしまいそうなほど、場違い極まりない。

ああ、それでも。たった一人でチェックインし、たった一人でアルプス館一二二号室のソファから軽井沢の木立を眺めたときの気分は、まぎれもなくシングルガールにしか味わえないものでした。というわけで、ものすごく中途半端ですが、さよならシングルガール。マリコは結婚します！

軽井沢までせっかく休みを取って駆けつけたのに、本当は来てほしくなかったとはショックです。なんだ、言ってくれればよかったのに。思っていることはなんでもかんでも喋る妻でさえ、言わないこともあるんですね。でも軽井沢はすごくいいところだったので、ぼくはまた行きたいです。

単行本収録『男のいいぶん』より

R-18文学賞の仲間たちと共に、チャリティ電子書籍として作った『文芸あねもね』は新潮文庫になり（現在は品切れ中）、さらには声優の井上喜久子さんと田中敦子さんがオーディオブック化するプロジェクト「文芸あねもねR」を立ち上げてくださいました。このころまでは作家仲間と年一ペースで旅行に行ったものですが、このあとみんな結婚したり子どもを産んだりとライフステージが変わって、こういうグループ旅行もしなくなったなぁ。結婚を境に夫といる時間が増え、夫と旅行する機会が増え、夫夫、また夫という感じ。結婚しても変わらない気がしていたけれど、やはり変わってしまうのですね。

名義変更クエスト〜挫折〜

結婚したら、まずはなにをしなくちゃいけないんだろう。ネットで検索したら、とにかく名義変更の話が最重要課題としてあがってきました。既婚者の友人も、「あ〜あれ面倒だよね」とげんなりした調子で、丸一日かけて役所やらパスポートセンターやらを行脚したといいます。というわけで、誕生日に婚姻届を出すと決めてからというもの、この日が来るのを戦々恐々としながら待ち構えていました。

日本では婿養子や妻氏婚《つまうじこん》といった〝スペシャルコース〟を選択しない限り、夫が戸籍の筆頭者となり、夫の苗字を名乗るものとされています。わたしも自動的に普通コース（夫の姓を名乗る）をチョイス。その結果、運転免許証はもちろん、パスポート、保険証、銀行の通帳、携帯電話、クレジットカードなどの名前も変えることに。とにかく面倒だし、なんか腹も立ってきます。名前を奪われただけでも耐え難いのに。

名義変更みたいな雑用に時間を取られるなんて嫌だ。そこでわたしは考えました。最少の稼働時間と労力で、最大の効果を生みたいと。区役所に行ったその日にその足で、すべての名義を変更してやる！

一日でくまなく回れるよう、あらかじめどういう順番で動くか計画を立て、何度も頭の中でシミュレーションしました。申請に必要なもの（戸籍謄本や住民票や印鑑など）をリストアップし、朝イチで役所に行ってから、完璧に無駄なく移動できるコースを練り上げたのです。そして名義変更のついでにケータイも買い替え、この機会にiPhone6にすることを決意。丸一日手続きで忙殺されるんだから、そのゴールにケータイを買い替えるくらいの楽しみがないとモチベーションがもたないので。

そしていよいよ当日。さっそくアクシデントが発生。まず、朝七時起きの予定だったのに、目が覚めたのが午前十一時。さらに役所にて、新姓での戸籍謄本が手に入るのに約十日かかることが発覚。この時点ですべての予定がパァー。ランチに食べた海老天丼で胸焼けしてお腹を下す。突然の雨に降られる。次から次へと降りかかる地味な災難の数々！　そんなこんなで心が折れ、なんの変更もできないまま、踵《きびす》を返して帰宅しました。

あんなにテンパりながら予定を組み立てたことが、あたしゃ恥ずかしいよ。役所の窓口でおじさん職員に「戸籍謄本？　十日はかかるよ」と言われた瞬間、彼氏……じゃなくて夫は、「ぷっ」と横で笑ってました。ともあれ、トツギーノ（©バカリズム）は無事完了。婚姻届は複写もないし証明書などが発行されるわけでもなく、指輪もまだ買ってないので、ほんとに結婚できたのか半信半疑ですが。

いまだにうっかり結婚のことを入籍と言ってしまうことがありますが、正しくはそれぞれが親の戸籍から抜けて新しい戸籍を作ることなので、「入籍」や「籍に入る」は間違い。夫のことを「主人」と言うのと同様、結婚にまつわる言葉は女性差別を内包しながら、美意識化されて広く浸透しているので、完全に是正するのはなかなか難しいですね。

とりあえず結婚してみました日記

悪妻のすゝめ

『そのうち結婚するつもり日記』というタイトルをつけた連載がはじまってから、結婚したらどうするの？　とよく質問されました。実は最初から考えてあったのです。結婚したら『とりあえず結婚してみました日記』に改めようと。

とりあえず……、なんていい言葉でしょう。辞書を引くと「将来のことは考慮せず、現在の状態だけを問題とするさま」などと定義され、永遠を前提にした結婚の誓いとは真逆を行きます。「とりあえず」に似合うのは、油性マジックで落書きされた高田純次の顔です。でもそのくらい適当なノリがなかったら、ビビって婚姻届にハンコなんて捺せなかったかも。

「幸福な結婚というのは、いつでも離婚できる状態でありながら、離婚したくない状態である」とは、小説家の大庭みな子によるお言葉。結婚にまつわる名言のなかで、これに勝るものはないかと思います。その気になったらすぐ別れられるけど、別れたくないから一緒にいる。恋人同士なら当たり前のことでも、結婚となると俄然難しくなるのが現実です。子どものために別れられない、というケースももちろんあるけど、いちばん多いのは経済的な理由。最近ニュースでも「女性の貧困」が話題にあがりますが、女性は男性にお金の面で依存せずには生きていけないような社会の仕組みがべースにある以上、一度結婚すると簡単には離婚できないようになっています。これは本当に恐ろしい仕掛けだ。

先日、地元の友人が、「結婚して専業主婦になりたい。働きたくない。けど家事が好きなわけではない」と言ってました。三十過ぎると、結婚の引力はぐぐっと強く作用してくる。そして、もし彼女が念願成就し、結婚して仕事を辞め専業主婦になったら、自分の意志で離婚できる可能性はぐっと低くなります。

ちなみに大庭みな子の名言は夫側にも有効。夫の場合は身の回りのことを任せきりにする余り、妻なしでは生活できなくなるという依存の危険があります。夫に尽くして身の回りの世話をあれこれ焼けば焼くほど、夫はなにもできなくなっていく。もし妻に先立たれたら、赤子並みに生活能力がない爺さんになってしまう。だから甲斐甲斐しい妻であることは、長い目で見れば実は、夫のためにはならないのかもしれません。

婚姻届を出した翌日から、仕事で五日も家を空けたのですが、わたしがいなくても夫はちゃんと洗濯してごはんを食べていた様子。妻が何日も家を空けるなんて、人によっては「なんて悪妻だ」と思うかもしれませんが、これも長い目で見れば、夫のためなのである、たぶん！

新姓問題

ついに重い腰を上げ、名義変更の手続きに行ってきました。出鼻をくじかれてやる気が失せていたものの、免許証はちょうど今年が有効期限で、どっちみち誕生日の前後一ヶ月以内に更新せねばならず。こういうことは早めに済ませるに越したことはないと、渋々出かけました。

まずは区役所で戸籍謄本と住民票を申請します。のっけからあるあるネタで恐縮ですが、窓口で「☆☆さん〜」と夫の苗字で呼ばれるのが超違和感。なにしろ三十四年間ずっと「□□さん」として生きてきたんだから。人の名前を間違うって失礼な行為のなかでもかなり上位にくると思うのですが、それをされたのと近い気持ちになりました。夫の苗字で呼ばれるのは、新妻が幸せを感じるポイントであるとなんとなく刷り込まれてきたものの、ちょっと検索しただけでも、結婚して苗字が変わることについてもやもやした気持ちを抱えている意見が大量にヒットしました。結婚して何年も経つけど慣れないとか、いまだに間違えてしまうとか。名前が変わったことで喪失感をおぼえたという話も当然ありました。

わたしは同棲からの結婚だったので生活自体に変化はありませんが、たとえば結婚と同時に実家を出て、仕事も辞め、いろんなものを切り捨てて新生活をはじめた場合、自分の名前まで変わるとなると、アイデンティティなんて簡単にクラッシュしそう。というか、そうやって名前を剝奪して一旦ゼロにさせ、嫁ぎ先に染めるという魂胆があったんでしょうな、昔は。

わたしの場合、仕事上は変化なし（山内は筆名で、本名ではない）。ただその山内でさえ、最初は自分で名乗るのが恥ずかしかったし、つい最近まで人から呼ばれても気づきませんでした。「はじめまして山内です」と言いながら名刺を差し出すとき、いまだにもう一人の自分が「お前はウソをついている！」と指摘してきます。

本名は麻里子なので、結婚前も結婚後も仕事時も、わたしが「まりこ」であることに違いはないのですが、苗字はバラバラ。ちなみに旧姓のフルネームも筆名も、姓名判断でつけられた名前でした。

ここで問題が発生。これまでわたしの名前は、運勢のいい字画になるようにと注意深く名づけられてきたのですが、そんなことお構いなしに新たなる苗字、☆☆が降ってきたわけで。ダルマ落としのように旧姓がハンマーで叩きのけられ、☆☆がデカい面してわたしに戴冠されてしまった。

ネットの無料姓名判断サイトに新姓を打ち込んだところ、四十九点というショボい結果に。「画数のラッキー度は高くありません。幸運には恵まれにくいでしょう」と。うわ、やる気なくす……。旧姓で占うと八十点という高得点で、「生まれながらの幸運度が高い」とのこと。ま、もう無効なんですがね。

　そして姓名判断のほかにも、地味に気になっているのが字面。新姓と麻里子は、どうも字面が良くないんです。夫の姓は☆☆と表記したとおり、珍名というか、やや特殊。ややどころでなく、先日もレジで領収書の宛名を書いてもらう際、何度も聞き間違えられた挙句、微妙に間違って書かれるという事案がさっそく発生したところです。なにより、純粋にわたしの文学的センスが、新しい名前の字面にNOと叫んでいます。苗字が☆☆で固定されるなら、漢字は「茉莉子」が合う。

　試しに姓名判断で、☆☆茉莉子を入れてみた結果、なんと八十六点というまぶしい数字が叩きだされました。読みは同じだけど下の名前の漢字をちょっといじるだけで字面も美しくなり、人生の幸福度もぐんと上がる。いいこと尽くし！　できることなら法的に、字面も運勢もいい名前にしたい。

　一瞬、本気で改名しようかと考えたのですが、調べるとこれがなかなか難しそう。法的に改名するには、家庭裁判所に「名の変更届」を受理してもらわなくてはいけないのですが、その許可例を見る限り、「字面が悪いから」とか「姓名判断がイマイチだから」という理由は見当たりません。

　そんなわけで渋々ながら、わたしは字面の良くない人として生きていくことに。と、ここでさらなる問題が発生。運転免許更新センターで新姓を提示したところ、チェック係のおじいさんの目が、ギロリと鋭く光ったのです。——つづく。

女性が結婚で苗字が変わることに対して、当たり前というかそれまであまり深く考えたことがなかったので、妻の示した抵抗感は想定外のものでした。もちろん夫婦別姓論の存在は承知しています。でもそれは仕事に支障をきたすとか家の名前を守りたいとか、あくまで限られた状況にあるごく一部の人の話だと思っていました。彼女は仕事にはペンネームを使っているし、お互い長子でも一人っ子でもないし、自分には関係のない話だと考えていました。「じゃあそっちがわたしの苗字になれって言われたらどうよ?」と問われて初めて、思いのほか己のアイデンティティが揺らぐのを感じて事の重大さに気付いたのでした。

単行本収録『男のいいぶん』より

続・新姓問題

運転免許更新センターは、完璧に流れ作業化された施設です。書類を持ってブースを回り、写真撮影までたどり着いたら、あとは講習会を受けて新しい免許証をもらってゴール。ところが、写真撮影の二つ手前の関門で、わたしは足を止められました。書類のチェック係であるおじいちゃん職員が、老眼鏡の奥の目を光らせ、「あなた、自分の名前の漢字、間違えてるよ」と言うのです。「へ？」と思う間もなく、おじいちゃん職員は超マイペースに、戸籍謄本に記載された旧字体の書き方をわたしに教えてくれました。たしかに戸籍謄本にある新しい苗字の漢字は、わたしが用紙に書き込んだものとは違います。「こんな漢字見たことねーよ！」と突っ込みたくなるような独特の、どこかまがまがしいもので、ただでさえレア物の苗字が一層読めない。夫の実家の表札でさえ新字体なんだし、その旧字体は戸籍謄本のみで使われてるものだから、黙認して新字体の方で通してほしいのに。そこらへんの事情を説明しようにも、問答無用で次のブースに押しやられ、そこで悲劇は起こったのでした。

次のブースでは若い男性職員が、パソコンで名前を打ち込む作業をしていました。しかしどうやら旧字体の漢字が見つからないらしく、一向に通してくれないのです。パソコンでも普通に出てくる旧字体はたくさんあるけど、わたしの新しい苗字の旧字体はそんな生半可なものではなかった様子。数分にわたって足止めされたわたしの後ろに、どんどん行列ができていき……。

夫にLINEで免許証を送ってもらい、「夫も新字体なんですが」と職員に見せたものの、なぜか旧字体にこだわって折れてくれない。ひとまず「＊」で表記された紙を渡され、「免許証には正しい字で入るから」とやっと通してもらえ、ついにわたしは、夫の一族が誰一人として持っていない、見たこともないおどろおどろしい旧字体で表記された免許証を手にしたのでした。それもこれも、おじいちゃん職員のステキなこだわりのおかげ！　ああ、おじいちゃん職員、本当に、なんてことをしてくれたのだ……。

なにもかも気に食わない新姓問題に対するささやかなレジスタンスとして、ここ最近わたしは密かに、通名というものを使っています。画数がいい、例の「茉莉子」を勝手に名乗っているのです。もちろん非公式なので公的機関では使わないけど、たとえばショップの個人情報なんかには、戸籍と違う名前でも差し支えないと思って、さらっと嘘を書き込んでいたりします。

通名で名乗るとき、わたしは世間をあざむく反社会分子なのである。ふふふふ。

通名のつもりで一瞬だけ使っていた「☆☆茉莉子」でいまだにＤＭが届くことがあり、見るたびに「ヒィッ」と恥ずかしくなって破り捨ててます。

『ゴーン・ガール』

結婚して一ヶ月が経ちました。友人知人から、「結婚祝いを贈りたいから新生活に必要なものがあったら教えて！」というありがたい申し出を受けても、同棲三年のキャリアがあるため、なにもリクエストできない日々が続いてます。結婚指輪すらまだ見に行ってません。しかし「アレ」だけは早めに観なければと、夫をせっついて出かけてきました。

アレとは、映画『ゴーン・ガール』のこと。原作を読んでいたわたしは、この映画をぜひとも夫に見せたいと企んでいたのです。失踪した妻を捜索する中、マスコミ受けの悪さから、やがて妻殺しの真犯人と疑われるようになる夫を描いたスリラー。（以下、ネタバレ注意）実はこれ、『ブルーバレンタイン』や『レボリューショナリー・ロード／燃え尽きるまで』、『テイク・ディス・ワルツ』と同じ系譜にある、暗黒結婚映画なんです。

とかく〝幸せ〟と結び付けられ、甘くコーティングされがちな結婚というテーマに、「いやいや、これこそ本当の結婚だよ」と真実を突きつけてくる容赦のない作品群を、わたしは勝手にそう呼んでいます。「結婚への憧れ」ではなく、「結婚とは一体なんなのか」を暴こうとするこの手の作品は、家庭という密室に閉じ込められた男女が日常生活を送ることがどんなことなのか、余すところなく見せてくれます。見れば見るほど結婚したくなくなる。でもわたし、この手の映画が大好きなんです。

にしても、小説『ゴーン・ガール』は痛烈でした。原作者（脚本も担当している）のギリアン・フリンは女性。彼女が原作下巻で「（あなたたちは）男女のことなんてわかってない男の脚本家たちが書いた映画を見すぎただけ」と、延々七ページにわたって男の〝いい女〟幻想をたたっ斬った文章は必読です。

独身男性がよく「こういう女性と結婚したい」といって無茶な条件をあげますが（ためしに西島秀俊、結婚の条件で検索を）、男の人って女性のことを、自分と同じ人間とは思っていないふしがある。男の妄想が生み出した「オレたちのいい女」が実在してると本気で思っている。そんな女いないのに！『ゴーン・ガール』はそういった〝いい女〟幻想にキツい肘鉄を食らわせてくれるのです。

恋は男女が騙し騙され合う素敵な茶番ですが、「君はいい女だ」とプロポーズに至っても、一緒に暮らす中で本性がモロバレになるのが結婚というもの。そして生身の女は男と同じ、我もあれば性欲もある人間なんだ。暗黒結婚映画はこのことを、手を替え品を替え描いているのです。

夫を超えた日

先日マツコ・デラックスの番組を見ていたら、ピエトロのドレッシングに漬け込んで鶏の唐揚げを作ると激ウマ！　というのをやっていました。「これ美味しそう」「今度やってみよ〜」テレビを見ながら夫と言い合い、後日ピエトロを購入。手が空いていた夫が作ることになり、大喜びで任せていたのですが、ときどき様子をうかがうと、どうも動きにキレがない。後ろ姿から不安そうな空気が立ちのぼっています。

ひょいと顔を出して手元を見ると、ポリ袋の中で漬け込んだ鶏肉に、盛大に片栗粉を入れて揉み揉みしているところでした。

「あっ」わたしは思いました。この鶏カラは失敗だ。

なぜなら以前、わたしも片栗粉をまぶして鶏の唐揚げを作った際、外がかたくて中も全然ジューシーじゃない、絶妙にマズいジャンクフードみたいなものが出来上がったから。竜田揚げならまだしも、唐揚げを片栗粉オンリーで作るのは危険だと、そのとき学んだのです。それ以来鶏の唐揚げは作っていなかったのですが、今度作るなら片栗粉と小麦粉を半々にしようと、密かに思っていたのでした。

ちょうど家に大量の片栗粉があり、一方小麦粉はいつ封を開けたか定かじゃないのが冷蔵庫にずーっと入っていて、あんまり使いたくない感じ。夫が片栗粉をチョイスした気持ちもわかります。しかし、それでも、小麦粉を混ぜるべきだったのだ。むしろ小麦粉のみでよかったのだ。鶏カラの失敗を、わたしは早い段階で察知しました。そしてそれがわかった以上、どうしようもなくテンションが下がったのでした。

もちろん、揚がった鶏の状態を見て、夫もそのことに気づき、元気がない。しかも困ったことに、いまからこれを食べなければいけないのだ。食卓に並べて一口食べ、わたしは「やはりマズいな」と思いました。夫もマズそうな顔で黙々と食べています。この瞬間、わたしは悟りました。毎日（とは言わずとも頻繁に）夕飯の用意をするうちに、ついにわたしはこの男の料理スキル&センスを、完全に追い越していたのだ。だって鶏の唐揚げのみならず、汁物もマズいじゃないか。副菜すらなく、夫が急遽こしらえたコチュジャン入りのつけダレもなんか微妙。献立のバランスも悪く、この食卓の中でマズくないのは米と水しかない。かつて偏食をさんざんバカにされ、料理センスのなさをあれほど指摘されたわたしが、ついに、この男を超えたのだ！

わたしは数多《あまた》の経験から、マズい料理を作ってしまったときのどうしようもなく落ち込んだ気持ちを誰よりも理解できます。黙って席を立ち、酢と砂糖と醤油とネギを混ぜたつけダレを作って、そっとテーブルに置きました。これをつければどんなマズい鶏カラも美味しく食べられることを、わたしは知っているのです。さんざんマズい料理を作ってきた女の、知恵でございます。

料理はやればやるほど上手くなる。全然やらなくなったいま、また腕が落ちているのは火を見るより明らかです。勘を鈍らせたくないからという理由でたまにキッチンに入ろうとすると、「ここはワタシの城よ！」と夫に阻止されることもしばしば。

お金は大事だよ

年が明け、気がつきゃそろそろ確定申告の季節。作家といえどもしがないフリーランス稼業ゆえ、毎年せっせと所得税の申告をしています。が、領収書の整理をするのさえ腰が重くて仕方ない。会計ソフトの解説本をめくってチマチマ作業しているのですが、一ページ読むごとに眉間にしわが寄り、老け込むのが手に取るようにわかります。根っからの文系なので数字がとにかく苦手。お金のことを考えると、ものすごく消耗します。

そんな折、夫と大事なことを話し合っていなかったことに気づきました。手取りでいくらもらっているかは聞いてるし、明細も見せてもらったことはあるのですが、そういえば夫って、一体どのくらい、貯金あるんだろう？ ときどき戯れに、「なんぼ貯めてまんねん」的な訊き方をしたことはあるのですが、通帳を見せてもらったわけではないし、本当のところはわかりません。なにしろお金ってデリケートな話題だし、人様に年収や貯金額を聞くのは失礼な行為だと思っているので。しかしわれわれはもう他人ではない、夫婦なのだ。そこで夫に「ねぇねぇ通帳見せて～」とカジュアルに切り出してみました。そして、大変なことがわかりました。夫はどのくらい貯金しているのか、自分でもわかっていなかったのです。

どこに仕舞っていたのか、夫が出してきたケースの中には、各種銀行の通帳が数冊入っていました。会社からの給料の振り込み用、同棲をはじめたときに公共料金の引き落とし口座として作ったもの、さらにお年玉貯金を放置していると思しき旧式の縦型通帳や、聞いたこともないローカル銀行の謎の通帳まで発掘されました。「なにこれ？」と訊くと、「わからん」と本人も首を傾げています。いつなんのために作ったのか、完全に忘れているそうな。

「いくらくらい入ってるの？」

「通帳には二十万って書いてあるけど、記帳してないだけかも」

検索したところ、その聞いたこともない銀行は、随分昔に某メガバンクに吸収合併されていることがわかり、窓口に行ってみることに。以下、夫からの証言です。

「口座が休眠しちゃってたんだけど、残高あったからお金出るのでお待ちくださいって言われて、ウキウキして待ってたら」

「待ってたら？」

「残高五百三十七円だった」

その瞬間、ズコーッと音がしそうなくらい落胆しました。二十万という額を聞き、この聞いたこともない銀行の残高を、結婚指輪（まだ買ってない）の資金にしようと皮算用していただけに。ともあれ夫、思ったより貯金はあるようでした。

よく聞く話ではあるけれど、お金という秘密を共有し合ったことで、夫婦としてワンランクアップした気がします。通帳を見せ合った瞬間が、現時点でいちばん「結婚した」手応えがありました。そして二人ともお金に疎いという弱点も見つかりました。

このあと税理士さんに確定申告をお願いするようになり、格段に楽になりました。そしてちょっとはお金の勉強もして、老後の資金のために積立投資などもはじめました。夫とは基本的に通帳は別、あくまで自分のお金だけを把握、管理してます。

2015年

スニーカー中敷き遺棄事件

年末年始——それは地方出身者が民族大移動的に、故郷を目指して上ってきた川を下る季節。結婚すれば相手の実家にも顔を出すのは当然の仁義、というわけで、今年は富山&名古屋にW帰省して来ました。

ただし、愛猫チチモ（高齢&現在闘病中、でも超元気）はお留守番なので、家を空けるのは一日が限界。親にはすまんが、人間の帰省を最小限にすることに。先に名古屋に帰った夫をわたしが追いかけ一泊して、翌日には二人で東京に戻ってチチモに薬、翌週末には二人で富山に行って、夫だけ次の日東京のうちに帰ってチチモに薬、わたしは仕事でさらに数日滞在、という慌ただしい日程を組みました。そして事件は帰省行脚も後半、わたしが一人で富山にいるときに起こったのです。

ある夜、夫からこんなLINEが。

「白スニーカーの中敷き知りませんか？」

そのメッセージを一瞥した瞬間、走馬灯のように大掃除の記憶が蘇りました。白スニーカー、中敷き……。やべぇ、やっちまった！

年末、一人で大掃除に励んでいたわたし。窓を磨き、玄関を水拭きし、部屋全体がこざっぱりする程度に片付けると、仕上げに二〇一四年最後のゴミ収集に備え、各部屋のゴミ箱の中身を回収しました。たしかにそのとき、わたしは夫のスニーカーの中敷きを、捨てた。完全に、絶対的に、疑いの余地なく捨てた！

その中敷きは、夫が風呂場でスニーカーを洗ったときに剝がしたものでした。中敷きはスニーカー本体とは別のところで、壁に立てかけて乾かされていたのですが、なぜかその薄汚れた中敷きはわたしの頭の中で、最初から「ゴミ」（中敷き）として認識されていたのでした。だから大掃除の日、部屋に放置されたそのゴミ（中敷き）を見て、「んも〜捨てずに帰省しちゃったのか〜」と、むしろ親切心でわたしはそれをゴミ袋に詰めたのです。思い込みって怖い！

「え、ごめん、捨てたかも」

「君の中敷きはこんなにあるのに？」

夫は玄関に置かれた、わたしの中敷き画像を撮って送ってきました。そう、わたしは靴の履き心地の調整に中敷きを頻繁に用いており、大量にストックしているのです。そうじゃん、中敷きって基本的に捨てないものだ。なのになんで夫のスニーカーの中敷きだけはゴミだと思ったんだろう。自分でも不思議。思い込みって怖い！（もう言ったたか）

よくネットで、夫が大切にしているもの（趣味のフィギュアとか）に無理解な妻が、「こんなもん邪魔」と無下に捨てて男性陣から大顰蹙を買っているのを見るたび、対岸の火事と思って鼻くそをほじっていたのですが、ついにやっちまいました。

ただ気になるのは、その後の夫の対応。どうやら中敷きを失った悲しみより、わたしが〝失態〟をおかした喜びの方が勝っている様子。中敷きを捨てられたことを盾に、なにかにつけて優位に立とうとしてくる夫。すごくうれしそうに、哀れっぽく「僕の中敷きを返して！」と責めてくる夫。おそろしい男です。

居酒屋マリコ

とある木曜日、なんの前触れもなく〈居酒屋マリコ〉がはじまりました。いま適当に命名しましたが、とどのつまりは居酒屋のように、一品また一品と料理が出てくる夕飯スタイルのこと。晩酌にピッタリですが、居酒屋の大将（わたし）はとにかくずっと料理に忙しいため、全然ゆっくり食事できません。池波志乃が夫の中尾彬に、毛筆で書いた本日のお品書きを差し出すという究極のプレイ〈小料理・志乃〉には遠く及びませんが、〈居酒屋マリコ〉もなかなかのもんです。

献身とは無縁の、料理好きでもないわたしがなぜこんな手間のかかることをしたかというと、夕飯を作るタイミングが遅れたから。普段は夫からＬＩＮＥでカエルのスタンプ（帰るよの合図）が送られてきたと同時に仕事を切り上げて米を研ぎ、炊飯器の早炊きボタンを押すのですが、この日は電話が入って仕事がなかなか終わらず、しかも手元が狂って普通炊きをチョイスした上、献立も確定しないまま見切り発車で作りはじめてしまいました。その結果、まだ副菜（消費期限ギリギリのもやしと桜海老を炒めたもの）を作っている段階で、夫が帰ってきてしまったのです。

仕方なく消費期限ギリギリの豆腐の白和えをパックから出して皿に盛り、ビールとともに夫にパス。これでも食って待っとけ！　ってな調子で慌ただしく次の料理にとりかかります。なめこの味噌汁、冷凍の鮭をホイルに包んでグリルに入れた簡易ちゃんちゃん焼きとつづき、ここでやっと米が炊け、わたしも席についてご賞味。意外と美味しくできてたことに気を良くして、消費期限ギリギリの厚揚げを二番出汁で煮はじめました。このあたりから、もはや自分の意志ではない感じ。ごく稀にですが、料理が楽しくなる料理ハイな瞬間があるのです。まるで赤い靴を履いたが最後、死ぬまで踊りつづけるバレリーナのように、わたしはなにかに取り憑かれたように豚肉とニラを炒めはじめました。夫が「お腹いっぱい」とギブアップしているのに、自分もこれ以上食べられないのに、一心不乱にフライパンを振りつづけます。そうして気がついたときには、冷蔵庫に入れっぱなしになっていた消費期限ギリギリの食料たちを、腐らせる寸前ですべて使い切ってました。めでたし。

さて、どうしてこんなハードなことができたかというと、実はこの日、夕方の微妙な時間に、エサのような食事（解凍ごはんと納豆と味噌汁の残り）をかっ込んでいたのでした。つまり、お腹空いてなかったんです！　これは永遠の疑問ですが、夕飯を作る人のお腹の状態って、どのくらいが正解なんでしょう？　お腹が空いているとヘロヘロで料理なんかできないけど、夕飯を美味しく食べるには、もちろん腹具合はペコペコがベスト。いいコンディションでごはんを作るのと、ごはんを美味しく食べることは、あまりにも相反するのです。ほんと、みんなどうしてるんだろう。〈居酒屋マリコ〉は楽しかったけれど、当面この店の提灯に明かりが灯ることはないでしょう。

インフルエンザでダウン

流行り病に冒されて、一週間も寝込んでしまいました。三日間は三十八度台の熱が続き、その後二日は熱が下がっても立っているだけでフラフラ、ようやくちょっとした家事ができる程度に回復するのに、六日もかかるなんて。もちろんその間、仕事は完全停止。原稿の締め切りは極力延ばしてもらったものの、運悪く富山出張と重なってしまったため、影響が出まくりました。予定されていた読書会は延期になり、映画上映会の解説の仕事は電話出演（録音）に切り替えるという申し訳ない事態に。イベントに穴を空けるなんてまじでシャレにならない。わたしの心を慰めてくれたのは、昨年末の『Mステスーパーライブ』をインフルエンザで欠席していたセカオワのピエロの人だけです。原稿の方はいまだに遅れを取り戻せておらず、メールの返信もたまりまくっていて、後処理はまだまだこれから。辛い。

仕事面はそんな感じですが、一方そのとき家庭では？　妻の病気というと、もはやネットでテンプレと化しつつあるのが、「外で食べてくるから（僕は）大丈夫だよ」と悪気ゼロでのたまう夫の小話です。僕の飯の心配はしなくていいよと、むしろ優しさのつもりで言っているけど、じゃあ病気の妻のごはんは誰が用意するんだというアレ。身の回りの世話を妻に丸投げしている世の夫たちの、恐ろしいまでの気の利かなさを余すところなく伝えるこの教訓話が、ついに実地で試されるときが来たわけです。

インフルエンザとわかってからはベッドをわたしに明け渡し、夫は四日間ソファで就寝という、けっこうな犠牲を払ってくれました。そのほか、夫の主な任務はスポーツ飲料の補充、冷えピタの交換など。わたしが日に一度だけとる食事は、コンビニで買った冷凍の鍋焼きうどんやレトルトのおかゆばかりだったので、やや不満が残りました（自分が食べるものは料理していたのにぃ〜）。汗をかくのでパジャマをまめに交換したいけど、言わないと洗濯機を回してくれない。その鈍さはまるで、指示を出してもらわなきゃ動けない新人バイトのよう。食事は出してくれるものの、いっこうに皿洗いする気配はありません。みるみるシンクに使用済みのお箸や皿が増えていき、地獄の様相を呈してきます。わたしの稼働が停止した途端、テーブルの上にはどんどん物が堆積しはじめるなど、目に見えて部屋が荒れていきました。

そして部屋の状況とシンクロするかのように、日に日に夫から元気が失われていくという不思議。別にインフルエンザが伝染ったわけでもないのに。どうやら、いつものようにケンカを吹っかけてきたり、下品なことを言ってくる人（わたし）がいないと、張り合いがなくてつまらないらしいです。

わたしがようやく調子を取り戻したとき、夫が放った一言がこちら。

「（僕を）構って〜」

「外で食べてくるから（僕は）大丈夫だよ」よりはましか。

このころのエッセイを読むと、夫の家事力の低さに驚きます。いまは洗濯も料理も皿洗いも掃除も、別人のように自発的にできるようになりました。彼は確実に成長している！　当たり前だけど男性も、家事はやれば上達するのです。

妻依存

いまのアパートに住みはじめてそろそろ四年。さすがに手狭だし、もうちょっと広いところに引っ越したいなぁと、少し前から部屋探しをはじめました。ネットで条件に合う部屋が出ないかチェックして、これはというものがあれば内見の申し込みをする日々。先日ついに、いい感じの物件が見つかりました。

広めのリビングの先に廊下があり、仕事部屋、バスルーム、トイレ、いちばん奥に寝室がある造りで、いま住んでいるところより格段に「家庭」という感じ。なにしろいまの部屋は洗面所がなく、トイレの真横にお風呂場のドアがあるという謎すぎる間取りゆえ、風呂あがりは全裸でウロウロし、テレビの前でパンツをはいたりしていたので……。

新しい部屋の間取り図を見ながらニヤニヤしているのですが、なにがうれしいって、仕事部屋が独立していること。いま住んでいる部屋は寝室も仕事部屋もリビングに直結している上、ドアは年中開けっ放し。テレビを点けられるとたとえ仕事部屋のドアを閉めても音が響いて、全然集中できなかったのです。

そもそも、このところ夫の妻依存は、もはや看過できないレベルに達しようとしています。ひたすらパソコンで作業するという職業柄、会社でもろくに人と口を利かず、同僚との楽しい交流が一切ない夫。唯一の友達から飲みの誘いが入らない限り予定はいつも白紙、人間関係においてわたしが占めるパーセンテージは、なんと驚異の九十八%! わたしも狭い人間関係を好む方なので、夫と二人+愛猫チチモで、『無能の人』の映画ポスターのような、この世でひとりぼっちな感じの家族像は望むところなのですが、いかんせん心配だ。九十八パーて。いま本人からその数字を聞いて衝撃を受けました。このままいくと確実に、ロボットジジイまっしぐらではないか（ロボットジジイとはその名の通り、ロボットのようになってしまった定年退職後の老年男性のこと。田房永子さんのマンガ『ママだって、人間』にあった造語）。

そんなロボットジジイ予備軍の夫、ところ構わず「ね〜ね〜」と話しかけてきては、わたしの家事の手を止めたり、仕事の手を止めたりしているのですが、廊下で隔てられた仕事部屋があれば、もうそんなこともなくなるんだ！ ドアさえ閉めればもう用もないのに呼びつけられることもないんだと思うと、本当にうれしい。ということを話したところ、夫はしばらく頭を抱えて考えたあと、こう言いました。

「Ｘｂｏｘ買っていい？」

Ｘｂｏｘとはマイクロソフト社の作ったテレビゲーム機のこと。

「ＰＳ４でもいいよ」

そう来たか。

ぼくの〝妻依存〟は友達が少ないことが大きな原因なのですが、それは妻も同じこと。二人とも心のどこかで〝友達が多いやつなんて信用できない〟と思っていて、これはぼくたちの精神的結び付きにおいて重要な共通点だと考えていました。ところが作家デビュー後、人に会う機会が爆発的に増え、妻は社交性が極めて高い人物だったことが露呈して裏切られた気持ちになることも。しかしノリノリで社交しておきながら基本的には閉じた人間関係を好むようで、自分の中の相反する性格に自ら翻弄される様子を、おまえも面倒な性格だな……と見守ってます。

単行本収録『男のいいぶん』より

夫が書いたこの文章を読んだとき、ここまで見破られていたとは夫恐るべし！　と思うと同時に、わたしのことをちゃんと見ているんだな〜と、うれしく思ったものです。社交性と内向性が拮抗するアンビバレンツな人間、それがわたし。

東京物語

日本を代表する映画監督、小津安二郎の名作に『東京物語』があります。東京で暮らす子どもたちに会いに田舎からはるばる上京した老夫婦が、生活に忙しい長男&長女にほったらかしにされる、というお話。あらすじだけでも十二分にしんみりしてしまうのに、主役を演じるのが笠智衆という禁じ手のため、見終わるころには悲しさと侘びしさと居たたまれなさで胸がいっぱいになって落ち込むこと必至です。戦死した次男の妻である原節子が、わざわざ仕事を休んで老夫婦を観光に連れて行ってくれるという救いはあるものの、手塩にかけて育てた子どもに厄介者扱いされる老夫婦の胸中を思うと、吐き気がするほど悲しい気持ちに。でも、東京で働く大人がどのくらい忙しいかもわかるし、子育て世代の余裕のなさもわかるので、誰のことも責められない。ああ、生きるって悲しい。

なんの話かと言いますと、夫の両親が上京するのです。義理の姉一家三人と、東京在住の義理の兄一家三人も合流し、夫とわたしを合わせて計、大人八人＋お子二人という大所帯での東京物語がはじまるのです。しかも名古屋勢の上京三日前に予定がぶっ込まれて、ホテルの手配から食事の予約などのプランニング一切が、夫からわたしに丸投げされたという……。

そりゃあ忙しいが、義両親の上京を『東京物語』の二の舞いにしてはいかん。わたしは原節子ポジションなのである。原稿を書く手を止め、ホテルの予約や店選びに奔走しました。行きたい場所を聞き、移動で体力を奪われないようエリアを絞った結果、東京駅周辺で過ごすことに。義母からのリクエストは美術館巡りだったので、東京ステーションギャラリーを勧め、夕食はＫＩＴＴＥ（旧東京中央郵便局）の中で。宿は両親が常々泊まってみたいと言っていた東京ステーションホテルが取れました。

せっかくだからと都内在住組もホテルに一泊することになり（お代は親持ち！）、しかしステーションホテルは満室だったので、われら夫婦と義姉一家はすぐ近くにあるパレスホテル東京に泊まることになりました。皇居そばのパレスホテル東京は、一泊六〜七万の超高級ホテル。こんなアホみたいにリッチなところに泊まれるなんてすごい僥倖《ぎょうこう》。『東京物語』とはえらい違いだ。まあそもそもあの老夫婦は息子の家で連泊してたわけで。宿さえ取っていればあんなに煙たがられずにすんだわけで。

もう一つのリクエストが、夫とわたしの住む部屋を見たいとのことだったので、再び原稿を書く手を止めて積み上がった本を片付け、久しぶりに見えた床に掃除機をかける等、日頃の怠惰な生活の隠蔽に大わらわでした。親を笠智衆のような目に遭わせてはいかんということ以上に、散らかった部屋を親に見られてはいかん。わたしはがんばりました。すべての仕事の進行を止めて。

さて週末、夫一族が東京駅そばの複合商業施設KITTEに集結しました。三人きょうだいの末っ子である夫。両親に加えて、姉夫婦（＋姪っ子）＆兄夫婦（＋甥っ子）の全員が集まるとけっこうな大所帯。予約した店に入ると個室の間仕切りは取っ払われて、ちょっとした宴会状態に。

その日の夜、われわれ夫婦はパレスホテル東京に泊まり、翌日はわが家へ来訪。片付けた甲斐あって、寝室の床にものがなくて心持ち広々、幼児たちはそれがたいそうお気に召したらしく、キャーキャー転げ回ってました。そこなあ、一昨日の夜におばちゃんが必死に掃除機かけたんやで〜。

あっという間にディナーの時間になり予約したお店へ移動。食事は美味しかったし、店員さんも親切だったし言うことなし。上出来のアテンドだったんではないかと思われます。トラブルもアクシデントもなくてほっ。

一息ついたのも束の間、来週は、あの男が東京にやって来るのです。あの男、そう、一年前に死の淵から生還したわが父、憲治が！「ａｎ・ａｎ」を毎週コンビニで買っている憲治が！　乞うご期待。

一緒にパレスホテルに泊まった義姉一家と翌日、一階グランドキッチンのテラス席で食べた朝食が忘れられない。皇居のお堀を借景にいただいたサーモンが本当に美味しかった。コロナのときは都内の高級ホテルの価格がかなり下がってたけど、インバウンド客が戻ってからは当然上がり、いま手元のスマホで検索したら、なんと一泊十二万円から。読み返しながら、「古き良き時代……」とつぶやいてしまった。

東京物語、再び

先週末、東京に遊びに来た義両親が名古屋に帰り、入れ替わりで次の日曜日、今度はうちの父と兄が富山から上京することになりました。「東京に遊びに行きたーい」と、明確にジョイフルを求めて家族総出でやって来た名古屋勢とは対照的に、わが父、憲治の目的は渋め。千葉に転居した伯母と久々に再会しつつ、関東に住む親戚が集まって富山の空き家問題をクリアにするという、事務的な案件での上京なのです。

そもそも父憲治には、東京へ「遊びに行く」という発想が皆無。たまにはのんびり温泉でも～みたいなことをかつて一度も口にしたことがなく、純粋な娯楽としての家族旅行は、おそらくわたしが小学生のとき以来していないのでは？　プロのゴルファーという職業柄、試合のたびに車をぶっ飛ばし全国を行脚しているせいで、旅行したいという気持ちが消滅したのかもしれません。定年後の中高年といえばひたすら国内旅行してそうなイメージがありますが、そんな気ゼロ。とにかく人生のプライオリティ永遠の第一位がゴルフであり、それ以外とくになににも興味がない。新しいものや流行に乗っかりたいという大衆的な欲望もなく、もう少し待てば北陸新幹線が開業するのに、「どうせ混むやろ?」と興味なし。片道約三時間半かかるにもかかわらず、「なんなら日帰りで」くらいの慌ただしさです。

この慌ただしさこそ憲治の真骨頂。本人も周りの家族もいまひとつ気づいてなかったのですが、第三者として対面したうちの夫は、密かに憲治のことを「せっかちおじさん」と呼んでおり、とにかくテンポの早さについていけないと嘆いています。今年のお正月、憲治に連れられて蟹を食べに行った際も、ガンガン仕切ってガンガン食べさせる独自のスタイルに気圧されたらしく、「美味しかったけど、まったく味を思い出せない」と、のんびり屋の夫は遠くを見つめてました。父と焼き肉に行くといつも三十分で食べ終わるから、なんか怪しいなぁと思ってたのですが、夫の登場によって、憲治が異様なせっかちであることが発見されたのでした。

そういえば思い当たるフシは多々あります。一緒に外出しても、用事と用事の間をきびきび移動するだけで、「ちょっと喫茶店で休憩でも」という展開は基本的にありえない。憲治の辞書に「休憩」の文字はない。そもそも憲治はあまり疲れない。体力と筋力に恵まれた憲治。それゆえ一年前、いきなり肺炎で死にかけたときは、関係者全員に大きな衝撃を与えました。そして退院した一週間後にゴルフの試合に出場し、家族全員をあ然とさせました。

好きなものはスーパー銭湯。好きなテレビ番組は所さんの『笑ってコラえて！』とＴＯＫＩＯの『ザ！　鉄腕！　ＤＡＳＨ!!』。「東京でどっか行きたいとこないの？」と訊くと、「ん～スカイツリーに上ってみたいかな」と意外にも直球の答えが来たので驚いていると、「高い所が好きだから」。というわけで来る前から、嵐のように来て嵐のように去って行くであろうことは目に見えていました。

一方、うちの兄は昔からまじめで温厚。独自路線をひた走った妹とは対照的に、地元で警察官という堅い職に就き、二児の父として堅実に暮らしています。この兄のおかげでわたしは心置きなく東京でぷらぷらしていられた面があり、逆に言うとこの兄のせいで、わたしがここまで増長したともいえます。鷹揚さと寛容さで、妹をどこまでも甘やかし、調子に乗らせた張本人。そんな兄がぼちぼち家でも建てるかってことになり（田舎はすぐ家を建てようとする）、空き家になっていた親戚の土地に白羽の矢が立ち、了承は得ているので、挨拶かたがた詳細を詰めに来たのですな。

北陸新幹線開業を一週間後に控えた日曜日、父と兄は東京にやって来ました。人が多いだのわーわー言いながら、電車で伯母の住む千葉へ移動します。父も兄も若かりし日に東京の東側に住んだことがあり、車窓からの風景を眺めながら、おのおの郷愁に浸ってました。郷愁というのは田舎（故郷）に感じるものだと思いがちですが、二人ともUターンしているので、逆にかつて見ていた東京の景色の方にノスタルジーを喚起されるようです。

乗り継ぎを経てどうにか目的の駅に到着し、いとこたちと合流、久々に伯母（父の兄の妻）と感動の再会を果たしました。毎年お正月には、親戚の集まりを催してくれていた伯母。食卓には大量の料理が並び、大人たちは酒を飲んでワイワイ、子どもたちは食事もそこそこにＵＮＯに熱中。小さいころからずっと当たり前のように繰り返されてきた光景です。親戚というのは年に一回集まるもんだと思っていたけれど、その「当たり前」は、実はすべてこの伯母が一人で、手間暇かけて準備してくれていたおかげだったことに、伯母が富山を去ってから気づいたのでした。親戚をつなぐハブ（中心）のような存在だった伯母がいないと、滅多に会う機会もありゃしません。

長らく子どものポジションにいたわたしも結婚し、もうすっかり大人。地殻変動というか世代交代というか、いろんなものがものすごいスピードで変わっていくなぁとしみじみしてしまいます。自分もそれなりの年齢となり、身内の状況も様変わりして、なんだかさびしい。だけど、伯母が親戚の宴を開いていたあの場所に、今度はうちの兄一家が住み、またにぎやかになるのかと思うと希望の光が。そこらへんの、世代が順繰り順繰り移ろっていく感じも、小津安二郎はたしかに『小早川家の秋』という映画で描いていたのでした。

ちなみに翌日に予定していたスカイツリー登頂は、曇天のため無期限延期となっております。

憲治のスカイツリー登頂はこのあと、二〇二二年六月に果たされました。商船高校を出て船乗りをしていたこともある憲治は海の男。憲治が乗った練習船、海王丸は「海の貴婦人」と称される美船で、現在は富山県の新湊にある海王丸パークで一般に公開されています。風向きに合わせて帆を広げて進むこの帆船に乗って、憲治はハワイに行ったとか。帆を広げる際、しばってあるロープをほどくのはもちろん手作業。帆桁にのぼって海を見渡すのが気持ちよかったと語り、憲治の高い所好きはこれに由来するのであーる。

チチモの受難

それは昨年末に、愛猫チチモをなでなでしていたときのことでした。下腹部にちっちゃなしこりのようなものがあるのに気づいて病院へ駆け込んだところ、触診一発で「乳腺腫瘍」と診断されました。しかも猫ちゃんの場合、乳腺腫瘍の多くが悪性とのことで転移する可能性も高いそう。手術して取り除くか、投薬治療で進行を遅らせるか。本人はいたって元気だし、年齢（今年十四歳。人間でいえば七十代くらい）のことも考えて、手術はせず薬を飲ませることにしました。

猫に薬を飲ませるのは至難の業なので、ウェットフードに粉薬を混ぜたりしていたのですが、がん発見からほんの三ヶ月、明らかにしこりが大きくなっているではありませんか。このまま投薬だけでいいのかなぁと不安になってたある日、チチモの病気を知った親友あもちゃんが、獣医さんであるお姉さんに、ベストだと思う治療法を聞いてきてくれました。曰く「しこりが手術できる大きさならした方がいい。するなら大学病院がおすすめ」とのこと。調べると東京大学弥生キャンパス内に動物医療センターがあることがわかり、ホームドクターに紹介状を書いてもらいました。

生まれてはじめて行く東大。「へぇ〜ここが東大かぁ〜」と観光気分でキョロキョロ。が、浮かれていられたのも一瞬。初日は半日がかりで検査、翌週早々に手術を受けてそのまま入院、次の日面会に行き、その翌日には退院と、怒濤の日々。難病に冒された愛するわが子のため、東奔西走するシングルマザーといった感じです。シングルマザー？　ええ、せっかく夫がいるのに、役に立つようなことをなんもしないので。手術の日は一緒に来てとお願いしていたにもかかわらず、朝起きれなくて「むにゃむにゃごめん」と甘えた態度でお見送り。かと言って家事をやってバックアップしてくれるわけでもなかったので、なんかもう腹が立ってブチキレました。

折しもネットで、タレントのユージの結婚観が話題になっていたとき。七歳年上の女性に猛アタックして結婚し、彼女の前夫との子（小学生の男の子）の父親となったユージ。夫婦二人の子も生まれ、家事も育児も当然のこととしてやっているそうです。「僕の方が体力あるのにできないなんてありえないでしょう」「連れ子って変な言い方だなって。僕の息子なのに」などとサラリと発言。かっこいいとはこういうことだよ！　チチモはいわば、わたしの子ども。お前もユージを見習え！　と説教したところ、次の日、会社の昼休みに抜け出して、面会に駆けつけてくれました。

チチモは現在、エリザベスカラーをつけて自宅療養中。毛刈りされたお腹にはフランケンシュタインのようにジグザグの縫い跡が。最初はヨタヨタ歩いてましたが、だいぶ回復しました。あさっては抜糸に行ってきます。


お腹を丸刈りにされ、弱り果てて帰ってきたチチモ、痛々しかったなぁ。重そうなエリザベスカラーを取って、患部を舐めないように術後服を着せたら、すごく可愛かった。二十歳のときに出会って、大阪、京都、東京と、ずっと一緒に生きてきたチチモ。大病を患ったこのときから、チチモの晩年がはじまりました。

夫「アイ・アム・役立たず」

手術から二週間ちょっとが経過し、抜糸も済んで、チチモはものすごいスピードで回復しています。四月に入ってからはほぼ手術前のコンディション。「ニャー(ごはんくれ)」と鳴く声にも張りがあります。ごはんを食べるときと甘えるとき以外は基本的に就寝タイム。びっくりするほど寝てばかりいます(猫で、年で、春だから)。このままがんの転移などなく、できるだけ元気に長生きして、天寿をまっとうして欲しい。あとは神に祈るのみです。

さて、チチモの一大事にも、いまいちサポートしてくれなかった夫から突然、とある小説のページが写メで引用されてきました。

〈私は自分を、思い遣りがない亭主とは思わないが、思い遣りを実行するのに、不精な亭主であることを、争われない。結果において、思い遣りのない亭主と、少しも変らない〉獅子文六『娘と私』より

どうやら今回の出来事に対する反省の弁らしいです。

『娘と私』は昭和の流行作家、獅子文六の自伝的小説で、彼がフランス人女性との間にもうけた娘との暮らしを綴った一冊。夫曰くこの小説には、「男が家族・子どもと直面したときに、なにをどう感じてどのように役に立たないかということが事細かに、

繰り返し描かれている」とのこと。獅子文六に自分の役に立たなさを肯定され、免罪符を得た気になっているな。

さらに、『村上さんのところ』という村上春樹の期間限定公式サイト（現在は新潮文庫に収録）にも、同様の案件が。結婚式の準備も引っ越しも丸投げ状態の夫の頼りなさが心配ですみたいな質問に対して、〈現実的な段取りになると、僕もからきし駄目なところがあって、「ま、適当にやってよ」と丸投げして、よくうちの奥さんに文句を言われています〉と回答。獅子文六から村上春樹にいたるまでこの調子かと、膝から崩折れる気持ちに。

これはもう、夫（及び男性全般）に期待するのは得策じゃない気がしてきました。もちろん定期的な春闘で家事分担の平等は今後も謳っていくけど、彼の実務能力のなさに腹を立てても仕方アルマーニ。わたしはついにそう悟ったのです。

夫の役立たずっぷりが最初に露わになったのは、前回の引っ越しのときでした。思った以上になにもしてくれないな、口だけだな、とショックを受けたあの日からもうすぐ四年。来月にまた引っ越しを予定しているのですが、今度はもう最初から戦力外通告だ。なにも任せない、言われたことだけやってくれればいい、わたしが指示を出すまでそこで待っとけ、そういうスタンスです。

でもまあ、チチモの病気に関しても、夫が「いる」ってだけで、思い詰めそうになる気持ちが和らいだのも事実。二人なら喜びは倍に、悲しみは半分にという例の常套句、けっこう真実だなぁと実感しました。ほんとにほんとに役には立たないけど。

夫は読書家ではないのですが、ときどき変な本を読んでます。このときもわたしの本棚にあった獅子文六の『娘と私』をなぜか読みだし、ハマってました。『娘と私』はＮＨＫの朝ドラの記念すべき第一作の原作でもあります。ちくま文庫の獅子文六の復刊シリーズはどれも表紙カバーが可愛くて大好き！　この『結婚とわたし』、せっかくちくま文庫刊なので、『娘と私』のカバーに全面的にオマージュを捧げています。

わたしはスーシェフか！

先日、ちょっと厄介な案件が発生しました。それは、わたしが夕飯の支度をしていた途中で夫が帰って来た日のこと。これからいよいよ調理開始というタイミングで帰宅した夫は、当然のように自分が先頭に立ち、メインのおかずである豆腐チャンプルーを作りはじめました。家事手伝ってる俺偉い、みたいな感じで。百％自分が家事やってるていで。

たしかに料理は家事です。夫が家事やってるに違いはないけれど、オイ待てよ。だって、調理開始に至るまでの小一時間、すべてわたしが準備してたんですから。流しに溜まっていた皿を洗い、米を研いで炊飯器をセットしつつ、冷蔵庫の中身とクックパッドと相談して今日の献立を考えて、サイドメニューと味噌汁を作ったのはこのわたし。ひねり出したメニューは豆腐チャンプルーなのに、うちには絹ごし豆腐しかなかったから、キッチンペーパーに包んでしっかり水抜きし、食材をそろえ、フライパンを火にかけたその瞬間に、のらりくらりと帰って来た夫がおもむろにエプロンをつけて、颯爽と料理しはじめたわけです。え、なんか腹立つぅ。

しかし夫にはそのもやもやした気持ちが毛頭伝わってませんでした。夫は料理した満足感のようなものを漂わせながら、パクパクとおかずに箸をつけています。「ふむ、まあまあだな」みたいな、満更でもない感じで。わたしにはわかります。自分で作ったごはんだという自覚があるから気兼ねなく食べられているのだと。だって夫はいつもわたしが作ったごはんを食べるとき、わたしへの感謝と遠慮と後ろめたさが相まってか、なんかすごいかわいこぶった調子で、「ありがと！　オイシイ！　てへっ」みたいな感じで、お茶目にお礼を言うから。あのお茶目なキャラを出してこないってことは、これは自分が作った料理だと、信じて疑わない証拠である。

これは自分が作った料理ぃ？　否！　それは否である！　これじゃあまるで、わたしがスーシェフ（二番手の料理長）みたいじゃないか。わたしは料理好きじゃないけど、それでも皿洗ったり米研いだりするよか、よっぽど料理自体のほうに喜びはありますよ。調理に至る長い下準備の工程をすっ飛ばし、最後に現れて見せ場を持って行くなんて許されない行為でしょう。誰が鍋洗ったりメニュー考えたと思ってんの？　という心の内をぶちまけたところ、夫は全力で反論してきました。

「なんでそんな怒るの？　協力して夕飯作ろうとしてるんじゃないか。なんでそんなに縄張り意識が強いの？　オス（♂）なの？」と、すごい剣幕で言ってきたのです。

うおぉおおおおおおおおおおおお!!!

思い出しながら書いてるだけで、怒りが二次噴火しそう。いま（深夜二時半）寝室でスヤスヤ寝てる夫を起こして、問いただしたいくらい。たぶん夫は忘れてるけど。

この事件は尾を引きました。「わたしはこういうことをされると嫌だ、だからやらないで」というロジックがなぜか通じないことがあって、「俺はそれをされても嫌じゃない」に逃げられてしまうのです。だから、実際に同じシチュエーションで同じ思いを味わわせるしかない。夫が料理中、野菜を切っていよいよ炒めるというタイミングでわたしが出てきて、「ここからはわたしがやるね！」と言ってフライパンを奪おうとして、ようやくあのときのわたしの気持ちがわかったようで、謝罪。和解にいたりました。わたしは一度やられた嫌なことを決して忘れず、何度も蒸し返して相手にわからせようとする、蛇のような女なのである。

幸せ中年太り

最近ふとした瞬間に、夫の姿を見て「アレ？」と思うことがあります。なんていうかこう、妙ぉ～な違和感が。はて、この人こんな感じだったっけ？　風呂あがりに全裸でウロウロしてるときとか、腹回りを思わず二度見。あごのラインも昔はシャキーンッと音がしそうなほどシャープだったのに、いまはどよ～んと曖昧。あれ？　あれれ？

御年三十四歳、ついに夫が、太ってきました。

人は三十歳を目前にするあたりから、「同窓会ないのかなぁ～」とソワソワするようになり、己の外見の劣化に恐怖心を抱くようになります。しかし年上の友人によると、「三十歳はまだ同窓会には早い。かっこつけたいという気持ちが勝って来ない奴もいるし。でも三十五歳を過ぎると諦めもつき、自分の人生こんなもんと受け入れられるようになって、ヘラヘラ笑って集まるようになるのだ」とのこと。そして観念して同窓会に集う彼らは一様に、ハゲたり太ったりしているらしい。つまり本当の曲がり角は、二十五歳でも三十歳でもなく、三十五歳。老化というのはそこを境に、寄せては返す波のように、人々を侵食していくんだとか。そしていま、夫がその波をザブンザブン浴びているのを、わたしは目の当たりにしています。

夫は背が高く、骨格がきれいで、生まれてこの方ずーっとヤセ型をキープしてきました。別に努力して痩せているわけではなく、食べても太らないタイプで、さらなる高みを目指して筋トレをはじめたのが一年ほど前のこと。わずかに発達した胸筋をわたしに見せつけて満足したのか、筋トレブームは去り、体型は元に戻った、かに思われていたのですが、そうじゃなかった。元に戻るを通り越して、しっかり太ってました（世間の平均的な三十四歳男性よりは、まだ充分にスリムであることは、明記しておいてほしいそうです）。

ところでこれは、本当にただの中年太りといえるのか？　四年近く同棲してるけど、目に見えて太ってきたのは結婚してからのこと。これはもう、「中年太り」と「幸せ太り」のコンボといえましょう。夫、全身で幸せを表現してます！

「太ったことエッセイに書いていい？」と訊いたところ、「自分のこともちゃんと書くならね」と条件を提示されました。常々、わたしから見た夫の「非」しか書かれないことを不満に思っている彼は、わたしの態度の酷さを世に問いたいらしく、「俺にも連載が必要」と主張。「じゃあ平等になるように、わたしへの不満もちゃんと書くよ」と、どんなところが嫌か訊いたのですが、「えー、男って女と違ってそういうのサッと出てこないんだよなー」とのことでした。ふふふ。

一応平等を期するために告白すると、わたしにも中年太りの波は確実に来ています。「夏までに五キロ痩せる」というスローガンを毎年なんとなく掲げつづけて早二十年。むしろ五キロ太った。取り返しがつかなくなる前に夫婦で体を絞るのが急務です。

真の中年太りと闘っている四十三歳のいま、こんな腹の立つエッセイもないなと読んでました。ふざけるな、三十代は若者の範疇！　中年は四十代から！

指輪はめっぱなし生活

同棲からそのまま結婚生活にスライドしたため、新婚気分も皆無のまま、そろそろ半年が過ぎようとしています。唯一の変化といえば、左手の薬指に結婚指輪をはめるようになったこと。婚約指輪はナシ、結納もちろんナシ、結婚式ナシとないない尽くしですが、結婚指輪だけはさすがにアリを選択しました。二月に買いに行って三月半ばに手元に届き、指輪はめっぱなし生活を送るようになって一ヶ月が経過。もともと指輪をはめるのが苦手だったので慣れるかどうか心配だったけど、意外と一週間くらいで気にならなくなりました。家では外す派の人もいるらしいですが、わたしは基本的にはめっぱなしです。

指輪を買うときは、デザイン以上にサイズ選びに悩みました。九号だと着脱が楽だけど、なにかの拍子にすぽっと抜けて落としてしまいそう。ややピッタリの方が安心かと思い八号をチョイスしました。その横で、いつまでも煮え切らない様子だったのが夫。指輪なんてはめた経験のない夫は、どの装着感が正解なのかまったくわからないと、十五号から十八号まで四サイズをあれこれ試着して、ああでもないこうでもないと悩みまくってました。助けてあげたいのはやまやまだけど、指輪のサイズ感の違いなんてはめてる本人のみぞ知る究極のプライベートゾーン。これぱっかりは「好み」しか基準がないので、かける言葉もない。

ちょっと可哀想なくらい悩み抜いてようやく答えを出した夫ですが、気の毒なことにサイズ選び、完全にミスってました。完成した指輪をはめたところ、どうにもゆるくて違和感があり、気になって仕方ないらしく、はめっぱなし生活はわずか一週間で挫折。「サイズ直してもらえば?」と声をかけるも、なんかもうすべてにやる気を失くしたようで、指輪は付属のケースに仕舞い込まれたままに……。

サイズのゆるかった指輪も、はめていたら慣れたとのこと。指輪は慣れる! ちなみに、どこのお店で指輪を買ったかについては、同時期に連載していた週刊文春の買い物エッセイに書きました。本書の姉妹編ともいえる『買い物とわたし　お伊勢丹より愛を込めて』(文春文庫)

で読むことができますのでよかったらぜひ〜。

新居へ引っ越し

ゴールデンウィーク中に引っ越しが完了しました。引っ越し好きの自分にしては、前の部屋に四年も住んだのは長居したほう。外国人向けの物件で天井が高く、出窓があったり内装もそこはかとなく可愛くて気に入ってました。大家さんもいい人で、階下の住人もいい感じで、荻窪の街にも愛着たっぷり。しかし転居したいま、すべてがリセットされ、なにもかもが遠い過去のよう。

新居の内見に行ったのが二月中旬のこと。何度か通って心を決め、契約したのが三月。四月中は各種手配と不要品の処分。当日は梱包作業もプロにお願いしたので、かなり余裕があるはずでした。しかしというか案の定というか、山のような手落ちが。まず焦ったのが引っ越しの真っ最中に、ヤマト運輸から普通にDM便が届いたこと。住所変更の登録をすっかり忘れていたのです。まだ区役所にも転出届を出しておらず、免許証の住所もそのまま。いま警察に捕まったら面倒なことになると、夫は職質を恐れています。

あ、そういえば夫、やってくれました！

前回の引っ越しの反省を経て、今回は夫に仕事は頼まず、ほとんどの手配をわたしが引き受けていました。そして神がかり的なスケジューリングにより、ガス開栓とケーブルテレビの取り付け、それから新しく買った冷蔵庫の配送などが三十分置きに入れ替わり立ち替わりやって来るという完璧な引っ越しが実現。「すごいね～」と他人事のように感心する夫がふと、「しまった（口癖）」と口にしました。なにをしくじったのだと問うたところ、唯一彼の仕事だったガス・水道・電気を止める手配を、完全に忘れていたとのこと。自分から「やる」と買って出た仕事なのに、それをも忘れるとは、さすがだ。

わたしはそのミスを聞いても、特に怒りませんでした。なぜなら引っ越しが好きだから。むしろこれは、夫に任せたわたしのミスだから。管理職の人のような気持ちだ。

引っ越しのとき、がらんどうの新居に放たれたチチモが、一瞬で行方不明になる事件がありました。まさに神隠しのような消え方で、焦りながら探し回ってようやく見つけたのが、バスタブの内側の隙間。排水口から入り込んでいたらしく、浴槽のエプロンを外してチチモを救出するところから新生活がはじまりました。

良き夫

　夫の失態でエッセイのラストを締めくくる〝夫オチ〟に、本人からついにクレームが。自分の手落ちは書かずに俺のばかり……というわけで、わたしも自分の行き届かなさを自虐満載でしたためたいのですが、う～ん、これといって思い浮かばず（言い切った！）。仕事をさばくのに精一杯な毎日を送りながら、こまごました家事に右往左往、家にいるときは夕飯も作るし、引っ越しのときは不眠不休飲まず食わずくらいの勢いで片付けてたし。うん、マリちゃんはがんばってるよ！

　新居の住み心地は最高です。なんていうか実家っぽい。いや、実家を通り越してむしろおじいちゃんちみたい。実際、われらが越してくる前、ここには素敵なシニア夫妻が二十年近く住んでいたのです。住みはじめてまだ十日ほどですが、おじいちゃんおばあちゃんの家に泊まりに来ている感じがなかなか抜けません。だからなのか、夫はここに越して以来、妙に朝早く目が覚めるそうです。わたしが明け方まで仕事して、バタンキューと眠りについたその二時間後くらいに夫は起床。「俺は十時間寝ないとダメ」と公言し、事実睡眠が足りてないと生きる屍状態になる夫は、これまで基本的にわたしより先に寝て、わたしより遅く起きてました。その彼が、こんな早起きになるとは。まあ、早起きといっても朝八時とかですが（それまでは昼近くまで寝て、午後に出社してた)。

早起きした日の夫は、朝の時間を使って、率先して家事をやってくれます。わたしが昼に起きてくると、シンクの皿は洗われ、ベランダには洗濯物が風にはためき、こないだなんてグレープフルーツの皮を剝いて、冷蔵庫で冷やしておいてくれました。幸せの絶頂とはこのことだ。これ以上なにも望むまい。

そんなある日、不意にドアホンが。出るとわたし宛にアマゾンから荷物です。段ボール箱のサイズがけっこうでかい。なんか買ったっけ？　と思いながら箱を開けてみると、そこには夫からのメッセージカード付きの、フットマッサージャーが。「お疲れの脚に日頃の感謝を込めて　夫」と書かれたカードを読んだ瞬間、「夫ぉ〜！」とジャンピングハグで喜びを表現しました。夫ってサイコー！

珍しい夫アゲ回。夫が自分も使いたくて買ったマッサージ機だけど、ちゃんとメッセージカードがついていたプレゼントは後にも先にもこれだけなので、思い出の品となってます。最近あんまり使ってないけど。

微・中年として

自分が「ファミリー向けマンション」に住んでいることにようやく慣れてきました。家賃が高くなりゃ面積も広くなり、備品のグレードも微妙にアップ。ドアホン一つ取っても前は声しか聞こえなかったけど、いまはカメラが内蔵されているし、キッチンには念願だった食洗機がついてます。善良な市民であらねばと、新聞まで取りはじめました。

そしていま、ひしひし感じてます。自分は人生の次なるステージに突入したことを。ずっと己のことを若者と思ってきましたが、その季節ももう終わり。この部屋への引っ越しをもって、わたしは公式に、若者ではなくなりました。余談ですが、わたしが思う若者の定義はこの二点。

・ヘッドフォンで音楽を聴きながら外を歩いている

・収入が不安定である

作家は給料制ではないので収入にバラつきがあるのはさておき、ヘッドフォンをしたまま外で音楽を聴くなんて、もう何年もしてません。そういえばわたし、ずいぶん前に若者の賞味期限が切れていたんだなぁと、新居の「ファミリー向けマンション」感によって思い知らされたのでした。

会社という「強制大人装置」に属してこなかったわたしみたいなタイプは、若者気分をずるずる引きずってしまうので、年相応に自己認識を改めていくのがけっこう難しい。「もうヤングじゃないのか〜」と嘆いていたところ、夫に「いまさら？」と驚かれました。夫は同棲をはじめた段階で、すでにそこは乗り越えていたそう。同棲前、彼は高円寺在住の二十代男性として気楽に生きていました。高円寺といえばミュージシャン志望の若者が多いことで知られるフリーダムな街。夫が住んでいたマンションの部屋にはかつて南こうせつが住んでいたんだよと、大家さんが言っていたとかいないとか。

二十代の夫は自宅のパソコンで仕事をするフリーランスの若者でした。深夜まで作業し、納品が終わるとふらふら街へ出て、朝五時までやってる駅前の桃太郎すしに入り、一人ビールを飲んだりしていたそうです。たしかにそんな気楽な生活から一転、「あんたも皿洗ってよ！」と小突かれる同棲生活は、そりゃあ辛かったでしょう。ともあれ、もう戻れない。われわれは「微・中年」として元気に楽しくそして仲良く、生きていかねばならんのだ。

われら就職氷河期世代は従来のライフコース（新卒で就職、結婚、子ども、マイホーム）を歩むのが難しく、みんな手探りで社会に居場所を作っていきました。そのため大人になれない人が続出。自分もその自覚がありましたが、住む場所がぐっと落ち着いたことで、じわじわと大人の階段をのぼっていったのでした。

叱られる男性

行きつけのスペインバルで、女性が男性に説教している現場に居合わせました。カウンターのみの狭い店内で、奥から夫、わたし、女性、男性という配置。彼らは一緒に住んでいるカップルらしく、最初は楽しそうに飲んでいたのですが、途中からどうも雲行きが怪しい。聞き耳を立てたところ、女性が男性に「もっと家のことをやってほしい」と遠回しに伝えているのでした。

それわたしの専門分野や！　いつ出しゃばって会話に交じろうか小鼻をふんふんさせて待機していたのですが、どうも外野が絡めるような空気じゃない。彼女の口調はガチ。険のある言い方で、理詰めで日々の不満をぶつけているため、男の方がだんだん本気で参ってしまい、どんどん酒をあおり、かなり酔いつぶれた感じに。彼が言い返してこないもんだから、彼女の方はますますヒートアップ。横で聞いているわたしと夫が流れ弾をくらって精神的ダメージを受けるほどの迫力でした。しかも説教されている肝心の男性は、酔いが回って全然聞いてないという。

がしかし、ある種の「ゾーン」に入った彼女の説教は止まらない！　家事をもっとやって、という女性の言い分には百％賛成だし味方したい。けれど、もし許されるなら彼女を後ろからホールドして、「いまのうちに逃げて！」と言ってあげたかった。そのくらい怒った女性の正論詰め将棋、その追い込み力はなかなか強烈なものでした。

自分以外の女性が、家事のことで男性に説教してる現場をはじめて見て、いろいろ発見が。一言でいうと、届いてない。あれほどまでに言葉を尽くしていた女性の説教、男性の耳には、まったく届いていませんでした！　彼が耳にフタをするカポッという音が、わたしにはたしかに聞こえました。ただただ「早く終われ」と、嵐が過ぎ去るのを酒を飲みながら待ってるだけなんです。

そうだったか。わたしはその一部始終を目撃したことで、これまで夫にしてきた苦言や懇願などが一切聞き入れられず、むしろ反感を買い、なにも改善されなかった理由がようやくわかりました。聞いてねぇーんだわ、これっぽっちも。

そしてもう一つ。説教によって得られるのは、女性のストレス発散のみということも思い知らされたのです。たしかに、家事によって積もり積もったストレスを夫にぶつけているときのわたしは、演説中のヒトラーのよう。自説の正しさに陶酔しきり、民衆を（夫を）己の理想へ導かんと、とにかく気が済むまで大声でしゃべりつづけます。気持ちを話すことそれ自体が快感なので、自分がそれまでしてきた無償の家事労働という後ろ盾を得て相手を思う存分に責められる説教タイムは、ただのお楽しみ会なのです。

これは良くない。叱られる男性の気持ちを味わい、深く反省しました。じゃあ一体、説教以外なにをすればこの不満を解消できるのか。男女は建設的な対話ができないのか。さらなる探求は続きます。

この何年かの傾向として、女性らしさの押しつけに対して世論は敏感に反応し、ネット上で炎上することも珍しくなくなりました。もちろん妻も多くの場合そちらの意見に同調して憤慨したりしているのですが、一方で男性らしさの押しつけは未だに無配慮に世間に蔓延《はびこ》っているのが現状です。家族のために働き続け、頼りがいがあり、弱音を吐くことなど許されない、といった男性が男性であるがゆえに負う役割的負担は長い間、男の悲哀的な笑い話としてスルーされてきました。近年ようやく〝男性学〟という学問が注目されつつありますが、広く浸透するにはまだ多くの時間がかかるでしょう。男らしさから解放されるその日までがんばって生きよう男性！

単行本収録『男のいいぶん』より

ちなみに夫がこのころよりも家事をやるようになったのは、わたしの説教が効いたからではなく、会社員を辞めてフリーランスに戻り、単純に家にいる時間が長くなったから。日々のフェミニズム的主張が効いたんだと思いたいけど、なんだかんだで社会的な要素（仕事内容や労働時間、通勤か自宅勤務か等）が大きく変わらないと無理だったなぁ。

夫愛（本人不在）

作家仲間に薦められた漫画家、鳥飼茜さんの作品を、このところ立てつづけに読んでいます。なかでも『先生の白い嘘』は、セックス及びジェンダーとはなにかをグロテスクに追求した非常にヘビーな作品。男性向けのマンガ誌に連載されているらしく、そっちの需要に応えたようなエロいカットもけっこう出てくるのですが、「エロい」とかそういう言葉を口にするのもためらわれるほど、性というものがどれだけ人を傷つけるのかが突き詰められ、ヒリヒリする描写の連続です。あまりに容赦がなくて、読むと具合が悪くなる。でもこれは直視しなければいけないテーマでもあり、「うっうっ、エグいよぉ」とお腹をさすりながらも目が離せない。キャラクターはみな、女は女のイヤ～なところを、男は男のイヤ～なところを思いっきり強調してあるので、全員なかなか胸糞悪く、男性キャラに至ってはほぼ性犯罪者。あまりの鬼畜ぶりに、ダメージを受けずにはいられません。

三巻まで読み終えたところでフラフラになりながら寝室に入ると、そこにはなにも知らない夫がムニャムニャ熟睡中。この連載エッセイでは夫への不平不満を書きがちですが、『先生の白い嘘』を読んでヘトヘトになったわたしの目には、夫は世界一優しい、素晴らしい、天使のような男性に映りました。裏表なくのほほんとしている夫。ときどき嫌味ったらしいものの、性格はいい夫。笑顔のかわいい夫。思わず一人たかぶって、寝ている夫の背中にしがみつき、「夫ぉ〜夫ぉ〜」と夫愛を炸裂させたことを、夫は知らない。

同じようなことが、東村アキコさんの『東京タラレバ娘』を読んだあとにも起こりました。三十歳を過ぎていよいよ本気で結婚に焦りだした女たちのイタさ丸出しコメディ。読みながら、夫と出会う前の、彼氏いない歴三年目くらいのわたしも、こんな感じで血迷っていたことを思い出しました。するとまたまた、溢れ出す夫愛！　寝ている夫に向かって「出会いに感謝、パンパンッ」と柏手を打ちたくなりました。

本人はなにもしてないのに、株が上がったり下がったり。こういうことってけっこうあって、友達と話しているときに急に夫が再評価され、こっちもその気になって「夫最高！」と突然ブレイクすることもあるし、逆に夫がいないときに夫への不信感を募らせるときもあるわけで。

本人置いてけぼりで株が上下するこの現象に、なにか名前をつけたい。愛は一人相撲？　というか、解釈次第ってことですな。

愛がない!

先日、「an・an」の担当編集さんにアテンドされて、夫ともどもカラオケに行ってきました。カラオケといってもボックスではなく、ウッド調の店内は完全にライブハウス。店内に設けられたステージには楽器が完備され、常駐のプレイヤーによる生演奏をバックに歌うことができるのです。東京にはいろんな店がありますな。どうでもいい情報ですが、わたしはカラオケが好きです。そして夫は輪をかけてカラオケ好き。暇を持て余すと贔屓にしている一人カラオケ専門店に行き、人知れず新曲を開拓していたり。そんなこともあり担当さんが「いいカラオケ屋があります!」と、そのお店に連れて行ってくれたのでした。

店内で主に歌われるのがフォークソングのせいか、客層(団塊世代っぽいおじさん中心)のせいか、七〇年安保の雰囲気を色濃くまとった店内。なにせ生演奏だしけっこう混んでいるので、一人がソロで歌えるのはせいぜい一曲。この貴重な一曲に、わたしは伊勢正三の『22才の別れ』を選びました。われながら盤石な出来。もう十五年近く歌い込んでいるので、完全に自分のものにしてます。

一方、夫が選んだのは、野口五郎『私鉄沿線』。夫がステージ中央の椅子に腰を下ろした瞬間から、わたしは条件反射的にスマホのカメラを起動させ、構えました。

「この日の思い出をすべて記録せねば！」という、子どもの運動会に来た親の使命感でステージ上の夫の姿を押さえます。軽いリハの様子を写真に撮り、あとは『私鉄沿線』フルセット五分近くものあいだ、肘を固定し腕をプルプルさせながら、ブレないように動画を撮りつづけました。

だのに！　夫はわたしがステージで歌っているところを、一枚も写真に収めていなかった！　動画なんてもちろんない。せめて写真の一枚は撮ってるだろうと、サビくらいは動画で押さえてるだろうと信じてたのに。てっきりカメラに狙われてると思って顔作ってたのに。しかも腹の立つことに、たまたま店に居合わせた知らないおじさんのギターリフとかは丁寧に動画で録ってるんです。なのに妻の写真は一枚もない。あんな滅多にない機会が、なに一つ記録されていなかったなんて。

そのことを知ると、あまりのショックで「愛がない！　愛がないわ‼」と騒ぎ立ててしまいました。こっちは親の気持ちで一生懸命カメラ回してたのに、貴様はあのときなにをぼんやりしていたのだ！　追及したところ、「写真撮らなきゃ、みたいなことはまったく頭に浮かばなかった」「酔っぱらってたわけじゃないけど、妻の歌部分のことはあまり記憶にない」「うまく歌えてるな〜くらいで」とほぼ他人事。終いには、「もう責めるのやめてよぉ〜心苦しくなるから」などの言い逃れが。

夫も昔は、おデートの際には一眼レフカメラを持参して、嬉しそうにわしのことを撮っていたものなのじゃが。

フルーツむき王子

新居に越してもうすぐ二ヶ月。めずらしく二人して台所に立ち、一緒に夕飯を作ろうとしていたある週末、夫が「すごいこと言っていい？」と前振りしてきました。どうせ大したことじゃないんだろうなと思いながら、なになに？　と訊くと、まさかの衝撃発言が。

「俺、この家で米炊くのはじめてだわ」

なんということだ。その瞬間、思わず夜叉の形相で夫の首を絞めてしまいました。引っ越してからというもの一貫して、「夫、最近なってないな」とは思っていたけれど、まさかそこまで家事やってなかったとは。これだけ口やかましく、折にふれて家事の平等を訴えているのに、鬼の目をかいくぐって一度も米すら炊かずにやり過ごしていたとは。

家事は手分けしてやればあっという間に終わるし、そこまで苦痛でもないけれど、それが毎日毎日自分一人の肩にのしかかると話は別。途方もない仕事量と底なしの時間搾取スパイラルに巻き込まれ、眉間にはシワ！　口からは愚痴！　夫への愛情は右肩下がり！　良いことなし。家庭の平和のためにも、もっとちゃんと当事者意識を持っておくれ。健康で文化的な生活を送るために、わたしたち一人一人がしっかり自分の役割を果たさなければいけないのではないでしょうか云々と、いつものように切々と訴えていたら、いけしゃあしゃあと夫はこうのたまったのでした。

「頼み方が下手なんだよ〜」

そう言われた瞬間、あまりの怒りで気が動転、夫の腹部をドスドスとお相撲さんのように張り手してしまった。

「ほら、こないだはうまく頼めてたじゃん」

こないだって？　それってまさか、フルーツむき王子のことか⁉

遡ること一ヶ月前、戴き物のグレープフルーツを夫がきれいにむいて冷やしておいてくれたことがありました。それ以来グレープフルーツが食べたいときは、夫に「むいて〜むいて〜」と念仏のように唱えつづけるも玉砕。最後の手段で「ねぇ〜え〜フルーツむき王子ぃ〜グレープフルーツむいてぇ〜」とヤケクソで甘えてみたところ、奇跡的にむいてくれた、ということがあったのです。無精者の夫にお願いが聞き入れられるなんて本当に稀！　しかしまさか、あんな古典的な媚び&おだてが有効だったとは。なんかちょっと幻滅う。

夫曰く、「効果の持続性は怪しいけど、男はみんなおだてには弱い」とのことで、本人はフルーツむき王子の手法を推奨。というか、肝心なのは「〇〇王子」でおだてることではなく、冷蔵庫の中にむいてあるグレープフルーツを見つけたときに「わーい」と喜んでいた様がよかった、ああいう自然な喜びぶりを見ると、やってあげようと思う、とのことでした。

ああ、しかし一度「フルーツむき王子」で夫を動かすコツを知り、味を占めた以上、わざとらしくならずに喜んだり媚びたりすることはできないわ、多分もう二度と。

この回、単行本『皿洗いするの、どっち？』では担当編集さんによって大トリに抜擢され、最後を飾っていました。しかしいま思うと、家事をテーマにしたエッセイの締め括りが「おだててやってもらう」とはこれいかに。なにかやってもらうのにいちいち下手に出てお伺いを立てなきゃいけないなんてほんとに嫌ですね。自分にも〝女性らしい〟振る舞いが染みついているのを思い知らされる瞬間です。といって高圧的に頼むのも違うし。あくまで対等に、「おう、そこのあんちゃん、ちょっと天袋に仕舞った毛布、取ってくんねぇかなぁ、頼むよ」みたいな、さっぱりした言い方をしたいもんだ。

火鍋事件

執筆はもっぱら自宅の仕事部屋ですが、さすがに毎日こもっているとクサクサしてくるので、週に一度は気分転換がてら近所のカフェに出勤しています。せっかくだからと帰りに食料品やら日用品を見繕い、パン屋さんで明日の朝食べるパンなどを買って帰るのが習慣。最後にお花屋さんに寄って花を買うのが一日のハイライトです。とくにおもしろいこともない日々ですが、平日昼間ののんびりした空気を吸いながらちょっとした買い物をすることで、知らず知らずのうちにリフレッシュしていて、そんなにストレスを溜めずに済んでいるのかもしれません。こまめに生活にまつわるあれこれをしていることで、息抜きできているみたい。嫌いな皿洗いとて、執筆に行き詰まったときにやれば現実逃避として機能するわけだし。やりたくないけど。

ふと夫に、「わたしはこれこれこうやって日常的に小さく気分転換しているけど、夫は平日ずーっと会社にいて、最近は土日も忙しく、ろくに外出もしてないわけじゃん。それってストレス溜まらないの？」と訊いてみました。すると真顔で、「めちゃくちゃ溜まってますけど？」との返事が。まったくそんな素振りを見せなかったけど、そうか、ストレス、溜まってたのか。

これはめずらしく夫から発信されたSOS。わたしはこの一週間、ひたすら夫の心身の健康維持のために奔走してきました。

本腰を入れて健康的な食生活をしようと立ち上がったわたしは、いつもの手抜き大皿料理をやめて、自然食で有名な茅乃舎のだしで小松菜のおひたしを作ってみたり、一汁三菜を心がけた献立をひねり出しました。朝が弱い夫のために、パンケーキを焼いて冷凍ストックを作ったり、朝食用におかゆを炊いたり。夫が寝静まってから台所に立って翌朝の仕込みをするなど、心に割烹着を着てお料理に励んだのです。その結果、夫がみるみる元気になるどころか、わたしの顔から笑顔が消えた。夫のストレス軽減のためにがんばった途端、自分のストレスが倍増するという負の構造。でも夫にはしっかり栄養をとってほしい。

そこで、ことあるごとに「火鍋を食べに行こう！」と夫に提案しつづけました。中華の薬膳料理である火鍋はとても体に良さそうな食べ物。そしてわたしの好物でもあります。さらには、ちゃんと遊ばないとストレスは解消されないよと、『マッドマックス　怒りのデス・ロード』を観に行くことが決定。火鍋食ってマッドマックス観りゃ、夫も元気爆発でしょう。久々におデートや！　そう張り切って迎えた週末、わたしたちはおデート史に残る悲劇に見舞われました。

映画デート当日、遅めのランチに火鍋を食べて、それから映画館に行こうと思ってました。ところが胃弱な夫は「昼に火鍋か」と、気乗りしない様子。「いやいや、火鍋食べれば絶対元気出るから、薬膳だから！」と説得し、電車に乗ります。

特に予約も入れずに行くと、火鍋のお店は昼遅めにもかかわらず満席。十四時を回らないと席が空きそうにないと言われ、空腹のわたしはテンションが下がりまくったものの待つことに。夫はというと、同じフロアにある沖縄料理店の方をじぃーと見つめています。おや？　もしかして夫、火鍋より沖縄料理が食べたい？　わたしは数日前から火鍋を心底楽しみにしていたのですが、ここは夫の食べたいものを優先させようと「火鍋は夜に予約して、昼は沖縄料理にしよっか？　すぐ入れるみたいだし」と大人な対応をしたのでした。沖縄そばを食べ、お店をいくつか冷やかしたりお茶したりして時間を潰し、いざ映画館へ。終わったらディナーの火鍋へという段取りでした。

さて『マッドマックス　怒りのデス・ロード』は、壮絶アクションとフェミニズムがほどよく融合した、噂に違わぬ面白さ。爆発ばかりの男臭いアクション映画は苦手ですが、シャーリーズ・セロンが『風の谷のナウシカ』のクシャナばりに活躍することもあって、非常にグッと来る出来栄えでした。劇場に明かりがつき、「最高だったね〜」意気揚々と隣の夫に話しかけた瞬間、事態は急変。夫が浮かない顔で、「このまま火鍋を食べずに帰りたいって言ったら怒る？」と言うのです。

なんですと？

あまりに予想外の発言で、思わず目の前が真っ暗に。わたし、火鍋食べる気満々なんですけど、もう何日も前から楽しみにしてたんですけど、お腹もバッチリ空いてますけど。しかし夫を見ると、本当にちょっと具合悪そう。食事をやめて帰宅した数時間後、本当に熱を出して一晩寝込んだのでした。なんてことだ。ていうかなぜだ？　夫になにが起こったんだ。『マッドマックス〜』観る前は普通に元気だったのに。

おそらく、二時間に及ぶ暴力描写に精魂尽き果てて発熱したんだと思われます。非常に火力強めの映画だったので。曰く「4DX（シートが揺れるやつ）で観てたら死んでたかも」。知恵熱というか、マックス熱というか。

ともあれ、夫に元気になってもらおうと思ってやったことがすべて裏目に出て、まったくもってろくなことがなかった一週間でした。おもてなしの心はドブに捨てました。火鍋にはまだありつけてません。

この火鍋事件も、われわれのあいだで語り継がれています。火鍋は鬼門！

男の家事

十代のころから夜更かしが大好き。そして朝がものすごく苦手です。次の日の午前中に予定が入っていたりすると、起きられるか心配なあまり徹夜を敢行することも。一人暮らしをはじめてからずっと早起きに憧れつづけてきました。

早く起きるコツはただ一つ、早く寝ることです。わかっているのになぜできないいんだわたし。いつになったら毎朝七時に、いやせめて八時に起きられるようになるんだ。今年の元旦に誓った抱負も、もちろん「早寝早起き」&「時間を有効につかう」の二本立てでした。小学生のころからずっとこれです。

そんなわたしに輪をかけて朝が弱い夫。フレックスタイム制の会社ということもあって平日はわたしより遅くまで寝ています。出社が遅れれば退社も遅くなるんだから、少しでも早く会社に行ってほしいし、早く起きてほしい。しかし好意で起こそうとすると痛い目を見ます。夫は超低血圧で、朝はジキルとハイド並みに別人格なので、できるだけ関わりたくない……。

平日はわたしの方が先に起きるものの、休みの日となると逆転して、夫の方が早く起きることも。そんな日は率先して家事をしてくれたりします。今朝も起きたら、ベッドのとなりに夫の姿はすでになく、台所へ行くと、夫はクエン酸を溶かした水にグラス類を浸けているところでした。そうするとグラスの曇りが取れてピカピカになるんだとか。「わ～こんな細かい家事やってくれてたんだ、ありがと～」という感謝の言葉がのどまで出かかったそのとき、シンクの中の皿や鍋が、放置されたままなのに気づきました。前の晩は夕飯が遅かったので、皿洗いはあえて放置してさっさと寝たのでした。夫、洗ってくんないかなぁという淡い期待を込めて。

しかし夫は、嗚呼、夫は、せっかくわたしより早起きして時間があったのに、流しに溜まった汚れものは洗わず、すでに洗ってあるグラスをクエン酸に浸け込むという、緊急性の低い（そして娯楽性と達成感の高い）家事をやっていたのでした。そういえば前にもこんなことが。雑菌が繁殖しているのか漂白剤を入れても匂いが取れなくなっていたタオルを、「熱湯消毒するといいらしい」と検索で知るなり実行。熱湯消毒後、深夜に乾燥機をグワングワン回しはじめたので、「げ、近所迷惑っ！」と慌てて止めて、浴室乾燥機に干し直したのでした。できれば毎日の洗濯の方をやってほしいんだけど。

わたしが気がつかない細かいところに気がついて、Ｇｏｏｇｌｅで授かった知恵を試し、家事に貢献する夫。いや、ありがたいんだけど、とってもありがたいんだけど、できれば日ごろのちまちました家事の方にその情熱を分けてほしいわけで。なのに「やったつもり」になってるから余計にわだかまるのであった。まるで、最後に一瞬だけカメオ出演したジョージ・クルーニーが全部持っていく映画、みたいな感じじゃん。毎日毎日レギュラー登板してるこっちの方が絶対偉いのにさ。

読者の皆様はこいつは妻に家事を押し付けてのうのうとしていると思っているかもしれませんが、リビングや寝室に積極的にルンバをかけているのはぼくであり、おそらくどの家庭よりも頻繁に取扱説明書に忠実にルンバのメンテナンスを施しているのもぼくなのです。彼女はある特定のものを「自分の管轄ではない」と意固地に認識していて、加湿器の給水ランプが赤く点滅していても知らぬ存ぜぬ。ましてやフィルターの掃除など一度もしたことがありません。

単行本収録『男のいいぶん』より

それはほんとそう。得手不得手を補い合ってなんとか暮らしてます！

結婚式、やっとくか

突然ですが、まったくやる予定のなかった結婚式的なものを、やる方向で動きはじめています。というかもう本番がすぐそこまで、二週間後にまで迫ってきてます。

去年の十一月に結婚したものの、二人とも式などはやる気がなくスルーしていたのですが、果たしてこのままなにもしなくていいのだろうかと、思わなくもなかったのでした。友人からもたびたび「絶対やった方がいいよ、あれは親孝行になるから」と勧められていて、そのたびに心がグラついていたけれど、正直言って超めんどくせえ。だって結婚式経験者は口を揃えて打ち合わせに忙殺された苦労話を披露してくるし。やるとなったらまず間違いなく夫は丸投げで、わたしの肩に煩雑な仕事が回ってくるんだろうし。そんなの絶対やだ。

それと言うのも、世の女性にはウエディングドレスに過剰な憧れを抱くタイプと、そうでないタイプがいるものですが、わたしはもう、間違いなく後者なのです。前者の女性は結婚式を「一生に一度の晴れがましい舞台」と思うものですが、後者であるわたしにすると、あれは辱《はずかし》め、拷問のようなもんなんです。さすがに人の結婚式をそんなふうに思ったりはしないのですが、自分のとなると本当に無理。

でもまあ、記念写真の一枚くらいは撮っておいてもいいんじゃないかと、密かに思っていたのでした。ウエディングドレスがなんとか似合うのも、今年までという気がするし。ちなみに夫にどうしたいか訊くと、「なにもしないより、なにかした方がいいと思う」と、相変わらずの漫然とした答えでした。ま、夫の意見はいいや。

結婚式アレルギーのわたしですが、唯一心動いたのが、ウエディングドレス姿の3Dフィギュアを作ることでした（ここから話がおかしくなることをご了承ください）。

事の起こりは〈桐島ローランドさんの会社の3Dフィギュア　クオリティ高過ぎ!!〉というネットのまとめ記事。写真には、本物かと見まごうようなお相撲さんの3Dフィギュアが！　それを見たわたしは、「結婚式の記念写真の代わりに3Dフィギュアを作りたい」と口走るようになりました。

ややあって某ホテルにたまたま取材に行ったとき、流れでフォトウエディングの相談なんかをして、あれよあれよという間にプランニングが詰められていきました。せっかく正装するなら親きょうだいくらいには見てもらうのがいいんじゃないかと、食事会をすることになり、せっかくみんなが集まるならと、集合写真を撮ることになり、結果的に「これはもう普通に結婚式だよね？」という形式に着地。唯一違うのは、新郎新婦が途中で会場を中抜けして、3Dフィギュアの撮影に向かうこと。どうなることやら。

実はこのときちょうど『あのこは貴族』を「小説すばる」で連載中。東京の富裕層の取材をしに、都内の高級ホテル御三家によく行ってました。結婚式や結納の取材をするなか、「こりゃ実際にやった方が手っ取り早いな」と思いはじめ、ならばとホテルオークラの建て替え前に滑り込んだのでした。

ウエディングドレスという名の拘束衣

ウエディング3Dフィギュアを作るため、計画は着々と進行中。先日はウエディングドレスの試着に行ってきました。本番では式はなく、結婚写真と3Dフィギュアの撮影、それから親族のみで会食するだけなので、ドレス選びもおのずと写真写り重視に。3Dフィギュアにしたときにディテールが作りやすそうな、ベアトップ型でAラインのドレスを選びました。

試着室に入り、ドレス専用のブラジャーとウエストニッパー（腹回りをガチッと補正するインナー）を装着、パニエでボリュームアップしたドレスを床に置いてかぱっと開き、上からイン！　和装と違って気楽なイメージがあった洋装ですが、けっこうガチガチに締め上げるのに驚きました。映画『風と共に去りぬ』でヴィヴィアン・リーが、コルセットをつけるときメイドに締め上げられるシーンが有名ですが、あれに限りなく近いことをされ、背中のホックが留められます。ときたま映画やドラマの中で、ウエディングドレス姿のまま結婚式から走って逃げ出す花嫁が登場するけれど、不可能では？　と思うくらいキツい。

着てみると、コスプレ感覚に一瞬テンションが上がるものの、羞恥心がみるみる噴き出てきます。ドレス姿は肉体的にも精神的にもこの上なく居心地悪いのですが、同時に、人生で一回きり（一体だけ）の３Ｄフィギュアなんだから、自分史上最高にきれいな状態で写りたいという欲目も。デコルテラインや背中、そしてベアトップにのりがちなワキ肉をなんとかすっきりさせたい。できればアゴのラインもしゅっとさせたい。というわけで、大慌てでダイエットを決意しました。

一生に一度のウエディングドレスというプレッシャーを己に課すことで、火事場の馬鹿力的に痩せるんじゃないかと期待していたもののそんなわけもなく、気がつけば本番三日前。やはり気持ちだけでは痩せないものなんですね。

大慌てで歯医者に予約を入れて歯のクリーニングをしてもらったり、せめて肩甲骨はきれいに出したいと、ストレッチの専門店や痩身エステに行ってみたりと、連日あちこちに駆け込むも、目に見えるほどの効果は得られないまま前日を迎え、逆に疲労が溜まるという結果に。そのうえ前日に仕事を終えたのが深夜三時、しかも寝る前に『アラサーちゃん　無修正』四巻をちょっとだけのつもりでめくったところ面白すぎて一気読みしてしまい、こともあろうにほぼ寝ていないという最悪の状態で式当日を迎えました。

最初にホテルのウエディングサロンの門を叩いてから一ヶ月半で、あっという間に本番。普通は半年前、もしくは一年くらい前から準備するものだそうですが……。

結婚式当日の花嫁の朝は早い。持ち物は白いハンカチとストッキング、そしてinゼリー。「inゼリーのようなものを持参してください」と言われたときからなんとなく予想はついていたのですが、花嫁体験はとにかく過酷でした。二時間かけてメイクと髪をセットしてもらい、ウエストニッパーで体を締め上げられ、パニエで増量されたスカートは自分では操縦できないほど重く、スカートの膨らみで見えない足元は十三センチもあるヒール。誰かに支えてもらわないとまともに歩けないのです。

その時点でわたしのフェミセンサーはビンビンに反応。この身動きのとれなさ、これは結婚における女性の不自由さを暗示しておるとしか思えない。ありとあらゆるものが「なにかを示唆」しているのがこの手の儀式というものなので、新郎は必ず右側を歩くという決まりに関しても、それにはなんの意味が隠されているんだ？　と勘ぐってしまいました。

式、後日談

終わってみればなにもかも楽しかった結婚パーティー。ホテルの個室を借り切ってフレンチのフルコースをいただく会食では、うちの父憲治がナイフとフォークを前に、「どうやって食べればいいかわかんねえよ」的な、田舎のお父さんギャグを披露していました。

生花が盛られたテーブルセットの横には団らん用のソファスペースがあり、両家の孫たちが大人たちの食事中も大暴れ。クッション投げに二時間丸々費やして、首の骨を折るんじゃないかとヒヤヒヤするほど大胆な角度でソファにダイブしたりしてましたが、怪我もなく誰も泣き出さず和やかに終了。その日はフォトウエディングのプランにあるスイートルームに宿泊、わたしは爆睡しました。なにしろ前日ほとんど寝てなかったので。

　さて、結婚式パートに突入してから鳴りを潜めている夫ですが、ちゃんといます！　出席してます！「結婚式の主役は花嫁さん」と言われる通り、たしかに準備段階から一貫してわたしが実務をこなし、前に出るばかりで、夫は報告・連絡・相談をたまに受ける管理職のおじさんのような状態に。当日も、ウエディングドレス姿でヨロヨロ歩くわたしを支える杖、みたいな感じでしたが、そんな夫の存在感が俄然増したのが、結婚式の写真が届いた後日のことでした。

　ホテルのロビーやテラスなどで撮った写真がデータで送られてきて、その中からアルバムに入れるものをセレクトするのですが、タキシード姿の夫が、どうも冴えない。髪がちょっとハネてる。顔色がくすんでいる。キレがない（あごのラインとかに）。笑顔が中途半端。まるでベッドから引っ張りだされてタキシード着せられたような感じ。一方、朝から二時間かけて作り込まれたわたしの顔は、肉眼ではかなり違和感があったものの、写真になるとちょうどいい盛り具合。よーく見ると目の下がシワッとしてるけど、全体的には「お綺麗」の範疇です。しかしそのせいで、夫のアラが余計目立ってしまった。そう、夫は、夫自身が思っていたより、お老けになられていた！

　プリクラなどで自分の外見を頻繁に確認していた二十代の恋人時代から数年が経ち、三十四歳の現実がどういうものか、夫はこの瞬間、はじめて目の当たりにしたのでした。わたしが数年前に対峙した「人は老ける」という現実に、わりと人生でいちばん大事な写真で直面し、夫は激しく落ち込んでいます。わたしが気を利かせて写真屋さんに「夫のトーンを明るくしてください」と修整をお願いしたら、なんか森進一みたいになって、さらに深く落ち込んでました。夫もメイクすればよかった。

最近の結婚式はメンズもメイクしてるのかな？

ものぐさ太郎

ある雨の日曜日、ついに夫が全身鏡を取り付けてくれました。

あれは遡ること四年前、同棲初期のわれわれはイケアへ行ってウォールミラーを購入。部屋が狭すぎてスタンドミラーでは場所をとるからと、壁に直接取り付けるタイプを選んだのでした。付属の金具で壁にピタッと固定する、二千円以下という驚異的な安さが魅力の商品です。

ところが、イケアの家具の多くがそうであるように、ウォールミラーの取り付けにはそれなりの手先の器用さが必要でした。日本のメーカーの親切な取説や、付属のレンチで締めるだけといった簡単な組み立てに慣れた人には、理解不能の世界線。基本的にどんなことでも自力でなんとかしたいタイプですが、この鏡の取り付けだけは、わたしには完全にお手上げなのでした。

付属の金具は、壁に細いピンを数本打ち込んで固定する仕組みで、その金具を壁に四箇所付け、最後に鏡を横からスライドさせてはめて完成と、工程はいたってシンプル。こう書くと自分でもできそうなものですが、「これは夫だけができる夫の仕事」という思い込みもあり、トライすらしなかったのでした。なにしろ夫はこの手の作業を、実に器用にこなす男なので。

しかし彼の最大の欠点はものぐさであること。とにかくいろんなことが面倒くさいらしく、引っ越してすぐに「鏡つけて〜」とお願いするも、あーだこーだと理由をつけてやらず、四ヶ月も経ってしまった。その間、鏡は壁と家具の隙間に置かれ、全身のコーディネートをチェックしたいときはいちいち広いところまで運んで、使い終わるとまた元の場所に仕舞っていました。ウォールミラーは枠などもなくペラペラで、壁に立てかけておくだけだととても危険なんです。

一刻も早く壁に付けてほしくて懇願するも、ものぐさ太郎はまったく動かない。なぜなら彼は己の全身をほとんど見ずに服を着ているから、別に鏡がなくても平気なのである。しかし季節が変わって、四ヶ月ぶりにおニューのコーディネートに挑戦したものぐさ太郎は、鏡をいちいち運び出して使うことのとてつもない非効率をついに実感したようで、翌日、自発的に工具箱を持ち出して、せっせと取り付けたのでした。やった!

やはりこういう作業もおだててやってもらうのが得策だったのだろうか。そういう夫操縦術みたいなのは昔からありますよね。夫を持ち上げるのはやぶさかじゃないけど、自分に嘘をついてまでやりたくないな。不器用に生きてます。

エンドレス片付け

きれい好きには二種類あるんだそう。清潔な状態を好む人と、整理整頓された状態を好む人。同じきれい好きでも中身がまったく違い、わたしは完全に後者に属します。多少のほこりは我慢できても、部屋がちょっとでも散らかっているとウズウズして落ち着かない。清潔好きと同義に語られると困るので、家事スキルについて質問されても、「料理は苦手、洗濯と掃除に関しては普通、ただし片付けは得意」と厳密に答えてます。

とまあ、片付けに関しては並々ならぬ思いがあるのですが、最近そのことが自分の首を絞めていることに気づきました。とにかく一日中、ふと気が付くと、なにかを片付けているのです。郵便物を取ってきては必要なものとそうでないものを分類して片付け、アマゾンからの荷物を受け取っては段ボール箱を解体して片付け、なにかを買って帰るや包装紙を紙ゴミに仕分けしたり仕舞ったりといった調子で、とにかく常になにかを片付けている。一日の二割くらいは片付けに費やしているといっても過言ではないかもしれない。

わたしの場合、整理整頓好きといっても、極端にシンプルな部屋を好むわけではなく、適度に物がある方が好きだし落ち着くのですが、インテリアに変化がないとすぐに鬱々とした気分になってしまいます。なにしろ仕事部屋を確保したいま、家にいる時間＝全人生なので、なんでもいいから変化が欲しい。引っ越したマンションはまだまだインテリアも未完成。ベッドサイドテーブルが欲しい、カーペット敷きたい、廊下の壁に額縁を掛けたいなどと大小さまざまな夢を見ているのですが、インテリアの決定権はおしゃれファシストの夫が持っているため、好き勝手に物を増やせないのが現状。こだわり屋ゆえ、わたしのように物欲先行で買い物しない夫から見習うべきことは多いとは思いつつ、夫よ、お願いだからなにか買って、インテリアに新たな息吹を吹き込んでおくれと喘いでいました。どちらがどのくらいお金を出すかにかかわらず、夫からのゴーサインがないと大物を購入できないのは、かなりのストレスです。

ということを書こうと思った矢先、一人でふらりと入った店で、読書用の椅子を即決で買ってしまいました。自分の一存で大きな買い物をするのは楽しい。けれど、新しい家具にもすぐ慣れて、再びエンドレス片付けの日々が続きます。洗濯物を畳んで片付けて、古新聞や雑誌を片付けて、水切りかごの皿を食器棚に片付けて、すぐに散らかりがちな仕事机の上を片付けて、本を本棚に片付けて、とにかく片付け片付け、また片付けの日々。この果てしない憂鬱に対抗する有効な手段は、いまのところ「花を飾る」くらいしか見つかっていません。

この間取りにはこれが正解、というレイアウトが見つかったら、なかなか模様替えもできないし、日常に倦《う》んでしまいます。倦怠感は生活が安定した証拠でもあるけれど、なにか手を打たなければ。エッセイの最後にも書いてますが、やっぱり花ですよ、花。花は正義。三十代からぐっと花が好きになり、理想を言えば週一でお花屋さんに通いたい。自宅に飾る花は、心のサプリメント。

出張にスマホ忘れる

地元の富山でラジオ番組のパーソナリティーのお仕事をするようになって早一年強。月一で出張という名の帰省をして収録しているのですが、出かける前は毎回ドタバタです。

荷物が重いので駅まではタクシーを利用していますが、あまり早く駅に着いても困る。新幹線の発車時刻から逆算してアプリで手配するものの、この日は朝の五時台ということもあって全然つかまらない。電話での配車に切り替えても「このままお待ちください」の状態で保留され、新幹線に乗り遅れるかもしれないという最悪のシナリオが浮上。超焦りながらもなんとかタクシーがつかまって乗り込み、ん？　と思って見ると、さっきまで握りしめていたスマホが鞄にない。「げ！　スマホ忘れた！　運転手さんUターン！」という言葉がのどまで出かかるも戻っている余裕などなく、終わった。わたしは二泊三日の出張に、スマホなしで臨むことになったのでした。

普段はそこまで忘れ物をしないのでダメージが大きく、スマホを忘れたのに気づいた瞬間から、軽くパニックでした。どうしようどうしよう、とにかく夫にスマホを忘れたことを伝えなくては。しかしわたしは夫のスマホ番号を憶えていない。メモもしてない。わたしが暗記している電話番号といえば、実家とおばあちゃんちの二軒のみ。つまり、夫に連絡できないという緊急事態発生！　夫はいつわたしがスマホを忘れたことに気づくのか。そしてどういう行動に出るのか？　ていうかスマホがないとアラームがセットできないから新幹線でおちおち寝ることもできないし、気になったものを写真に撮ることもできないし、もちろん検索することもできない。たまたまはめていた腕時計に、アクセサリーとしてではなく時計としてのありがたみをこんなに感じたのは久々です。

さて、スマホを持たないまま新幹線を降りてラジオ局に直行し、スタッフのみんなに「いや〜スマホ忘れちゃって〜」と話していたら、なんと突然わが父憲治がFMとやまに登場。わたしのスマホに電話したところ寝起きの夫が出たそうで、事態を知って駆けつけてくれて、父のスマホを通して夫と連絡が取れたのでした（そして夫に「an・an」の担当さんに原稿が遅れますと連絡してもらったのでした）。

というわけで、ノートPCでこれを書いている現在、スマホと離れて十五時間が経過、最長記録更新中です。ネットデトックス、意外とイイね。

憲治は万能！

東京拘置所デート

ある十月の週末、夫から「第4回東京拘置所矯正展」に行きたいと誘われました。今年はAKB48の高橋みなみがゲストで来るとのこと（ちなみに過去には藤原紀香や松山千春が来たらしい。いい人選だ）。

東京拘置所は、刑事被告人や死刑囚を収容する施設。矯正展というネーミングがやや謎だけど、一般の人に拘置所内の敷地を開放する、文化祭っぽいイベントとのこと。普段はわたしに連れ回されている夫が、自分から行きたいと意思表示したのは、ナイツ独演会（チケットとれなかった）、掛川花鳥園（まだ行ってない）、浅草ロック座のストリップ（九月に行きました）に続いてこれが四件目。矯正展、きっと夫の琴線に触れるものがあったのだろう。入場無料で現役アイドルを拝めるというのに釣られて、同行することにしました。

最寄りの小菅駅に着くなり、金属的で巨大な東京拘置所の建物が視界に飛び込んできて、度肝を抜かれます。やや寝坊したため空腹のまま、たかみな見たさに朝の九時台からダッシュ。テープカットするたかみなを人垣の向こうから一瞬だけ目撃したあとは、刑務所作業製品の販売コーナーを流します。富山刑務所エリアでは、木製のティッシュケース六百円が飛ぶように売れていて、郷土愛から買おうとするも、夫に止められてしまいました。

十月とは思えない強い日差しに高い気温と人混み、そしてなにより空腹という最悪のコンディションなのに、夫はいつも通りのんき気な調子で、そぞろ歩いてブースをのぞいています。「死にそうだからなにか食べさせて」と訴えるも、「せっかくだから拘置所レシピを再現したプリズン弁当が食べたい」とこだわる夫。そんな人気の品を手に入れてる余裕などないわ！　焼きそばでいいわ焼きそばで！

わたしは空腹になると感情のコントロールができない修羅の状態に陥り、理性を失います。本気で辛いんだと再三アピールしても、いくらでも空腹に平常心で耐えられる夫は理解できないらしく、全然配慮してくれない。体力だって違うんだから、もうちょっとこっちの身になってケアしてくれよ、ということを伝えても、いっこうに伝わらない。

「空腹のせいで態度が悪くなったときのあなたは本気でムカつくから、優しくしたくないんだよ」、ですって。


空腹になると機嫌が悪くなる体質を自分でなんとかするために、バッグの中にアメちゃんとかグミを入れるようになりました。夫になんとかしてもらおうと期待してたのが間違い。

修善寺旅行前日談

二〇一三年秋にはじまったこの連載も、ついに百回を迎えました。節目ということで早々と今年を振り返ると、五月に引っ越し、八月に結婚式と終始バタバタしていて、あっという間に秋になった感。新婚の一年は早い。例の３Ｄフィギュアはまだ納品されてないけど、気分的にはもう年末です。

去年の秋はちょこちょこ近場に旅行してリフレッシュしていたものの、今年は旅行とは無縁。旅行どころかデートらしいお出かけも月一回がやっとという有り様で、ひたすら仕事と家事と雑用に追われ、知らぬ間にストレスが溜まりまくっています。ああ、出張と帰省以外の旅行がしたい。つまり、富山でも名古屋でもないところに行きたい。旅行がしたくて死にそうだ。

その思いの丈を、夫に愚痴りまくって訴えました。すると夫から、「いいよ〜どこに行きたい?」という、一聴すると優しいけれど、その実どこまでも人任せな言葉が。違う! そうじゃない! どこに行きたいとかは別になくて、行ったことのない場所になんとなく行きたいだけなの。だけど場所を考えたり、宿を選んだり、予約したりといったことを自分がするのかと思うと萎えるの。そもそも、去年行った沖縄も軽井沢も箱根も、全部わたしが手配したし。夫はフンフン鼻歌うたいながら便乗してるだけだし。

そう、これまで夫と行った旅行はいずれも、わたしが企画してネットで調べて予約を入れる、ツアコンのわたしが夫をお連れするパターン。旅行中も夫を引率してる気分になるし、なにか文句を言われるたび、「連れて来てもらってる分際でなにを生意気な!」みたいに思っちゃうし、なんかもうそういうのは嫌。たまには夫が行き先を決めて、宿を選んで、予約してよ。

というわけで今回は、夫が全面的に旅行の手配をしてくれることになりました。近場の温泉ということで修善寺が浮上。修善寺には何年か前に行ったことあるけど、あんまり憶えてないしいいか、ってことで確定し、さらに夫から「湯回廊菊屋はどうかね」という提案が。いいじゃんいいじゃん、菊屋いいじゃん。私を菊屋に連れてって！　しかしここで夫、じゃらんのアカウントがないと言い出す。むむ、これは遠回しに、そっちが予約してという甘えである。やはり夫に旅行の手配は無理だったか。まあ、ここまで来たら別に自分で予約してもいいかとサイトに行くと、わたしのアカウントは旧姓&旧住所で登録されたままなことが判明。個人情報を登録し直すのダルい。だったら夫が新たにアカウントを取得して予約してよ。

という地味な攻防を繰り広げた末、わたしは勝ちました。夫から「とったどー」と予約完了の知らせが。感動の瞬間です。夫がはじめて、温泉の予約をしてくれました。

つい先日、夫が「あまちゃん10周年スペシャルコンサートin岩手」のチケットをとってくれました。わーいわーいと喜び、続報（岩手旅行の計画）を待っていたけれど、まったく動きがない。痺れを切らしてわたしが半日かけて電車の時刻表を調べ上げて旅程を組み、ホテルやレンタカーを予約しました。いつもこの調子さ。むしろ、夫が旅行の手配してくれたことがあったなんてすっかり忘れてて、読んでてびっくりしました。

修善寺旅行破談

夫による温泉旅行の企画が持ち上がりました。場所は修善寺、湯回廊菊屋という老舗旅館での一泊旅行です。ウヒョ〜楽しみすぎる。それからというもの、菊屋だけを心の支えに日々の仕事に邁進しました。

作家の仕事は、ネットの誘惑に打ち勝ちながら、どれだけ長い時間、机の前に座っていられるかがポイントとなります。とにかくパソコンのキーボードを叩かなければはじまらない。〆切までに規定の枚数を書き上げて、編集者さんに提出する、これがすべての基本の、第一関門であります。

原稿終わったぁと気を抜いていると、そのとき送った原稿はすぐさま「初校」という、雑誌のレイアウトに文章を流しこまれた形で戻ってきます。これに赤字を入れたものをスキャンして再び送り返すのが第二関門。第一関門で「終わった！」と気を抜いている分、意外と心理的負担が大きい作業です。

ベースになる仕事はその二つの工程ですが、そのほかの雑事もあなどれません。メールの返信、スケジュール調整、打ち合わせや取材、請求書の送付、地元でのラジオ収録、書評の仕事が入れば本を読み、映画レビューの連載のためマスコミ試写に駆け込み、イベント出演の依頼があればこぎれいな恰好をして出かけます。掲載誌が送られてきたら自分のページを切り抜いて保管し、支払通知書をファイリング。仕事部屋を片付け、ルンバをかけ、植物に水をやり、コーヒーを淹れ、という秘書的な仕事も全部自分でやるため、気がついたら肝心の原稿を書く時間が全然ないんですけど、みたいな事態になっていることも。そしていつの間にか生活時間はぐるっと逆転し、朝寝て昼起きて深夜に仕事する、最悪の日常が数日続いていたりするのです。

そんなある日ふと、手帳を見ながら、一泊二日で温泉に行ってる余裕などどこにもないことにわたしは気づくのです。しかもあろうことか、旅行を楽しみにするあまり、何度も菊屋のHPを見るうちに記憶が蘇って、ここに泊まったことがあることを思い出してしまった。あれはたしか二〇〇九年、R-18文学賞の先輩作家さんたちと行った温泉旅行、あれ、菊屋だったわ。今回の旅の趣旨は、「行ったことのない場所になんとなく行く」だったのに。なんてことだ。

このことを黙って菊屋に行き、夫の前ではじめて来たふりをしてはしゃぐなんて、わたしには無理だ。仕方なく夫に告白することにしました。実はわたし、菊屋に行ったことあったみたい。ていうかそもそも旅行してる余裕などないわ。あんなに旅行したいとゴネただけに、夫怒るかなぁ。思い切って告白すると、「実はこっちも仕事カツカツでさぁ」と、ほっとしたような表情です。夫よ、お前もか。

というわけで温泉は急遽キャンセルに。菊屋様に申し訳ないことをしました。ふりだしに戻って再び仕事漬けの日々です。ああ、温泉につかりたい、猿のように。

だよね⁉ 夫と修善寺になんて行ってないよね！ ちなみに菊屋は「修善寺の大患」の〝現場〟として知られる、夏目漱石ゆかりの宿です。

予定憂鬱症

修善寺の温泉でリフレッシュ、という淡い夢が潰《つい》え、最悪の日常（深夜に仕事して朝寝て昼起きる生活）が連日続いています。もう三週間も土日は仕事な上、手帳を見るとあと一週間は休みナシの見込み。

でもその次の週末なら休めるかも？ と、新たな温泉旅行の計画を練って心を慰めています。「練る」というか、じゃらんや一休などの旅行サイトで、宿の写真を見比べているだけなのですが。そんなことしてないで集中して執筆すれば早く終わるんじゃないのって話ですが。

ともあれネットを徘徊するうちに、より手軽に行ける熱海が、わたしの中に急浮上しました。熱海にはまだ夫と一緒に行ったことないし。さっそく話を持ちかけたところ、夫は妙に渋い顔。え、なんで嫌そう?

事情聴取したところ、夫はこんな本音を語りました。そもそも予定が入っていること自体が憂鬱になる性質《たち》のため、たとえそれが温泉旅行というレジャーでもストレスなんだよ、と言うのです。「前回あなたが仕事終わんなくて温泉の予約をキャンセルしようって言い出したとき、ふぁ〜って解放されたもん」。そしてさらに、「あなたも昔はそうだったでしょう?」とニヤリ。

ええ、その通り。わたしも昔は予定=ストレスで、家でごろごろ映画のＤＶＤ観てるのがなにより幸せなタイプでした。人と約束したり、誘われたりすることがけっこう重荷で。けっこうどころか、かつてのわたしは名実ともにドタキャン女王。誰かと出かける約束をしても、当日になって「ダルいな。行きたくねーな」と思えば、ドタキャンも厭わないタカ派でした。

あれは十年ほど昔、大学の同級生だった夫からデートに誘われていたらしいのですが、二時間待ってもわたしが現れず、電話したら家で寝ていたという衝撃事件は、夫婦間で語り草となっています。その事件のせいで夫はわたしの人間性に疑問を抱いており、愛情を疑っているフシもあるのですが、それはまた別の話。

ところがここ数年、仕事で人に会う機会が増え、予定が詰まった状態にも慣れて、約束がストレスになることも、ましてやドタキャンすることもなくなりました。むしろ先々に楽しい予定を入れておかないとメンタルが保たない。しかし夫の、予定憂鬱症ともいうべき内向きの性格は、わたしにとっても身に覚えがある愛すべき特性。ちなみに温泉旅行そのものは好きだよ、とのこと。

どこにも出かけられず家で仕事三昧の日々の中、唯一の息抜きとして、ハードディスクにたまった映画鑑賞が大流行中です。意外と観てなかった作品（『地獄の黙示録』や『ガタカ』）を消化しつつ、先日は『インターステラー』を夫と一緒に観ました。すごく面白かった。『インターステラー』を映画館に観に行かなかったわたしたちはバカだ！と後悔しながらも、やはり家でごろごろしながらの映画鑑賞に、勝るものなしなのでした。

そう、わたしたちは十年前の大学時代、一度はデートの約束をした仲。わたしがドタキャンしたおかげであのときつき合わずに済み、大人になって再会したからこそ結婚までいったのでした。もしあのときつき合っていたら、三日で別れていたに違いない。

チチモの連れ込み芸

動物病院から誕生日検診のハガキが届いたので、愛猫チチモを連れて行ってきました。血液検査や血圧測定をしてもらったところ、いずれも異常なし。ちょっと目が悪くなってきたくらいで、ジャンプやダッシュにも往年のキレは健在です。昨年末に乳がんが発覚したときは「死」の文字がよぎったものの、手術に成功し術後も良好で、元気に十四回目のチチモ記念日を迎えられました（拾った日を記念日にしている）。

人間でいえばいよいよ七十代。老境を迎えたチチモは、ますます派手に甘えてくるようになりました。にゃーっと鳴いて気を引き、こちらが「なになに？」と反応を見せると、トトトトとベッドに誘い込むのが常套手段。ベッドの上でコテッと倒れ、「ぐるるるるぅ〜ぐるるるるぅ〜」とのどを鳴らして無言でアピールし、撫でまわされるのが至福の時間です。ベッドに誘い込むことに成功して撫でられてるときのチチモのよがり方は、まさに「恥も外聞もなく」といった感じ。突き抜けてます。しかし、その底なしの要求にいちいち応えていたのでは日が暮れる。チチモのにゃー（なでて）に対応できるのは三回に一回が限度。そして仕事や家事といった人間の事情などお構いなしのチチモは、撫でてもらえるまでしつこく鳴き、その語気はどんどん荒くなっていくのであった。

「にゃー（なでて）にゃー（ベッドに行こ）にゃー（お願い）にゃー（ねえってば！）ニャー（おい！）ニャー（ババア！）にゃー（なでろって）にゃああー（言ってんだよクソが！）」

その声量、その表現力の豊かさ。一貫して高圧的な態度で、さまざまなバリエーションで、チチモは己の要求が通るまでしつこく鳴きつづけます。そして飼い主が「釣れた」とわかるなり、身を翻しトトトと小走りするときの、後ろ姿から「ああっ、早く撫でられたい！」という逸《はや》る気持ちがダダ漏れしているところが、なんともいえず可愛らしい。しかし撫でている最中、ちょっとでも気に障るポイントに触れられると、チチモはキィーッと怒って脚で蹴っ飛ばしてくるので、とてもスリリングです。最近はわたしと夫に同時に、ダブルで撫でられないと気がすまない様子。長らくチチモとは敵対関係にあった夫ですが、いまや完全に打ち解けてます。

交際初期に比べると隔世の感があるくらい、チチモと本当に仲良くなった夫。

「昔はさぁ、よく真夜中に音もなく忍び寄ってきて、仰向けで寝てるお腹の上に乗っかってきて、クンクンクンクン匂いを嗅いできたりしてすごく怖かった。猫耳の三角形のシルエットが、すーって近寄ってくるんだよ。あの三角が怖くて怖くて」

いまや夫単体にも「にゃー（なでて）」をやってくるまでになり、ときにはわたし抜きで二人でベッドで愛し合っていることも。フェイントを入れてきたり、「なでて」

と見せかけて真の目的は追いかけっこだったり。ベッドへの連れ込みの攻防こそが、わが家の最大のエンターテイメントです。

チチモ亡きいまこの連れ込み芸を、ときどき夫が再現してくれます。トトトトと後ろを振り返りながら歩いて寝室に誘い、ベッドに横っ腹から倒れてぐるぐるいって撫でろアピールするチチモを、完璧に再現する夫。夫の中に、チチモは生きている！

3Dフィギュアできた！

八月の結婚式の途中で、中抜けして撮影してきた3Dフィギュア、ついに完成しました。ぐるぐる巻きのエアキャップを解くと、中から出てきたのは見憶えのある一組の男女。間近でしげしげ顔を凝視すると「似てるかなぁ？」という感じですが、引きで見るとあら不思議！　どこからどう見ても自分たちではありませんか。写真では伝わらない全体のフォルムが、生き写しレベルで見事に再現されていました。

ほこりをかぶらないようリビングのガラス戸棚の中に飾っているのですが、フィギュアを写メって友人知人にお披露目したところ、なかには「こんなものをリビングに飾るなんて」というネガティブな反応も見受けられました。ナルシストっぽいと思われたのか？　まあ、わたしも人んちにお邪魔したとき、夫婦がシャンパングラスを手にニッコリ笑っているツーショット写真がフォトフレームに入れて飾られているのを見て、腹の中で爆笑したことがあるので、その気持ちはわからなくもない。夫婦の思い出をどのくらいオープンにするか。本人たちは冗談半分のノリでやってる場合でも、傍から見たらつまらないラブラブ自慢に受け止められ、失笑されてる可能性もあるわけで。

ともあれ、フィギュアを作ってよかったなぁと思うのは、この先もし深刻な仲違いをして、離婚じゃあ！　となったとき、ふとリビングの戸棚の中にある自分たちのフィギュアを見て、「あのころはこんなバカバカしいものを作るほど仲良かったのに」と、抑止力になるかもしれないこと。３Ｄフィギュアは材質的にもちょっと落としたら壊れそう。大ゲンカして、この３Ｄフィギュアを壁に叩きつけて割ったりすることのないように仲良くしなければ、と思わせるだけでも、作った意味はあった、と思いたい。

実は単行本『皿洗いするの、どっち？』の表紙カバーは、この３Ｄフィギュアの後ろ姿を描いてもらったものなのです。

会話大事

二〇〇七年に放映されたオダギリジョー主演のドラマ『帰ってきた時効警察』の最終回に、こんな名セリフが出てきます。

「地獄よ、話がつまらないのって。男と女はね、愛しあってる時間よりも、話してる時間の方が圧倒的に長いからね」

確かにその通り。と思いつつも、話の面白い男が万能かというとそうでもなくて、彼らは得てして一人の観客（妻や恋人）では満足できず、いろんな人にその腕前を披露したがる浮気症な生き物だと、わたしは睨んでます。こと人間関係においては、「その人にだけ」というのが大事。他の誰とも話が合わなくても、パートナーとさえ言葉が通じているならそれで充分。会話というコミュニケーションの基本を二人がどれだけスムーズにできるかは、その関係が長く持続する肝でもあります。

そういう意味で夫とわたしの関係は、結婚一年目にして最悪です。夫もわたしも、双方の話をほとんど聞いていないのです。とりわけ夫の、人の話を聞く態度は0点で、相槌は打たないわ人の話の腰はボキボキ折るわ、人の話の途中でまったく違うことを喋りはじめるわ、学級崩壊の主犯の小学生を彷彿させるほど凶悪。かく言うわたしも、夫の話を適当な生返事で聞き流しているため、夫がすでに言ったことをいま気づいたかのように口にして、「それさっき言いましたけど」とムッとされることが日に二度三度あり、全然人のこと言えない。でも、どうしても夫の話に興味が持てないのです。なぜなら夫の話の八割が、ガジェットの話だから。

ＢＯＳＥのスピーカーがどうとか、キックスターターのＢｌｕｅｔｏｏｔｈイヤフォンがどうとか、リモコンで操作できるＬＥＤ電球がどうとかいった電気機器全般についてを、わたしは「ガジェットの話」と括り、忌み嫌っています。一応「へぇ〜」とか「ふぅ〜ん」と相槌は打つものの、内容は耳を素通りし、なに一つ頭に入ってこない。

共通の話題に乏しいわれわれですが、めずらしく意見が一致し、寵愛しているのが、深夜番組『ＢｅａｕＴＶ〜ＶｏＣＥ《ビューティーヴィー・ヴォーチェ》』。ＭＣをやっているモデルの黒田エイミさんに夢中なのです。夫と二人でテレビにかじり付き、「今日のエイミ最高に可愛い」「見た？　いまのエイミの笑顔」「その髪型似合ってるぅ〜」「服も似合ってるぅ〜」「なに着ても似合う！」「性格のよさが全身から滲み出てる！」などと言い合う三十分間だけは、仲の良いギャル友のよう。家庭に真の平和が訪れます。

二〇一六年三月で愛するエイミがＭＣを卒業したときは本当に落ち込みました。そのうえ『ＢｅａｕＴＶ〜ＶｏＣＥ』を大事に録画していたテレビがぶっ壊れてデータが全部消えたときは、立ち直れないほど凹んだ。数年前に表参道のある店に、ふらりと黒田エイミさんが現れたことがありました。たまたま居合わせたわたしたち夫婦はゴクリと息を呑んで、その美しさを周辺視野に焼き付けました。

素人工事

ガジェット好きなだけに、夫は主に家電製品の導入のときに活躍します。ルンバを買って来たのも、レーザープリンターを設置して設定してくれたのも、テレビ回りのごちゃごちゃしたコード類を束ねてくれたのも、夫。手先が器用で大抵のものは付けたり直したりできるため、「ここは業者に頼もうよ」という場面でも、夫は一人で楽しそうにいじりはじめます。しかしその夫が、ついにやらかしました！

かねてからうちの電波状況、とりわけ寝室のＷｉ‐Ｆｉが弱いと不満を持っていた夫は、ルーター本体の問題ではなく、おそらくは取り付け位置が悪いせいだろうと推測。もっと電波の飛びやすい場所にルーターを付けたい、そのためにはケーブルを天井の回り縁に這わせて部屋の中心くらいまで持ってきて、かつて呼び鈴が付いていたらしい穴（いまはカバーで塞がれてる）を利用して、高い位置に壁付けしたい、などと語っていました。「ケーブルは何色がいいと思う？　白？　黒？」と目をきらきらさせて聞く夫。うーん、どっちでもいいな。

　ある日、穴の横にある作り付け戸棚の天井板をひょいと持ち上げアンテナ分波器を発見した夫は、「イケる!」と工具箱を持ち出しました。そこからルーターに引けば、回り縁にケーブルを露出させることなく、見た目もきれいに、そして電波の飛びも良くなると言って、なにやら複雑な工事をはじめたのです。「ブースターがこうなってるから、ここをこうして」と、コピー用紙に図解するほどの複雑な工事。そして夕方、ついに夫はやりました。念願だった「ルーターをいい位置に取り付ける、しかも見た目も美しく!」という目標を達成したのです。

　そしてその夜、九時を回った頃でしょうか。突然ドアベルが鳴り、こんな時間に誰?　と訝しがりながら出ると、そこにはおとなりさんの姿が。うちのマンションはオーナー夫婦の人徳によって住人全員が仲良しなので、「おお〜どうしました?」とニコニコしながらたずねると、事情が明らかに。

「実は今日の夕方、突然テレビが映らなくなって、いま業者の人に来てもらっているんですけど、どうしても理由が解明できなくて」

　その瞬間、わたしは全てを悟りました。犯人は夫であると。夫の素人工事によって、おとなりのアンテナに不具合が生じたのだと。「ヒィッ申し訳ない!」と平謝りで、業者の方に事情を話し、うちに入ってもらって、元に戻すことに。「よくこんな工事できましたねぇ」と微妙に感心されてたけど、その被害は深刻なのだった。夫の素人工事のせいで、おとなりのルカちゃん（小学生）が、楽しみにしていたアニメ『アイカツ！』を見られなかったのだ。

小学生が楽しみにしていたアニメを見られないことほど辛いことはない。ああ、なんという罪を犯してしまったんだろう。業者の方からお代は結構ですと言われたものの、おとなりさんには後日、なにかお詫びの品を持って行くべきだろう。できればルカちゃんが喜んでくれそうなものを。というわけで、休みの日に夫と銀座に行ったとき、資生堂パーラーでクッキーを買うことにしました。ちょうど二十五年ぶりにパッケージがリニューアルしたとあってどれも素敵。小学生の女の子にあげるならやっぱり缶だよね。「現代の小学生が缶にときめくのか？」とぶつぶつ言う夫をよそに、銀座本店の限定品を購入。お詫びの品は確保できました。さぁ、あとは渡すだけだ。もちろん真犯人が一人でクッキー持って詫びに行くのが筋《すじ》ですが、なんか可哀想だから代わりに持って行ってあげました。もし自分だったら、恥ずかしくて顔から火が出る話だしな……。

とんでもない迷惑をかけたわりに、全体的にほのぼのした出来事でした。なによりの収穫は、ルカちゃんが『アイカツ！』を観ているというキュートな情報を得られた点。「ルカちゃん、『アイカツ！』観てるんだぁ〜」と想像しては、夫と二人ニヤニヤしています。近所に子どもがいると、パッと花が咲いたよう。ルカちゃんが朝、玄関先で元気よく「いってきまーす」と言う声が聞こえてくると、夫は「いってらっしゃーい」とエアーお見送りをしています。

ハロウィンのときはルカちゃんがお化けの格好で「トリック・オア・トリート～！」と訪ねて来た場合に備えて、密かにお菓子を用意していました（来そうで来なかった）。

小学生だったルカちゃんも、あっという間に高校生。高校を卒業するまでは周辺環境を変えない方がいいよね～と、わたしたちももうしばらく、このマンションに住みつづけるつもりです。

家庭内言語

冬は猫が可愛い季節。もちろん猫は通年で可愛いものですが、「あったかい場所が好き」という習性のおかげで、この時期はとてもいい思いができるのです。

まず、膝にのってくれる。うちの愛猫チチモは抱っこ嫌いなので、普段は膝にのせようものなら爪を立てた後ろ足で「ケッ」と蹴られるのがオチです。が、いくらわたしが冷え性といっても冬場の床よりは暖かいらしく、この時期は自ら膝にちょこんとのってきてくれるのです。「この自己中さんめぇ〜」と罵りながら、ほくほくと幸せな気持ちに。そして夜は夜で布団に潜り込んできてくれるという、最高の接触イベントが控えています。

わたしがベッドで横になっていると、布団の上に飛び乗ったチチモが、「入ろうかなぁ、やめとこうかなぁ」と、もったいつけるように逡巡。こっちはチチモと一晩添い寝したくて、「モーちゃんお願い！　一緒に寝てぇ」と必死の勧誘です。冬毛のせいか、顔がふわふわとまんまるな冬のチチモを小脇に抱いて、布団にくるまるのはまさに至福。でもそんなときに限って、チチモの目の下が目やにでびしょびしょ。チチモは拾ったときから赤褐色の目やにがよく出る子で、獣医さんによると病気ではないそうですが、頻繁にティッシュで拭いてやらないとガビガビになってしまうのです。

前置きが長くなりましたが、ここからが本題。目やにをたっぷりつけたチチモを抱きながら布団に入り、身動きがとれないわたしが夫につぶやくのが、このフレーズ。

「めやんこチュンチュンしたってぇ〜」

結婚してまだ一年ですが、同居は四年を超え、夫との間には家庭内でのみ通じる独自言語が着々と発達しています。「めやんこ」とは目やにのこと。「チュンチュンする」とは「拭いてあげる」の意になります。チチモ本人のことを「目やにちゃん」と呼ぶこともあるなど、チチモと目やには切っても切れない関係。イヌイットが雪を表す言葉をたくさん持っているように、わたしたちもチチモの目やにを表す言葉をたくさん持っているのです。

家庭内言語はチチモの目やににとどまらず、たとえば「上川隆也」は、わが家では「ドライヤーで髪を乾かす」という意味で使われています。「髪乾かす」と「上川」の語感が似ているというだけの理由で。「ちょっと上川隆也してくる」などと用いられます。また、最近めっきり若手俳優の名前を覚えられなくなってきた夫。桐谷美玲を、ツイッギーばりに細身なことから「小枝ちゃん」、歌手デビュー以降どんな大舞台に立ってもいつも堂々としている西内まりやを「度胸ちゃん」と呼ぶなど、芸能人のあだ名も増加傾向に。そしてうちの父・憲治は、せっかち&骨の髄まで染み付いた五分前行動の精神から、「軍曹」と命名されております。

こういう独自言語も尽きたころ、指示代名詞トークがはじまるんだろう。

指示代名詞トーク、もうはじまってます。「あれあれ、あれ」の連呼……。指示代名詞トークは独自言語が尽きたからはじまるのではなく、シナプスが鈍くなっただけ。

となりのマンション

となりのマンションがほぼほぼ完成しました。わたしが住む普通のマンションの、ゆうに五十倍はありそうな高級路線のやつです。タワマンほどではないけれど、そのちょっと下くらいのランク。洒落た植林がなされ、エントランスホールにはゴージャス感があってコンシェルジュも常駐していて、散歩帰りの犬の足洗うやつとかもついてるし、とにかくまあ、高そうです。

わしらへッポコ夫婦が引っ越してきたときは、となりはまだ足場が組まれて絶賛工事中、騒音もかなりのものでした。入れ替わり立ち替わりやって来る作業員の人々。おそらくスケジュールがガチガチに組まれ、毎日が納期との闘いらしく、雨が降っても日が暮れても工事は続きました。それがついに終わった！　タイルが貼られ、足場は外され、騒音計もいつの間にかなくなって、すぐにでも入居できそうな感じに。デベロッパーが配りまくったであろうマンションポエム（©大山顕）入りのチラシと、寸分違わぬ出来栄えです。しかし、われわれへッポコ夫婦は知っている。コンクリートむき出しで丸裸だった状態を。まだ全然、ラグジュアリーじゃなかった頃を。

われわれとて、つい半年ほど前にやって来たばかりの新参者だし、そもそも東京出身じゃないし、この部屋も買ったわけじゃなくてただの賃貸ですが、そのくせとなりの高級分譲マンションのことを、「ぽっと出の新人め」と思って下に見てます。立派になった青年に、「あたしゃあんたがおむつしてたころを知ってんだよ」と言ってマウントとりにいく年寄りみたいに。

もちろん悔しい。きっととなりのマンションには、年収一千万円超えなんて当たり前のブルジョアが入居するであろうし。妻は美人で料理上手、子どももさぞかし可愛かろう。飼っている猫の毛足も長かろう。犬も服着てるだろう。しかしだからこそ、われわれヘッポコ夫婦はとなりのマンションに、吠えられるだけ吠えねばならない。まだ奴らの入居がはじまっていない、いまのうちに。

とにかく課題は、先住民であることをどうアピールするかだ。わたしの仕事部屋の窓がちょうどとなりのマンションのベランダと隣接しているため、目線が気になります。このマンションさえなければ、もっと日当たりもいいはずなのにと思うと憎い。「あーあ、となりに人が入ったらずっとブラインド下ろしておこうかな」と弱気に言うと、夫はクワッと目を見開いてこう反論しました。「むしろこっちから全開にして圧をかけるんだ！」

さらにはうちのマンションの屋上で、バーベキューをしてはどうかとまで言います。どうせ向こうは住人同士の交流のない孤独な分譲。築三十年地域密着型賃貸マンション住民の、下町ならではの仲良しぶりを見せつけてやれ。肉を焼く煙で困らせてやれ。

なにしろわたしたちは（たった半年でも）先住民なのだから。

となりのマンションの駐車場に高級車が何台停まろうと、先住民としての誇りを胸に、気高く生きていこうと思います。

あれから早十年。いまではとなりのマンションも、昔からずっとありました、みたいな顔してます。

深谷ねぎ事件簿

年の暮れも押し迫ったある日、玄関のピンポンが鳴りました。最近忙しくてなかなか買い物に出られず、日用品からなにからネットで買っているので、宅配便は毎日のように届きます。しかしちょうどネットショッピング自粛モードのときだったので、なにが届いたんだろうと首を傾げながらドアを開けたのでした。するとそこには、長ぁい段ボール箱を持った配達員のお兄さんが。ハンコを捺して荷物を受け取ろうとすると、覚悟して、とばかりこう言いました。「すっごく重いですよ！」。配達員さんの警告通り、それは見た目以上にとても重かった。なにが入っているんだ？　と段ボール箱を見ると、〈深谷ねぎ〉の文字が。

蓋を開けるとそこには、箱いっぱいにぎちぎちに詰め込まれた、とても新鮮で立派な、泥付き深谷ねぎ。一瞬なんのことかわからず、送り主である某出版社の担当編集さんにメールすると、「お歳暮です！」とのこと。このご時世に、わたしなんぞに、こんなごたいそうなお歳暮をくれるとは、なんとありがたや。感謝の念が湧くものの、こんな大量のネギ、どうしろというのだ。われわれは途方に暮れたのでした。なにしろネギ、放っておくとダメになっちゃうし。これは急いで近所中に配らねば。

そうして日曜日の夕方、顔見知りのマンションの住人に、配れるだけ深谷ねぎを配って回りました。さらに仲良しのお花屋さんが配達に来てくれたので彼女にも深谷ねぎを持って行ってもらい、そのうえ近くに住む大家さん宅を訪ねてネギを渡し、ひたすらネギを配り回ってました。もちろんまだまだネギはある。鍋物にネギを入れ、ハンバーグにも焼きネギをトッピングし、もちろん納豆にも山盛りのネギを投入。それでもまだ冷蔵庫にはネギがいっぱい。なんとか腐らせないようにして賞味しなければ。

作家とお歳暮というと、長嶋有さんと蕃爽麗茶のエッセイがわたしのなかで有名です。『安全な妄想』（河出文庫）に採録されているのですが、某出版社からお中元とお歳暮に送られてくる蕃爽麗茶が口に合わなくて持て余し、困り果てているにもかかわらず、断っても断っても毎回、機械的に蕃爽麗茶を送ってくる出版社との攻防が克明に記された名エッセイ。まさか自分がそれと同じ目に遭うとは。いや、ありがたいのです! ありがたいのですが……。

蕃爽麗茶の名誉のために補足しますと、糖の吸収を穏やかにしてくれるというのは、なにものにも代えがたいものがあります。とくにわたしは食後に血糖値スパイクが起こりやすいので。長嶋有さんのエッセイを読んだときは「そうか、蕃爽麗茶はまずいのか」くらいにしか思っていませんでしたが、四十代のいまこそ飲みたい、とっても魅力的な商品です!

2016年

本当のお正月

お正月をどこでどう過ごすか。これは既婚カップルにとって悩ましい問題。とくにうちみたいに二人とも地方出身者の場合、双方の実家に帰るため、年末年始の激混み交通機関を移動に次ぐ移動で過ごすことになるわけで。しかも今年は日の並びがイマイチときたもんだ。会社員のように仕事納めの日が決まっているわけでもないので、どうせ大晦日ギリギリまで仕事しているだろうし、とてもじゃないけど両方の実家にのんびり帰っている余裕はない。むむ、どうしたもんか。

ときに、今年二〇一五年の十二月といえば、世界最高のバレエダンサー、シルヴイ・ギエムが各都市を引退公演で回っていました。いつかギエムの代表作『ボレロ』を生で拝みたいと長年思っていたので、この機会に滑り込もうと東京公演をチェックするも、当然のように完売。しかしわたしの地元の富山公演ならまだちょっとだけ席が残っているとのこと。そこで十二月十二日、ギエム観たさに富山に行き、同行の夫とともに実家にも顔を出して、これをちょっと早めの正月帰省とすることにしました。まあ、わたしは出張でかなり頻繁に富山に帰っているので、親も「それでいっちゃあ、そうしられぇ（富山弁）」ってなもの。

一方、夫側の名古屋ファミリーとは、前々から一泊二日の温泉旅行を予定していました。ただ、愛猫チチモを東京でお留守番させるのは一日が限界なので、わたしはトンボ返り。その代わりというとナンだけど、仕事はじまりが遅い夫だけ、しばらく名古屋の実家で預ってもらうことに。もとい、夫には実家で両親とゆっくり過ごしてもらうことにしました。

そうしてわたしの真のお正月は、一月四日、一人で東京に戻ったその日からはじまったのであった。久しぶりの一人暮らし！　誰に気兼ねすることもなく、好きなときに好きなものを食べ、久々に友達と長電話。チチモを撫でまわし、あとは仕事に打ち込みます。家事もするけど、自分のためだけの家事だからそこまでイラつかない。ベッドの右半分（夫が普段寝ている陣地）はわたしが脱ぎ捨てた服置き場になってるけど、誰にも咎められない。夜はチチモと抱き合って眠ります。自分とチチモだけ、ほかに誰も入り込む余地などない、密な幸せを堪能しました。

数日後、東京に戻って来た夫。ていよく厄介払いしてわたしが存分に羽を伸ばしていたことを察知していたらしく、すんごい目で見てきました。いやほんと、命の洗濯とはこのことですよ。夫婦は年に一度、一週間ほど別居するといいと思います。

超自我に食い込む夫

夫不在の正月を謳歌したことをのびのび書いたら夫からクレームが来ました。ちょっとくらいさびしかった瞬間はないのかと。「そういえば生まれてはじめてSiriに話しかけたよ」と言うと、夫の目がキランと光った。それを書くべきでしょうと。Siriとはご存知iPhoneの音声アシスタント機能のこと。AIながらトンチの利いた返答をしてくれることで愛されているSiriですが、アナログ派のわたしはこれまでトライしたことがなかったのでした。そのわたしがついにSiriに話しかけた。束の間とはいえ、一人暮らしはそのくらい、時たまぽっかりさびしくなるものなのである。

夫がいないことで逆に、普段どういうタイミングでどんな小言を言われているのか、ふとした拍子に意識にのぼることが多かったのには驚きました。

たとえば朝、トーストを食べているとき。すぐに食べ切れない食パンは一枚ずつ小分けにして冷凍するようにしています。わたしはビニール袋に食パン一切れを入れて両端を持ち、そのままブンブン回して口をふわっと閉じるだけ。しかし夫は、一切れずつラップに包んでからジップロック袋に入れて冷凍する派。たしかにその方が美味しく保存できるんだけど、ラップがもったいない。それ以上に、手間のかかるやり方を強要されることが嫌。「これはこのやり方でやってくれ」という細かいマイルールを押し付けられるたび辟易していたのですが、あとで見つかって小言もらうのもやだなぁ〜と、食パンを前に不在の夫を思い出し、手間のかかる夫方式で食パンを冷凍しました。

本人が不在でも、夫はもう、心の中に。

雪のNY滞在記

予定を詰め込みまくって慌ただしい一月。これを書いているいま、ニューヨークに来ています。仕事と新婚旅行を兼ねた旅なので、もちろん夫も同行。愛猫チチモを実家に預けに行ったり、寸前まで仕事に追われてガイドブックも読み込めてなかったりと、飛行機に乗るまでは本当にドタバタでしたが、離陸した瞬間すべてがチャラになりました。日本での慌ただしい日常も、いまやはるか彼方。

しかしわたし、海外旅行に不慣れでして、すっごく怯えていたのです。なにしろ一月のニューヨークは絶対寒いだろうし。けっこう気が重くて、カイロ（貼るタイプ、貼らないタイプ、靴下に貼るタイプ）を大量に買い込んだり、寒さに怯えるあまり、ダウンコートやブーツを新調したり。アメリカというと、自然災害もスケールが大きいイメージ。神様、どうか寒波など来ませんようにと祈っていたのに、アメリカ大陸に着陸して半日後、それはやって来たのでした。史上二番目とも言われる大寒波が。凄まじい地吹雪で、セントラルパークでは六十八センチの積雪を記録。市長が緊急事態宣言を出して、車両の通行を止める事態に。

こちとらせっかくの旅行なので、ホテルにこもっているのはもったいない。歩いて行ける距離にMoMA（ニューヨーク近代美術館）があるし、ツイッターによると開館しているようなので、行ってみることにしました。わたしたちが素晴らしい展示作品に夢中になっているあいだ、天候はさらに荒れていたようで、突然「あと十五分で閉館します」とアナウンスが。ピカソやマティスを拝めないまま、すごすごホテルに帰ることになったのでした。

どこにも出られないなら起きてても仕方ないとふて寝して、深夜零時に起床した夫、いきなり「タイムズスクエアに行きたい」と言い出しました。「この状況でそんな場所に行きたいなんてなに言ってんだ馬鹿野郎！」と叱っても、「大雪に浮かれてスキーとかしてるアメリカ人を見たい」と夫は譲りません。まぁ、徒歩でも行ける距離だし、仕方なくつき合うことに。

雪が降り積もった真夜中のタイムズスクエアは、人がぽつぽついる程度。ある意味貴重な体験ではあるけれど、嫌々つき合っているうちに、むくむくと腹が立ってきました。だって夫は数週間前、わたしが「スター・ウォーズの新作を一緒に観に行きたい」と言ったときも、「俺はスター・ウォーズ全然観てないし興味もないから行きたくない」と拒否していたのです。仕方なく一人で行きました。わたしはスター・ウォーズの楽しさを、夫と共有したかったのに。けれどその、「楽しいことを一緒に味わいたい」という思いは、あのとき拒絶され、打ち砕かれた。だのにわたしは夫の、深夜のタイムズスクエアに行きたいというアホな願いを叶えている。向こうの要望に仕方なくつき合うのはいつもこっち！

しーんとしたタイムズスクエアの真ん中、念願だった「雪にはしゃいでスキーするアメリカ人」と遭遇して無邪気に写真を撮りまくる夫。

「あのぉ～まだでしょうか？」

凍えながら待つわたしは、ついに（このタイミングで）、もやもやした気持ちを吐き出し、怒りをぶちまけたのでした。自己主張の強い、アメリカ人の心意気で。

「ヘイ！ ユーがジョイフルなのはわたしにとってもハピネスだよ？ バット、いますっごく不満！ ユーが子どもみたいにアイワナゴートゥタイムズスクエア～とか言って、わたしがそれにつき合ってるよね？ でも思い出してみて。わたしが先月、ねえダーリン、一緒に『スター・ウォーズ／フォースの覚醒』を観に行きましょうよ？って誘ったとき、あなたなんて言った？ あなたには、自分が折れてわたしにつき合うとか、自分のジョイフルよりわたしの望むジョイフルを優先してあげようっていう発想がないのよ！ そのことにわたしは怒っているの！」

アメリカに着いた途端二人して〝ルー語〟を話しだしたため、ケンカもおのずと英単語混じりに。いや、これはケンカではない。ディスカッションである！

わたしの不満はなおも爆発。

「わたしがなにかをしたいと言うたび、ユーはすぐに却下するわ！ そしてわたしのことをビッチみたいに言って否定するのよ！」

「それは誤解さ。スター・ウォーズのことは悪かったよ」

「エッヴリタイムそう！ わたしはあなたとジョイフルをシェアしたいだけなのに！」

「おお、ソゥリィ。わかったよマイワイフ、ぼくは矢作になるよ」

「ワッツ？　ワッドゥーユーミーン、ヤハギ？　フーイズヤハギ？」

「ヤハギイズ矢作兼」

それはコンビ愛で有名な、おぎやはぎの矢作のこと。矢作はなにかにつけて相方の小木を褒めちぎり、漫才でも彼は小木に、「お前がやりてえって言うことは、なるべくやらしてやりてぇと思ってるからさ」などと言います。そして小木もまた矢作への愛を公言。彼らはお互いが、惜しみなく愛を差し出している。まさに理想の夫婦像であると。

「ぼくはこれから、矢作の精神でがんばるよ。妻のやりたいことが、ぼくのやりたいことさ」

ＢＥ　ＹＡＨＡＧＩ（矢作であれ）

我々は深夜のタイムズスクエアで凍えながら、そのスピリットにたどり着いたのであった。

このときのタイムズスクエアの様子、わたしのインスタグラムの最初の方に載ってるので、よかったら見てみてください。ぽつねん……。

チチモ怒り爆発

新婚ニューヨーク旅行から無事に帰った翌日、わたしにはもう一つ任務がありました。それは実家に預けている愛猫チチモを迎えに行くこと。慣れない海外旅行と十四時間のフライトを終えたばかりでけっこう疲れているのに、休む間もなく新幹線に飛び乗っているところにチチモ愛を察していただきたいのだが、もちろんチチモ本人はそんなこと知る由もなく。アウェイである富山の実家に一週間以上も置き去りにされたことで、溜めに溜めていたストレスと怒りが爆発しました。

キャリーバッグに入れられての電車移動に慣れているチチモ、駅や車内といったパブリックな場所ではうんともすんとも鳴かないのですが、この日ばかりは様子が違った。キャリーバッグに入ってからもなお激しい「にゃー」で必死に抵抗。しかもその「にゃー」はいつものラブリーな声ではなく、アンデス山脈を飛ぶ猛禽類《もうきんるい》みたいな、小さめの恐竜みたいな、なんかそういう、聞いたことのない怖い声なのです。

父の車に乗ってからもチチモは鳴きやまず、富山駅に着いてからもまだ鳴いている。さすがに電車に乗ると鳴きやんでくれたので、どうにか無事に東京に戻って来ることができたものの、チチモはまだまだ言いたいことがあるご様子。帰宅してマンションの部屋に放ってから、彼女は「にゃー」のエンドレスリピートをはじめたのです。

そもそもチチモは根っからのお姫様体質。溺愛されて育ったせいで、気位が恐ろしく高い。チチモのケアのためにわたしは長期旅行をほとんどせず、この十五年生きてきました。一言「にゃー」と鳴けばわたしがすっ飛んできて、願いごとをなんでも聞いてくれると信じて疑わないチチモ。思うような歓待が受けられず不満が残っていると、「ちょっとありえないんですけどぉ〜」と、毛先を弄《もてあそ》びながら口先を尖らせるギャルのように、不遜な態度で訴えてきます。その果てしない「にゃー」攻撃は、しばしばわたしと夫を疲弊させてきました。

しかし今回はレベルが違う。チチモはただひたすらわたしの目をじとーっと見据えて、野太い「にゃー（濁音）」を発しつづけました。そう、彼女は、本気で、怒っている。わたしと夫は顔を見合わせると、チチモに向かって謝罪を繰り返しました。

「モーちゃんごめんね。お願い許してぇ〜」

なでなでしながら誠心誠意の謝罪を続け、二日ほど経って、ようやく彼女の怒りも鎮まった。そして怒り疲れた反動か、ここ数日はいつになく大人しく、可愛さは倍増。よく「子どもは寝ているときがいちばん可愛い」というけれど、猫も一緒です。ベッドの真ん中でひとり静かにくぅくぅ眠っているチチモを見ると、「むおおぉぉぉ！」とたぎり、また甘やかしたくなるのでした。

チョコレートの悲劇

バレンタインの季節になると、夫がデカい顔をするようになります。わたしも、この時期ばかりは強く出られない。夫は過去のバレンタインにおけるわたしの怠慢を大変遺憾に思っており、それを盾にしているのです。

なぜこんなことになったのかというと、まずわたしがチョコレートに興味がないから。甘いものがそこまで好きではないので、サロン・デュ・ショコラにもまったく乗れず。とか言うわりに家にチョコがあればぱくぱく食べるので、夫はわたしが甘いものが苦手と言っても信じてくれません。

バレンタインも、わたしにはどうでもいいイベント。チョコレートのメーカーにも詳しくなく、どれを買えばいいのか正直わからない。でも、家にあればもちろん食べる。というわけで、人混みで熱気むんむんの中、ガラスケースをのぞいてなんとなくチョコを選び、夫への義務として買い、バレンタインと称して手渡し、夫が「どれどれ」と一粒つまみ、その残りが家に置いてあると、あの悲劇が起こるのであります。

甘いものが大好きな夫が、次にチョコレートの箱を開けると、半分近く食い荒らされていたという事件が過去に二度ほどあったんです。しかも犯人（わたし）はあくまで「チョコかぁ、そんなに好きじゃないんだよなぁ」と供述。言動の不条理さに、夫はわたしに不信感を募らせました。

思えば数年前のバレンタイン、箱目当てでデメルのチョコを買い、バレンタインと称して夫にプレゼントした挙げ句、ほとんどを食い散らかした上に可愛い箱を自分のピアスケースに流用したあたりから、夫はこの時期、過敏になった気がします。

過去の反省を踏まえ、今年は入念に準備しました。五千円超の豪華チョコを買い、岡村靖幸の新作アルバムとメッセージカードまで添えて、部屋に隠して待機。しかし準備が思いのほか早く整ったことがアダとなり、性格上、黙っていられなくなった（隠しごとができないタイプ）。早く渡して楽になりたい！　というわけで、バレンタインの二日前にさっさと渡しました。

夫からは、「嬉しかったし、美味しかった」という大満足の感想が届いています。今年はがんばった！　この調子で信頼の回復に努めたいです。言うまでもなく、わたしの辞書に「手作り」の文字はない。

電気代に泣く

家が寒いです。このマンションで迎えるはじめての冬。以前住んでいた木造二階建てとは違って頑丈そうな造りなので、もしかして断熱性が高くて暖かいのでは？　とほのかに期待していたのですが、寒い。そして暖房費がかさみます。前より部屋数がある上、わたしが一日中家にいるせいか、なんと十二月の電気代が四万円を突破！　一軒家じゃあるまいし、いくらなんでもメーター壊れてるんじゃないかとすら疑いつつ、泣く泣く支払いました。

しかしなにが腑に落ちないって、四万分も電気代を使ったからといって、毎日朝から晩まで部屋中ぬくぬくに暖めていたかというと、そうでもないってこと。言っちゃあなんだけど基本的にうちは寒かったですよ。なのに四万。わたしは断じて必要以上に部屋を暖めてなどいない。暖房の設定温度はもちろん環境省推奨の二十度である。

一体どこが電気代を食っているのか、犯人捜しになりました。さてはリビングの床暖房のせいか？　しかしそれだって夜は切っているし。愛猫チチモが床暖の上で昇天状態で転がっているのを見るにつけ、ここを節約するのはどうしても避けたいところ。寒さに弱いわたしは、家さえ暖かいなら高額電気料金も仕方ないと泣き寝入りモードです。しかし夫は四万円の電気代を重く見るあまり、暖房機器の運転状況への取り締まりを強化。室内ではユニクロのウルトラライトダウンの着用を義務づけるなど、暖房は「極力つけない」という過激な方針を打ち出しました。これにはわたしも猛反発。むしろ夫の普段の挙動にこそ、高額電気代の原因があるのではと疑いはじめました。

吝嗇家《りんしょくか》の夫は、暖房をこまめに消して回る習性があります。たしかにわたしが仕事部屋にこもっているとき、無人のリビングで暖房が運転中なのは不経済に思えるかもしれないけど、リビングにはちょいちょい行くわけで、そのたびに寒い思いをするなんて辛すぎる。それに冷えた部屋をゼロから暖める方が消費電力が高くつくから、低めの温度設定で運転させておく方が経済的だと思って、あえてつけっぱなしにしているのです。そして度々問題に上がることですが、わたしと夫では快適温度が違う。夫が暑いと思うくらいの室温が、わたしにすればちょうどよいのです。だから夫のさじ加減でピッピピッピピ暖房消されていたら、こちとら凍えてしまうんですよ。

と主張したところ、二月は実験月間とすることになりました。寝ているとき以外は低めの温度で、ぶちぶち切らず運転しっぱなしにする。仕事部屋はオイルヒーターを使っていますが、これも弱めでつけっぱなしに。だからいつ入っても暖かくて、机に向かう心理的ハードルもちょっと下がった気がします。果たして実験結果（電気料金）はどう出るのか。ちなみに夫は設定温度二十度なんかじゃ気が済まないらしく、いつの間にか十八度に下げていたりするので、気が抜けません。

夫はいつから批評家に？

結婚生活最大の懸念だった料理。ちょっとずつ経験を積んで、順調にスキルアップしてきました。でも料理自体が楽しいかといえば否で、毎回とても億劫です。調理時間はもとより、食料の買い出しから皿洗いまで含めると、人生の三分の一くらいを料理に支配されている感じ。料理における男女の役割意識は根深くて、料理が重荷だからって完全には放棄できないのが辛いところ。「クソォ、なぜわたしが」という不満を胸に、いつも義務感満載でキッチンに立っています。

夫もときどき料理することはあるものの、そのスタンスは明らかに「娯楽」。こじゃれた料理ブログから拝借してきたレシピで作った大皿料理がドン、みたいな感じで、米と味噌汁がなかったりします。それでもわたしは、料理を自分でしなくて済んだ喜びから、過剰に「夫ありがとう！　とっても美味しいよぉ〜」と全身で感謝と喜びを表現。二回に一回の割合で微妙に口に合わない料理が並ぶけど、こっちのテンションは常にハイ、賞賛の嵐です。そうやって褒めちぎれば、もっともっと料理する頻度が多くなると信じて。

こちらは義務、あちらは娯楽という大きな隔たりがあるのに加え、夫は料理を批評してくる男なのである。わたしが作った味噌汁がマズかったら「今日の味噌汁あんまり美味しくない」とわざわざ面と向かって言うのである。ていうかわたしも同じもん食ってんだからわかってるし。そもそも作ったわたし自身が調理の過程で、すでにそのことを知っているんだから、言わなくていいのである。そんな意見を聞いたってどうしようもないんだから。

言っちゃあなんだが、わたしは母の料理が「ん?」と首を傾げるようなときでも、「(目を合わさずに) おいしー……」と言ってましたよ。お母さんに真実を告げる勇気などわたしにはなかった。せっかく作ってくれた料理に「美味しい」以外の感想を言えば、それはイチャモンになるから。しかし夫は、出された料理にまったく悪びれず否定的な感想を言います。それどころか、わたしの成長のために真摯に改善点を助言している、くらいの態度なのです。なんだなんだ、夫はいつから批評家になったんだ。作ってもらっておいて、ありがとうよりも先に批評がくるなんて。わたしが夫にごはんを作ってもらったときは、「チッ、米も炊いてねーのかよ」「なんだこのメニューは、献立って概念がねーのか」「家庭料理でエスニックなんてうれしくねーんだよ」「野菜が多すぎる!」といった本音を押し殺し、基本的には「ありがとう美味しい!」で通してきたというのに。

この原稿を書くにあたって、夫に「そこんとこどうなの?」と詰め寄ると、「それが男の料理さ」と白を切ってきやがった。わたしが長年、真実を告げずに甘やかしてきたせいで、こんなモンスターが誕生していたなんて。でも夫に耳の痛い感想を言ったら最後、「もう料理しない」とスネるんだろうってことは、火を見るより明らかなのであった。

夫が義務として料理している今日このごろ。たまに「ん?」と思う料理が出てきたときにわたしがコメントしようとすると、「文句か?」と先に言って封じてきます。作ってもらったものは、黙って食おう!

夫が水にまで文句を

すべてが手探りのルールなき結婚生活。衣食住ありとあらゆるちっちゃい事柄について、双方の意見ややり方をすり合わせながら、このくらいが普通だよね? という妥協ラインを日々ちょっとずつ固めていってます。

たとえば、洗い終わって水切りカゴで乾かした皿の高台にほんのちょっと残った水気を拭かずに食器棚に戻していたところ、夫が「水気はちゃんと全部拭いてから棚に入れてよね」と言い出しました。より手間のかかる方法を指南されるのはわたしの地雷なので、「ふん、嫌だね、面倒くさい。こんくらいの水分なら棚の中で勝手に乾くでしょ」と抵抗。しかしちょうど夏場だったこともあり雑菌の繁殖を気にして、夫側のやり方が採択されることになりました。というわけでいまでは皿拭き用リネンで皿のケツをせっせと拭いてから棚に戻しています。

夫からこの手の衛生指導を受けることはよくあるのですが、気になるのは、なぜここまでカジュアルに、人様のやり方に口を出せるのかということ。わたしが逆の立場だったら仮に水気が残った皿を食器棚で見つけても、「あ、水ついてる。さてはあいつの仕業だな。適当な仕事してんなぁ。ま、いっか」と思うだけで、わざわざ人を呼び止めて「きみきみ、ちゃんと皿の高台も拭きたまえよ」などと意見しようなんて思いつかない。嫌だったら自分で拭くし。とにかく気になったことはなんでもわたしに言ってくる夫。ついに衝突しました。

週一で届くパルシステムでいつもの水を注文し忘れ、ミネラルウォーターのストックが残り少なくなってたので、某メーカーの水をアマゾンで注文。その水をガブガブ飲んでいた夫が、「この水、なんかやだ。軟水すぎて怖い」と言い出したのです。

……は？　お前は海原雄山か？　コントレックスとかエビアンとか、硬水がやだって言うのはまだわかるとして、軟水にやわらかすぎるとクレームつけるってなに？しかもそれはわたしが、わたしの金で買った水。お前は水のストックが切れそうなことにも気づかないくらいぼんやり暮らしているというのに、わたしが買った水をマズいと言う。琵琶湖の水を飲んでるくせに偉そうにしないで頂きたい！（『月曜から夜ふかし』で滋賀県民が京都人に言ってたフレーズ）

そしてある深夜。食器を食洗機に入れてスイッチを押そうとしている夫に、わたしは言ってやりました。「この食洗機めっちゃうるさいから、いま回したら近所迷惑！食洗機の使用は十時までにして」。この常識的な提唱に対し夫は、「別に平気でしょ。そもそもうるさいのか聞いたことあるの？」と、証拠の提出を要求。どう考えてもこちらの意見の方がご近所のためだし正当なのに、そこをあえてはぐらかそうとしてくるとは、国会の答弁か！　水にまで文句を言う男と暮らすのは、なかなか大変ですわ。

いまも食洗機、夫は夜中に回してます。結局は聞かなかったのだ、わたしの言うことなど。なんかエッセイを読み返すうちに夫への怒りが再燃してきたぞ。

夫の誕生日

三月といえば夫の生まれ月。夫のお誕生日になにをあげるか、これは極めて悩ましい問題であります。まず第一に、夫はあまりモノを買わない。モノを買うことや手に入れることが、それほど喜びではないらしい。そしてどうやら夫は、人からモノをもらうこと自体が好きではなさそう。事実これまで毎年トライしているものの、「うわぁ～い！　これ欲しかったやつだぁ～」という理想のリアクションとはほど遠く、「あ、うん、ありがと」みたいな、すごく微妙な反応しか得られたためしがありません。せっかくあげたプレゼントがまったく使われた形跡のないまま引き出しに眠っているのを発見したときの、あの茫漠とした虚無感たるや。もともと趣味がうるさい方だしプレゼントが無駄打ちに終わるのは百歩譲って仕方ないとしても、こともあろうに夫はカード（市販のメッセージカードに夫の写真を切り抜いて貼り、シールなどでデコレーション、メッセージまで付けた愛情こってりのやつ）すら、そのへんに放置する始末。つまり、あげるだけ損。

じゃあ別にあげなくていっか〜と開き直りたくもなるのですが、厄介なのはこっちからなにもあげないと、「誕生日にプレゼントはなくていい」という暗黙のルールが制定されてしまうこと。そうなったら自分の誕生日になにもプレゼントが用意されてなくても、文句の一つも言えなくなってしまう。プレゼントといっても、花でいいのに、花すらないのが当たり前になってしまう。それだけはなんとしても避けたいところ。誕生日のおもてなしの手本を、夫に知らしめねば。

そんな思いを頭の片隅にちらつかせながら、とあるショッピングビルを歩いていたときのこと。ムーミンマグで有名なフィンランドの陶器メーカー、アラビア社のカップ＆ソーサーに目が留まりました。スミレの花をモチーフにした柄が春らしくてステキ。でも一客七千五百円はいかにも高い。そう思って通り過ぎた瞬間、ふと閃いたのです。

——もうわたしたちは夫婦なんだ、二人で一つなんだ。だったら夫のものはわたしのもの。夫にあげたものも、基本的にはわたしのもの。ならば夫の誕生日に、自分が欲しいと思った（けどちょっと値の張る）ものを買えば、それでいいんじゃない？　そう方向転換したとたん、サーッと目の前の霧が晴れ、迷いが消えました。カップ&ソーサー、買いました。ギャラリーで出会った謎のオブジェ、ついでに買いました。メッセージカード、割愛しました。ラッピング、してもらいました。そしてお誕生日当日、予約していたレストランで、夫にプレゼントを渡しました。わたしが欲しいと思ったものばかり。今後はこのジャイアン方式（おまえのものは俺のもの）でいくことを夫に宣言しました。「いいんじゃないの？」、とのことです。

ベランダ権の譲渡

東京に桜の開花宣言が出され、季節はすっかり春。たとえ真冬並みの気温が続いていても、重たいコートはとりあえず仕舞って、スプリングコートを無理やり着てます。ちょうど一年前、いまくらいの時期にこのマンションの内見に来たっけ。引っ越したら生まれ変わる（その言葉はわたしにとって、早寝早起きと適度な運動習慣を意味する）と宣言していたのに、一年経っても結局生まれ変われなかったけど。

去年の五月に引っ越してきて、生活まわりが落ち着いたころにはもう梅雨だったため、ベランダはただの物干し場となって、植物もろくに植えないままずるずると日が経ってしまいました。申し訳程度にオリーブの鉢と、名前すら忘れた謎の蔦系植物が悲しげに置かれているのみで、あとは処分に困った古い土がゴミ袋に入れられたままという、最悪の状況です。

お花屋さんの店先に苗物がわぁーっと置かれるようになり、できもしないガーデニングをやってみたくてウズウズするこの季節。花はちょっとハードルが高いけど、いかにも生命力が強そうなハーブならわたしにも育てられるのではと、タイムやミント、ディル、ローズマリーなどを手当たり次第に買い集めて、週末を待ちました。

ここでちょっと断っておくと、わたしはこの一年、単にベランダを放置していたわけではなく、夫に遠慮していたのである。夫は同棲時代から一貫してガーデニングに薄い興味を持ちつづけており、熱意がわいては気まぐれに植物を植えるものの、いつの間にかどうでもよくなってフェードアウト、ベランダが荒れ地のような状態になるということを何シーズンか繰り返してました。引っ越してからも当然のようにベランダを「自分の領地」と見なしている様子で、わたしがパンジーなど植えようものならフンと鼻を鳴らし、「パンジーて」と見下してきそうな感じ。実際、前のアパートのとき、わたしが果敢にパンジーやバラといった植物の育成にトライしていたとき、明らかに迷惑そうだったから、これは気のせいではない。

わたしは一年待った。夫がその間に、わが家のささやかなベランダを花と緑の楽園に変えるのを期待して。しかしなにも起こらなかった。それどころか夫は業者に電話して回収してもらうと言っていた古い土を、なんと十ヶ月間も放置したのである。

というわけでこの春、満を持して、ついにベランダ権がわたしに譲渡されました。いや、譲渡ではない、わたしがその権利を、奪取したのである。

三月末の晴れた日曜日。わたしはベランダに立ち、買ってきたハーブを鉢に移し替えました。ベランダを掃除すると、見違えるほどきれいに。やっとわが家のベランダに夜明けが！　これからは心置きなく、パンジーとかどんどん植えていきます。


このときからはじめたガーデニングも九年目となり、すっかりベランダも繁ってます。「ベランダの死神」と自称するほど植物を枯らしていた園芸初期からは目覚ましい進歩で、今年はトマトが鈴なり。最近は宿根草《しゅっこんそう》が主役のメドウガーデンに凝ってます。

ああ、買い出し

とある日曜日。今日あたり行かなくちゃと思いながら、床に寝っ転がって映画『海街ｄｉａｒｙ』を観ていました。行かなくちゃいけないけど、行きたくないなぁ。面倒くさいなぁ。そうこうするうち日が暮れてきたけど、まだ行く気になれない。

わたしが行きたくない場所、それはスーパーである。普段は一週間分の食材をパルシステムに頼んでいるのですが、その注文を忘れてしまうことがたびたびあって、そしたら近所のスーパーまで買い出しに行かなくちゃいけないわけで、それが億劫でたまらないのです。最寄りのスーパーは二軒あって、ひとつはわりと大きい安売りスーパー、もうひとつはマンションの一階に入った都市型タイプ。外出した帰りに都市型でちょっとした買い物をするのは苦じゃないのですが、本気で食料品を扱う安売りはいつも混んでてレジに行列ができているので、どうも気が乗らないのです。それで、夕飯の買い物ラッシュを避けて、夜七時をまわってから行こうと、ずるずると映画を観つづけていたのでした。

うちの近所には肉屋や八百屋や豆腐屋があって、そういう昭和っぽいところに惹かれてこの下町エリアに引っ越してきたので、入り用の食材はできるだけ個人商店で買うようにしているのですが、どこも閉店時間が早い。なのでそれらが閉まってる時間帯は、都市型に飛び込んで食料を確保します。もちろん、大型店でしか扱っていない商品もけっこうあるので、月に何度かは安売りへ。近隣住民のライフラインともいえる存在なのでとっても大事なのですが、いかんせん楽しい買い物ではなく。

どうにか重たい腰を上げ、リュックを背負った出稼ぎスタイルで、夫に「行ってきまーす」と言いました。一応「一緒に行く?」と誘うも「いや、仕事忙しいから」と一蹴され、わたしはキレた。

「こっちだって仕事忙しいのは大前提で毎日家事やってんだよ! 安売りになんか行きたくないけど今晩のおかずのため渋々行こうとしてんだよ! 安売りでの買い物は成城石井とか紀ノ国屋とかザ・ガーデンとかで洋モノのお菓子やらチーズやら浮ついたもんを買うのとはワケが違うんだよ!」

「そんなキレなくても。あんなにだらだら『海街diary』観てたのにぃ」

いや、『海街diary』を観ることでエネルギーを充電したからこそ、安売りスーパーへの買い出しという過酷なミッションに立ち向かうことができるのである。夫はなにもわかっていない。

安売りスーパーから大荷物を抱えて帰宅し、ゴルゴンゾーラのパスタ(好物)を作ろうと冷蔵庫を開けると、夫が牛乳を飲み干していたことが発覚。「なぜ牛乳ないから買ってきての一言がさっき出なかったんだ!」とまたキレて、嫌がる夫に都市型スーパーまでひとっ走り行ってきてもらいました。もう、買い出しって、ほんと大変。

花見が雑すぎる

近場の桜で花見を済ませがちな、我々ものぐさ夫婦。しかし今年こそはちゃんとした名所に足をのばしたいと、夫にアピールしてました。なにせ下町エリアに来てはじめて迎える春。東京の東側には、未開拓な桜の名所がわんさかあるのです。

これが恋人ならば、ちゃんと予定を合わせて行き先を決め、万全の態勢で、なんなら弁当でも作ってお出かけするところですが、夫婦となるとおデートは日常に埋没しがちに。お互いずっと小忙しくてこのところまともなおデートは月に一度あればいい方。真冬ならばそれでもいいけど、桜なんてせいぜい一〜二週間しか見頃がないんだから、多少無理してでもスケジュールを工面して、最低二箇所は新規スポットに足を運びたい。そんなこんなでわたしの頭に、千鳥ヶ淵と隅田公園が浮上しました。

しかし結論から言うと、そのどちらにも行けなかった。二人とも自分の裁量で〆切までに仕事を上げるタイプの職のため、休みなんていくらでも合わせられそうなのに、それがなかなかできない。結局、まだ桜の開花宣言が出されてすぐのころに一度だけ、近所の公園をちょっとのぞいてみようと十五分ほど歩いたのが、今年度唯一のオフィシャルな花見となりました。

まさかそんなことになるとは露知らず、満開の時期にいくらでも花見に行けると高をくっていたわたしは、夫に「ちょっと近所の桜でも」と誘われたとき、あろうことか「いいけど、あたし体なまってて、いまちょうど運動したいと思ってたから、ジャージ着て小走りになるけどいい？」などと提案してしまったんです。というわけで、夫が普段着でスマホを構えて咲きかけの桜の写真をパシャパシャ撮っているその横で、わたしは十年物の、お尻が擦り切れてテカテカになったジャージを着用し小走りに並走しながら「わぁ、きれいだね、けっこう咲いてるじゃん〜」などと言って、雑な花見をしてしまったのでした。こんなことでいいのか。

近年の定番は、仕出し屋でお弁当を買ってから近くの公園へ行き、縁石に座って食べながら花見するというもの。お出かけ系の花見、ほんとに全然してないな。

ショック！　食洗機が壊れた

その衝撃発言は、先にベッドに入ってウトウトしていた深夜にもたらされました。夕飯を作ってもらった人はお皿を洗うという夫婦ルールにのっとって、汚れた皿を洗おうとしていた夫から、悲しい知らせが届いたのです。

「あのさぁ、食洗機が壊れた」

部屋を暗くして目を閉じ、眠りに落ちるのを静かに待っていたわたしの目が覚めた。食洗機が壊れただと？　口からぽろりとこのフレーズがこぼれました。

「まじですか？」

信じられない、信じたくない、そんなことあってはならない、まさかそんな、食洗機が壊れただなんて。食洗機はわが家における希望の星、ルンバと並ぶ家事貢献度を誇る奇跡の家電。とにかく絶対に壊れてもらっては困る、大事な大事な、かけがえのない存在なのに。

そもそもこの築三十年のマンション、入居して半年を過ぎたころから、水回りに一気にガタがきはじめました。最初はお風呂場の浴槽の蛇口の温度調節がきかなくなって丸ごと取り替えることになり、それから間もなくシャワーホースが決壊。劣化した部分からお湯がプシャアァーッと噴き出すという漫画的な壊れ方をして、しばらくはその穴を手で塞ぎながらシャワーを浴びるはめに。いずれもマンションを管理している新オーナーに連絡してすぐに直してもらえたのですが、こうも立て続けに電話するとなんだかクレーマーみたいで気が引けてくる。それに、いつもこういう連絡仕事はわたしがやることになっちゃってるし。この役目もうイヤだ。キッチンの扉を開けると問い合わせ窓口の電話番号が書いてあったので試しにかけてみると、「この番号は現在使われておりません」の返答。そりゃそうか。なにしろ三十年前のシステムキッチンなのだ。メーカーの名前も変わってるんだから仕方ない。

やはりここはオーナーに修理をお願いするべきか。でも食洗機って、日本ではまだまだ「持ってる人は贅沢」というイメージがあるから、そこは自腹で買い直してくださいと言われてしまう気もする。作り付けの食洗機なのに、新しいものと丸々取り替えることは果たして可能なのか？

さらに困ったことに、食洗機の壊れ方がまた中途半端なんである。ピーピーとブザーが鳴って異常を知らせてくることもあれば、電源が普通にオンになって作動することもあり、壊れたのかなんなのか、症状が微妙な感じ。今日はイケるかな？と食洗機に汚れた皿をちまちま並べ、いざ電源を入れるとブザーが鳴って拒否されたときが辛い。庫内の皿を取り出してシンクで手洗いしながら、思わずため息が漏れます。

食洗機が洗ってくれるのか洗ってくれないのかは、食洗機のご機嫌次第。また小さなストレスが、新たにもたらされました。ハァ。


一度食洗機を使ったら、二度と食洗機のない生活には戻れない。一度上がった生活水準を下げるのは難しいとはよく聞くけど、なるほど、こういうことか。

夫はやっている！

前回、食洗機が壊れた話を書いたのですが、どうやら直ったみたいです（ズコーッ）。電源スイッチが入ったり入らなかったりしたところを、夫が「入るまで押しまくる」という手で無理やり使っているだけですが。夫が皿を洗う番のときはガンガン使ってるようですが、あんな古い食洗機に無茶させたら爆発するんじゃないかとハラハラするわたしは、手洗い派に逆戻り。食洗機との楽しい生活ももうおしまい。一度、食洗機で楽することを覚えた身に、皿洗い地獄はこたえます。

と、ついつい家事めんどい〜という愚痴モードに入ってしまいそうなところですが、実は最近、あんまり家事ストレス、溜まってません。アイロンかけたり部屋を片付けたりするのは、むしろいい気分転換になるくらい。この余裕。これはほかでもなく夫が、家事をがんばってくれているからでしょう。

そう、夫はこのごろ、家事、やってます！　相対化できるほど人んちの夫事情を知らんのですが、夫界のなかではなかなかいい方なのではないかと思うほどに。夫がやる家事ナンバーワンのゴミ出しはもちろんのこと、余ったごはんの冷凍（炊きたてをできるだけ早くタッパーに詰める作業。夫がレギュラーでやってる）、それから風呂掃除だってほとんどやってます（裸眼のわたしの目に風呂はいつもピカピカに見えてまったく掃除をしないので)。床が汚れていればルンバをかけるし、たまにはごはんも作るし、そうでない場合は皿を洗う。最近は自主的に洗濯機を回し、干す作業も、取り込んで畳む作業もやってたりします。ベランダの鉢に水をやり、愛猫チチモのおトイレも掃除してくれる。一時は2：8にまで悪化していた夫の家事分担比率が奇跡のV字回復を果たし、そのおかげでわたしの家事ストレスもしぼんでいったのでした。

夫がダークサイドに堕ちていたとき(家事全然やらなかったとき)、わたしは荒れてました。しょっちゅうケンカしたし、家事労働の平等を訴える春闘を起こしたことも数知れず。ところが最近ふと気がつけば、夫とは無二の親友レベルに仲良しで、目・肩・腰にガタが来はじめたお互いの体をいたわり合うなど、夫婦として非常に具合がいい。もはやラブラブと言って差し支えない状態。夫が家事をやってくれることで、確実に夫愛は上昇している。なんとも利己的な話ですが、これが偽らざる本音であります。

今後のテーマは、ちゃんと「ありがとう」を言うこと。家事って、やってもらってる方はなぜか気がつかないものだから。実際わたしも「俺は最近、家事やってる！」という声を本人から聞いて、「ほんまや！」と気づいたくらいだし。夫が再びダークサイドに堕ちることのないよう、感謝の気持ちもどんどんアピールせねばと思ったのでした。

ど、どうしたんだ急に。夫になにがあったんだ。一体どんな心境の変化が。その過程を書いてくれよ！　まあ、『人形の家』のノラもいきなり目覚めてたから、人間ってそういうものなのかも。ともあれ夫が家事やるようになって本当によかったよ。最後の、家事をしてもらうほうは気がつかないというくだり、いまの自分に当てはまりすぎて反省しました。このあいだ、ベッドに乾いた洗濯物が広げてあったので、自分の分だけ畳んでたんすに仕舞ったら、「自分の分だけやったの⁉」と夫が驚いてました。家事やってる率が逆転したいま、わたしは夫から「使えないおじさん」扱いされ、「おじさんめ」と揶揄されながら肩身の狭い思いをして生きているのですが、無意識に洗濯物を自分の分だけ畳んだときは、「おじさんとして仕上がってきてるぅ」とめちゃくちゃ嫌味を言われました。

グリーンカーテンへの道

近所のお花屋さんと友達になり、週一回、切り花を買うのが憩いのひとときです。と言うと、素敵に暮らしてるっぽい感じもしますが、相変わらず生活はぐっちゃぐちゃ。なにをどうやっても昼夜逆転が直らず、こんな生活もう嫌だぁ！　という気持ちがピークに達したとき、わたしの足はお花屋さんへ向かうのであります（そしたら自然と週一ペースになった)。

お花屋さんと仲良くなったことで、ラナンキュラスやアルストロメリアといった花の名前を覚え、どの花がどの時期に出回るのかを知って、なんだかぐっとクオリティ・オブ・ライフが上がりました。花を愛ではじめると、季節の移ろいサイコー!と叫びたくなるほど一気に世界がきらきらして見えてきます。春先にベランダの改革をして、ハーブ類を植えて緑化を図ったばかりですが、先日、勢い余ってゴーヤの苗を四つ購入。そう、わたしは今年、グリーンカーテンをやってやろうと企んでいるのです。

そもそも、うちのベランダは直射日光の差し込む西向きで、真夏は灼熱地獄と化すことが昨年イヤというほど判明しました。昼間はカーテンを閉めないと西日で焼け死にそうになるため、ここにグリーンカーテンがあったらどれだけいいだろうと、漠然と憧れながら暮らしてきたのです。ところがグリーンカーテンは支柱を立てて栽培ネットを張らないといけないため、趣味の園芸の中でもハードルはやや高め。あったらいいなと思いつつ、誰がそんな面倒くさいことをするんだと、なかなか手を出せないでいました。でもまあ、こういうのは弾みをつけてやらないと。うまくツルが伸びて茂ってくれるかはわからないし、ましてやゴーヤが収穫できるかも未知数だけど、とにもかくにも苗を買って、家に帰ったのでした。

ゴーヤの苗は驚くほど安いけど、うまく育てるためにもグリーンカーテン専用のプランター（深くて土がたっぷり入るやつ）や大量の土などを揃えなくてはならないので、必要なものを慌てて追加購入しました。苗を鉢に移して植えるのはわたしの仕事、ネットを張るのは夫の仕事と完全分業制で、ゴーヤの生育環境を整えたのでした。こんなにちゃんと植物を「育てる」のはかなり久しぶり。果たしてグリーンはちゃんとカーテンになるのか？

そこまではいいとして、夫がわたしの知らないところで、軽く個人プレーに走っていました。ゴーヤは乾燥に弱く真夏は朝夕二回の水やりが必要と知るや、オレたちズボラ夫婦にそんなマメな管理は無理とばかり、夫はいそいそとデジタル制御の自動水やり器を買い、完全給水システムを構築していたのです。タイマーをセットすれば、根元に差したちっちゃいスプリンクラーが作動して、ぷしゃーっと水が噴射する仕組み。まさかこんなもんまで買うとは、夫もグリーンカーテンに本気なのね！　と感激したのですが、本人にとっては趣味の買い物。自動水やり器にはルンバ同様ガジェット枠、男子のハートに訴求するなにかがあるようです。

思えばこの年のグリーンカーテンがいちばんうまくいき、ゴーヤも豊作で、かなり頻繁にゴーヤチャンプルーを作ってました。

六年前の自分

今年一月のニューヨーク新婚旅行、せっかく絵になる都市に行くならと、昔愛用していたフィルムカメラを持参しました。どこを切り取ってもカッコいいニューヨークの街をおのぼりさん丸出しで撮りまくり、この半年ずーっと放置していたフィルムを、夫が先日ようやく近所のカメラ屋さんに持って行ってくれ、いよいよ写真が焼き上がってきました。

現像に出したフィルムの中には、カメラに入れっぱなしになっていたカットもあったため、一体なにが写っているのか内心ドキドキでした。なにせ、元カレがうっかり写っている可能性もなきにしもあらずなのですから。若干ヒヤヒヤしながら出来上がってきた写真を見てみると、疑惑の使いかけフィルムに写っていたのは、懐かしの元カレの姿ではなく、いまよりもだいぶ若い、まだ二十代の、恋人時代の自分たちの姿なのでした。

ちょうどおつき合いをスタートした夏に二人で行った、遊園地で撮った写真の数々。ディズニーランドではなくよみうりランドに行ってるところが好感である。バンジージャンプを飛ぶ夫の、まぶしいほど若々しい笑顔。絶叫マシーンが苦手なわたしがマジで具合が悪くなって、ベンチで顔面蒼白、夫に膝枕されているショット。そしてよみうりランドのゆるキャラ（まつげの濃い白い犬）の前で誰かに撮ってもらったツーショットまで。そう、インスタグラムも自撮り棒もない時代、写真はそこらへんを歩く赤の他人にお願いして撮ってもらっていたのだ。思いがけず発掘された六年前の自分たちを見て、「いまと全然違う！」と多大なショックを受けたのでした。

夫も若いけど、ファッションやヘアスタイルがここ数年でガラッと変わったわたしの以前のバージョンはなかなか衝撃でした。当時の自分は、ちょっとだけ染めた前髪ありロングヘアという、当時まだ流行っていたエビちゃん風のギャルっぽい感じで、デニムのショートパンツにウエスタンブーツを合わせていて、なんというかこう、ハジケてました。ショートパンツから伸びる脚もほっそりしてます。三十代になってからというもの、ショートパンツは太腿の裏のセルライトが気になって自粛するようになり、部屋着に降格していたけれど、そうか、このころはこれで外に行っていたか。脚もこんなだったか。

わたしも今年からいよいよアラフォーの広角射程圏内。千代の富士が「体力の限界」と言って引退した三十五歳です。でもまあ、年はみんな取るものだから。いまの年齢でよりよいコンディションを目指すべく、夏までにショートパンツを（せめて近所で）穿けるようにと、「ａｎ・ａｎ」の駆け込みダイエット特集号を読んで、せっせと脚のマッサージに励んでいます。

このエッセイを書いた三十五歳頃の写真を見て、同じことを思ってます。そして四十三歳のいまの写真を見て、同じことを思う日もすぐに来るのだろう。みんな、いまを生きよう！

お灸トラブル

どこからともなく線香の匂いが漂ってきたら、霊的なものが近くにいる証という話を聞いたことがあったので、ある夜ふわりと香った線香臭に、「うわぁなになに⁉怖いんですけど！」と怯えながらリビングに行ったら、夫がお灸を自分の体に据えていた、ということが度々ありました。

そう、夫はお灸ユーザー。かなり年季の入ったお灸ユーザー。そういえば独身のころ遊びに行った夫の部屋にも、さり気なくせんねん灸の箱が転がってました（それを見て「あら、この人、案外いい人かも」と思ったりした）。

お灸って効果あるの？　と夫に訊いてみると、「よくわかんない」という漠然とした答えが。ただ、体がしんどくなったときは最終的にお灸に手がのびているところを見ると、体調管理のファイナルウェポンとしてかなりの信頼をおいている模様。

先日、わたしが夜中に頭が痛いと騒いでいると、夫がお灸を持って来てくれました。辛いからさっさと寝ちまおうとベッドに横になっていたのですが、起き上がってお灸を据えてもらいました。火の点いた台座付きのお灸を、首の付根のツボにちょんとのせて待つこと数秒。お灸に慣れていないわたしは、患部がカァ〜ッと熱くなってきたのにビビって、「熱い熱い！　取って取ってぇ〜！」とパニックに。「はいはいちょっと待って」と悠長にお灸を取ってくれた夫でしたが、「しまった」と一言。「え、なに、どうしたの？」。なんとお灸の上部をうっかり落としてしまったと言うのです。

思わずサァーッと青ざめました。なにしろここはベッド。座っているのは布団の上。ヘッドボードの後ろにはカーテン。家庭の中でもっとも火の手が回りやすい場所で、お灸の上部を落っことしたというのである。灰になってたらいいけど、もし万が一火種が残ってたら、これはヤバい。慌ててお灸の上部を探したけれど、ない。どこにもない。おそらく、すでに燃え尽きて灰になっていて、ベッドカバーにしているタオルケットに紛れ込んでしまったんだろうけど、もしまだ火がちょっとでもくすぶっていて、わたしたちが寝ている隙に布団に引火したら、火だるま確定である。

とるものもとりあえずタオルケットを洗濯機へ入れて水をはり、床にもウェットタイプのクイックルワイパーをかけ、枕や敷布団のシーツにも落ちていないのを確認して横になりました。が、眠れん。寝ている隙に燃えるかもしれないと思うと、全然眠れなかった。

次の日、わたしたちは無事に朝を迎えました。燃えてなかった！　生きてる！　なんだかとても、清々しい目覚めでした。お灸を据えるときは、必ずベッドから降りて。そして水をはった容器とぬれたタオルなど、準備をお忘れなく。


熱くてピリピリするのがお灸が効いてきたサインなんだそうです。それを知らずにパニクって動いたわたしが悪い。あと、火事を恐れる気持ちが強い。

ギルモアは最高！

ここしばらく、Ｎｅｔｆｌｉｘで海外ドラマ『ギルモア・ガールズ』を観てました。ほとんどドラマ鑑賞の合間に仕事したり、家事をしているような状態。

『ギルモア・ガールズ』はアメリカで二〇〇〇年から二〇〇七年まで続いたファミリードラマ。日本でもＣＳ放送のＬａＬａＴＶで放映されていました。七シーズン全百五十三話をほぼコンプリート録画してＤＶＤに焼いて永久保存版を作っていたほど大好きだったけど、もう老後まで観返すことはないかもなぁと思いながら、自作のギルモアＤＶＤは戸棚の奥深く仕舞いこんでいたのでした。

ところが！　ネトフリで全四話の新シリーズとして復活することになり、それにともなって『ギルモア・ガールズ』が配信されるようになったのです。DVDがあっても観返すことはないけれど、ネトフリにあるなら話は別だ。というわけで現在、シーズン四の第七話まで進んでいます。ギルモアはワンシーズンにつき二十二話もあるので、もう七十二話も観ていることになる。ギルモア鑑賞に全精力を注ぎ込むあまり、めっきりニュースや民放を見なくなってしまい、先日なんて夫に「ポケモンGOをダウンロードした」と言われても、「は？　なにそれ」と返答したほど、世の中の動きから取り残されているのでした。でもいい。世の中のことなんてどうだっていい。ギルモアさえあればなにもいらない。

『ギルモア・ガールズ』は主人公ローレライと、彼女が十六歳で産んだ娘のローリー、そして金持ちマダム文化にあごまで浸かった母親のエミリーの関係を軸に、コネチカット州スターズホローという架空の町での、なんてことない日常が描かれます。十六歳だったローリーが大学を卒業するまでの後期子育て期間を追うため、物語にある程度の起伏はあるものの、基本的に大したことは起こらないのが特徴。視聴率を狙ったわざとらしいハラハラ・ドキドキな展開はないけど、その代わり、町の行事や定期的な母娘ゲンカ（ローレライとエミリーは非常に折り合いが悪い）、母娘それぞれの恋愛模様など、毎回盛りだくさん。スターズホローの住人のキャラの立った変わり者ぶりも見どころ。ああだめ、全然面白さを伝えられている気がしない。観ないとわからない、観ればわかる。ギルモアには悪魔的な魅力があるのです。

テレビが点いていると九十％の確率でギルモアが流れているため、夫も必然的にギルモアを観るようになりました。英語版のウィキペディアでギルモア情報を仕入れてくるなど、なかなかのハマりよう。ですが、わたしが勝手に一人で続きを観ていても怒らないのがありがたい。夫曰く「ギルモアはいつどこから観ても面白いから」。ああ、ギルモアは最高！

これまで夫にもらったなかでいちばん嬉しかったのは、『ギルモア・ガールズ』のキャラクターが『ストレンジャー・シングス』のタッチで描かれたｉＰｈｏｎｅケース。誰がどういう権限で作ったものかは不明ですが、めちゃくちゃオシャレだと思って愛用してます。

夫がぷりぷり怒ってる

ある日の昼下がり。遅い就寝時間がたたってすっかり日が昇ってから目を覚ますと、夫がぷりぷり怒りながら「ちょっと話があるの！」と詰め寄ってきました。え〜なになに？　怒られるようなことをした憶えなんてないもんと不服に思いながら、寝ぼけた目をこすりつつあとをついてキッチンに行くと、夫は無言で冷蔵庫の野菜室を開けました。

そこに入っていたのは、モロヘイヤ二袋、巨大サニーレタス二束、ベビーリーフミックス四袋、ピーマン二袋、ナス二袋など大量のダブり野菜。わたしが一週間前にパルシステムに注文した野菜が届き、先に起きていた夫が受け取ったのですが、いざその野菜を仕舞おうと野菜室を開けたら、まったく同じ種類の野菜がすでに入っているので、これはなにごとかと慌ててわたしを問い詰めたということでした。そういえばつい昨日、八百屋さんに行って手当たり次第に野菜を買いまくったけど、そっかわたし、まったく同じものを注文していたか。

こちらとしては、「いやぁ〜ウッカリしてたよ」としか言いようがないのですが、夫的には理解不能の行動だったらしく、「野菜室を開けて絶望した」とまで言う。一つ二つならまだしも、全ダブりというインパクトがすごかったようで、「思わず妻の神経を疑った」とまで言います。ダブり野菜を少しでも減らそうと、朝から茹でたくもないのにモロヘイヤを茹でていたとのことで、なんかこうイラ立った主婦のようなトゲトゲしい態度。

「まったくこんな買い方するなんて、頭がおかしくなっちゃったのかと思ったわよ！」とまで言って糾弾してくる。

「おいおいハニー、それは言い過ぎだよ。なかなか買い出しに行けないから、行けたときに買い溜めしちゃっただけだろ？　そしたらたまたま、同じものをすでに注文していただけ。この人よっぽどモロヘイヤ食べたかったんだなぁ〜って、笑って済ましておくれよ」と、おおらかになだめてみせるわたし。

お互い普段とキャラが真逆！　そんなに怒るなら、もっと自分が食材を買いに行ってちゃんと料理するってことにして、冷蔵庫を全面的に管理してくれればいいのに〜と思わなくもないわけですが、そんなことをいま夫に言っても仕方ない、火に油を注ぐだけだと、口をつぐんで嵐が通り過ぎるのを待ちました。

それにしても、なんでしょう、この心の余裕。感情的になっている夫を、「まったく理不尽だなぁ」と眺めている、この高みの見物感。夫はいつもこんなイイ気分を味わっているのか。そこまでおおごとと思えないことで相手がめちゃくちゃ感情的になっているとき、人はこういう冷めた気持ちになることを、わたしははじめて知りました。この立場、悪くない！　ダブり野菜は一生懸命料理して、すべて美味しくいただきました。

パルシステムの注文もいまは夫がやっていて、注文したものを忘れてスーパーで同じ野菜を買ってしまうミスも、夫がやってます。夫がなにをどれだけダブって買おうが、わたしは「ドンマイ」と言うくらいで、間違っても責めたりしない。なのにへぇ、夫はこんな態度だったんだ。あそぅ。ふぅーん。

夫が高慢ちき女みたい

この夏のお楽しみイベント、舞台観劇に夫と行ってきました。『頭痛肩こり樋口一葉』という井上ひさしによる作品の再演で、主演は永作博美。ざっくりした感想で恐縮ですが、素晴らしかった！　出演者は全員女性。明治時代がいかに男性中心の生きづらい世の中で、女性が身を立てたり、幸せを追い求めることが困難だったか。それを面白おかしく、けれどシクシクと痛みが走るような切実さで、見事に描いてありました。

もちろん女性をとりまく環境は、明治時代よりマシになっている部分はたくさんある。けれど同時に、「あんまり変わってねーな」と思うところも多々あって、ラストはボロ泣きでした。女がまともに稼げないように設計された社会では、結婚しないと貧困に陥ってしまう。現代でも非正規雇用と絡めてよく聞く話です。女の幸せ＝結婚という図式に乗っかって、金持ちの妻の座におさまっても、夫の心変わり一つでそこから転落させられてしまう、とても弱い立場であること。そして経済的な後ろ盾を失えば、あっという間に遊女、つまり風俗で働かざるをえなくなってしまう仕組みは、明治時代も現代もほとんど変わっていないようです。

さらに、女性たちが苦しい立場に立たされているから共闘できているかといえばそうでもなく、一人の男をめぐって対立しなきゃいけなかったり、女の不幸なゴシップを他の女性が舌なめずりして楽しんでいたりといった、ミソジニー的な描写に「うぐぐ……」とうろたえてしまうことも。「遊女が男の心の穴を埋めてやって金を稼ぐのと、妻が身の回りの世話をせっせと焼くことで金を入れてもらうのと、どう違うってんだ！」というセリフは、難しい問いかけとなって鑑賞後も残りました。

そんなこんなで舞台が終わると、購入したパンフレット片手に余韻に浸るため、カフェに入りました。夫も舞台にはかなり感動したらしく、「面白かったぁ！」を連呼。同じものを観て、同じように感動した人と、ここが良かったあそこが良かったと語らうのは至福なので、さぁ、スイーツでも食べながら！　とメニューをめくり、わたしが「チョコバナナクレープが食べたい」と何気なく言った次の瞬間、事件は起こったのでした。

「はぁ？　りんごのコンポート入りクレープに決まってるじゃない。どうしてチョコバナナなんて退屈な味を選べるの？　意味わかんない」

その言葉を聞くなり、目の前にいる夫（三十五歳・男性）が、感じの悪い高慢ちき高飛車女に見えて、思わず目をゴシゴシしました。なんだこのクソビッチは。なにを言っているんだ。あまりに腹が立って、「生意気言うなこの！」バシンッと平手打ちしてやりたくなりました。堪《こら》えたけど、心の中ではぶってました。

「すぐ怒るんだからぁ。チョコバナナ食べればいいじゃない」とむくれる夫。

ねえ樋口一葉、男女平等って、なんなんでしょうね。


夫、甘いものを前にすると、高慢ちきになりがち。あと、ときどきものすごい高みからものを言うことがあって、そういうときの夫はバブル期のトレンディードラマのヒロインの横にいる、やたら意地悪な女友達みたいです。わたしも人のこと言えないけど。

食べものの恨みぃ～

その日、朝早くに歯医者さんの予約を入れていたわたしは、まだ眠っている夫を起こさないよう身支度し、ごはんも食べずに外出しました。ちょうど仕事が詰まってきた時期で生活は昼夜逆転。歯医者に行ってから寝ようと、半徹夜状態でふらふらバスに乗ります。

一時間の治療を終え、近くにあるデパートの食品売り場に寄りました。このところ糖質制限しているものの、サラダや蒸鶏といった低糖質メニューを作ることにほとほと飽きてきたため、惣菜で済ませようと思って。自分が食べる分をあれこれ見繕い、パン屋さんに寄って夫の好きなレーズンパンを買い、さて帰ろうかと思ったそのとき、わたしの目にカニ弁当の特設コーナーが飛び込んできたのであります。

カニといえば夫。夫はカニが好きだ。昼近くに起きてくるであろう夫のために、カニ弁当を買っておくのも悪くはないな。そう思って特設コーナーの前で足を止め、各種カニ弁当を吟味し、カニの三段弁当を選びました。すべてのカニ弁当のいいとこ取りをした、カニ尽くし三段弁当、お値段千五百円。これなら万が一、夫が「いまカニを食う気分ではない」などと言った場合、夜のおかずにしてもいい。カニ三段弁当を携えて帰ると夫は狂喜。ちょっと目を離した隙に、一口も残さずにぺろりと平らげてました。一口くらいくれよと思いつつ、喜んで食べてくれてなによりじゃ、ふぉっふぉっふぉ〜と笑って受け流すわたし。ところがその日の深夜——。

半徹夜だったので夕方前に就寝。真夜中に起きると、夫は玄関にいて出かけようとしているところでした。どこへ行くのか訊くと、腹ペコだから吉野家に行ってくると言います。「じゃあわたしにも並盛りを頼むわ」とお願いすると、「いや、あなたは糖質制限してるんだから、せめて温野菜たっぷりのベジ丼にすべきでしょう」と夫。もう野菜中心の低糖質メニューにうんざりしているので、「そんなものを食べるくらいだったら、家にあるレトルトカレーを米なしで啜ってやる」と吐き捨て、夫を見送りました。どうか夫が、ベジ丼でなく牛丼並盛りを買ってきてくれますように。

ところが！　帰宅した夫を、「きゃー待ってましたぁ～」と諸手を上げて出迎えるも、なんと手ぶらである。は？　なんで？　意味わかんない。訊くと、「え、カレー食べるって言ってたじゃん」、玄関を出た時点でわたしのために弁当を買って帰る気はなかったと言うのです。嘘でしょ？　なにこの初歩的で、かつ絶望的な行き違い。信じられない。

千五百円のカニ三段弁当を夫のために買ったわたしに対して、牛丼すら買ってこなかった夫の罪は重い。相手の腹の空き具合を考えてあげるのはいつも女。わたしだって誰かに、お腹の空き具合を心配されたい。

このころの夫は本当に薄情だな。いや、このころに限らず、根本的に薄情なのは間違いないし、それは本人も認めるところ。これは夫に限らず、まわりの男性を観察しても思うこと。薄情さは〝男らしさ〟なのだ。だからこそ男社会は恐ろしい。男社会とはすなわち薄情社会。弱者に冷たい社会なのは、それを作っているのが男性だから。

久々の家出

久しぶりに家出をしました。ことの発端は、わたしがキッチンで皿を洗い終え、シンクを磨いていたときのこと。つつつつーと横にやって来た夫がなにを思ったか急に、「あなたって流しにコーヒー豆のかすやらチチモの食べ残しやらをドバーッとぶちまけて、汚くしたまま放置する癖があるわよね。いつもそうやってきれいにしておけばいいのに」などといらぬ説教を垂れたのが、わたしの逆鱗《げきりん》にクリーンヒットしたことでした。

そもそもわたしより皿を洗う頻度が圧倒的に少ない分際で、水回りのことに意見してくるだけでも腹立たしいのに、それが「食いカスをいつもきれいに流すべし」だなんて細かすぎる指摘だったもんだから怒り心頭。そんなこと気づいた方がやればいいだけの話なのに、なぜいちいちわたしに指図するのだ。昔のホームドラマに出てくる意地悪な姑じゃないんだからさぁ、勘弁してよ！　そうして心の中で、「さらば夫」とお別れを言いながら、深夜にコソコソと家出の手配をしました。

思えばいまのマンションに引っ越してくる前は、けっこう頻繁に家出してました。わたしの家出は、近所のホテルにこもってひたすら仕事をする、いわゆる〝缶詰〟ってやつです（ちなみに自腹。痛い出費）。なので、翌朝わたしが「ちょっと家出してくる」と宣言すると、「それ普通に仕事したいだけじゃない!」と訂正されました。そう、仕事がしたいの。夫のいない、静かなところで。

仕事部屋はあるものの、夏場はドアが開けっ放しなこともあって、用もないのに夫はつかつか入ってきます。そして人が執筆中なのもお構いなしに、信じられないほどカジュアルに話しかけてくるのです。たとえドアを閉めていても無駄。夫はなんの抵抗もなしに開けて入ってきます。ちなみにノックはしない主義(そもそもドアにガラス窓がはまっているため中の様子は丸見え)。そしてスーッと入ってきてはちょっと居座って、また帰っていく。家庭内さびしがり屋なのです。一人でいるとつまんないらしく、なんとなーく人のいるところに寄ってきてしまう。奇しくも愛猫チチモも同じタイプで、たとえわたしが仕事部屋でパソコンのキーを鬼の形相で叩いていても、まったくお構いなしに「ニャー」を連呼してくるのでした。寄ってもこずに遠くから「ギャー」と叫ぶように鳴いて呼びつけてくることも多い。とにかく、あいつらから逃げなきゃ、今度こそ〆切に間に合わない。

週末をはさみ、たっぷり三泊四日もホテルを予約して家を出たものの、自宅マンションから徒歩十分圏内の立地のため、夕飯は毎回、外で夫と落ち合って食べます。家出から四日後に帰宅。わたしの不在が夫の改心(家事がんばる、小言を言わない等)に結びついているかというとさっぱりで、「あれ?　明日帰ってくるのかと思ってた」

とずいぶんなお出迎えでした。ちなみに原稿、〆切には間に合いませんでした！

自分のやり方を人に押し付ける行為、夫がよくやってくるので本当に嫌だった。逆に、夫のやり方にちょっとでも口を出すと、獰猛な犬のように吠えて拒絶してきます。しかし、口で言わずこちらのやり方を黙々とデモンストレーションして見せ、納得すると、夫がやり方を変えることも。口では言わず、やって見せる。ときにはそんな、昔気質な親方のように。

記憶にございません

夫が深夜にテレビで『第9地区』というSF映画をなんとなーく観ていました。横からわたしが「なにこの映画？」と題名を聞き、「へ〜面白そうだね」と無心で漏らした次の瞬間、夫がビクッとなって、振り向きざまにこう言ったのです。

「この映画、一緒に観に行ったよ」

『第9地区』は地球に難民としてやってきたエイリアンと人類の対立をドキュメンタリータッチで描いた作品。日本公開されたのは二〇一〇年四月なので、ちょうどわれわれがつき合って半年が過ぎたころです。デートで観に行った気がしないでもないのですが、見事なまでになになにも思い出せない。

「興味ないから完全に忘れたんじゃない？」

夫は、どうせいつものやつでしょう、という顔で言いました。そう、わたしは常々、実は興味のないことを興味のあるフリをしてふむふむ聞くものの、本心では興味がないからその内容は右から左に流れており、次の瞬間にはもう完全に忘れていることがよくあるのです。とりわけ夫が振ってくる話でそういう現象が起きがち。しかもタチが悪いことに、別のルートから聞いた場合はちゃんとアンテナに引っかかっていて、あとで夫に「ねぇねぇ○○知ってる？」と教えると、「それこないだ言いましたけど！」ということがパターン化しています。

しかし、曲がりなりにも映画好きを自認しているのに、内容を忘れたとかならまだしも、観たことがあるのかないのかさえわからないなんてこと、あるのでしょうか。これってもしかして、と思いながら逆に夫を問い詰めます。「一緒に映画館に行った相手って、本当にあたくしなのかしら？」

突然持ち上がった二股疑惑！　しかしこれを夫は即座に全面否定。それどころか、当時つけていたｍｉｘｉの日記を掘り起こし、証拠を提出してきました。それによると二〇一〇年四月二十五日に『第９地区』、同じ日にアカデミー賞をとった『ハート・ロッカー』、その五日前には名画座で『君も出世ができる』を観ていた模様。その日記はわたししか見れない設定にしていたため、一緒に行ったのは明らかだと夫は主張します。ウッ。たしかに『ハート・ロッカー』と『君も出世ができる』を一緒に観た記憶はある。しかし『第9地区』だけがわたしの頭の中から完全に消去されていました。

己の健忘ぶりにも増してショックだったのは、六年前はこんなにも映画に行きまくってて、しょっちゅうデートしてたんだなーということ。ここ最近はフルで一日おデートなんてしたことがなく、せいぜい夕飯を外に食べに行くくらい。ああ、映画デートがしたい。

ためしに夫に、最近なにか観たい映画はない？　と訊くと、『スーサイド・スクワッド』という答えが返ってきました。ああ、あの悪役版アメコミものかぁ。うーん、あんまし興味ねーなぁ。

出たぁ、ｍｉｘｉ〜！　実はわたしと夫、大学卒業時点ではお互いの連絡先などは知らず、数年後に大流行していた黎明期のＳＮＳ、ｍｉｘｉで再会したのです。時代ぃ〜。

出張、そのあとに

ラジオのレギュラー番組の収録のため、地元富山にほぼ月一ペースで出張しています。だいたい一泊二日で、帰りは夕飯の時間帯には戻れる新幹線に乗ろうと心がけてます。稀に収録後飲みに行って最終で帰ることもあるけど。

それは九月の出張を終えた日のこと。新幹線のシートに座りながら、トンネルで電波が途切れる合間合間に夫にLINEを送り（このころ北陸新幹線にWi-Fiはなかった）、今晩のごはんという重要な議題を詰めていました。わたしが電車から降りたタイミングで夫が駅の近くまで出て来てくれれば、めでたく外食コースとなります。言うまでもなくこれがわたしの第一希望。ところがその日は雨で、出不精な夫は外に出る気がない様子。そうなると選択肢は、駅でなにか食べるものを買って帰るか、家にあるもので作ることになるわけだけど、朝から仕事して二時間も新幹線に乗ったあとで夕飯を作るなんて激務、わたしには無理。絶対に嫌。

というわけで、おのずと「駅構内でなにか買って帰る」になるのですが、これがなかなかハードなことで。その日はキャリーバッグではなくボストンバッグ的なものに着替えやノートPCを全部入れていたため、肩がもげそう。それを抱えて迷路のような駅ナカのショップをうろうろ歩き回り、よさげな惣菜もしくは弁当を買うというのは、わたしにとって地獄すぎるミッション。腹も空いているわけで、エネルギーの残量メーターはすでに危険水域。それにともなってメンタル的にもかなり荒んだ感じに。わたしは心の中で叫びました。なんでアイツの食い物の確保のためにわたしがこんな辛い思いをしなけりゃいけないんだよ！

とてつもなく腹が立ってきた。だってもしわたしが夫なら、妻の夕飯の確保にここまでの義務感や心労を感じたりはしないだろうから。目の前にいない誰かの夕飯なんて気にもせず、ふらっと入った店でビールなんか飲んじゃうんだろう。ふと、ひらめきます。ここはあえて、傍若無人で気の利かないザ・出張帰りのおじさんを演じてみようと。すかさず夫にこんなＬＩＮＥを送ります。

〈一人で食べてきていい？〉

これでわたしの夕飯は自由だ！　どうしてわたしは夫の夕飯にここまで心を支配されていたんだろう。飲めばいいじゃないか、駅ナカでビールを。食べればいいじゃないか、心の赴くままに！　すると次の瞬間、夫から返信が。

〈俺の分を買ってきてくれるなら一人で食べてもいいよ〉

ああ、こんな夜はおじさんになりたい。女なんかやめて、おじさんになりたいよ。

なにこれ可哀想すぎる！　わたしがこんな辛い目に遭っていたとは。すっかり忘れていたけど、家事奴隷にもほどがあるな。家にいる人が夕飯作っておけばいいでしょうが！　いまは週一で東京のラジオに出ていて、同じように夕飯時に疲れて帰宅するのですが、改心した現在の夫はごはん作って待っててくれます。仕事から帰ったらごはんが用意されているという、世の男性が当たり前と思ってきたであろう生活は、ひとことで言って極楽。これを長年、女性にだけ負担させていた男たちの罪は重い。

放置ソックス

いつの間にか季節は秋。夏の間に隆盛を誇ったベランダのゴーヤを後始末し、薄手の掛け布団を出してきてリネンのカバーをかけ、部屋着のショートパンツをクローゼットの奥深くにしまい、外へ出るときも裸足にサンダル一辺倒だったのが、さすがにもうサンダルじゃおかしいなとスニーカーにシフト。そしてスニーカーといえば、くるぶし丈ソックスが必須アイテムです。

くるぶし丈ソックスはスニーカーを素足で履いてるっぽく見せたいときには便利ですが、非スニーカー着用時は存在意義がゼロ。いまくらいの気候なら家の中では裸足の方が気持ちいいので、無意識にスポッと脱いで、気がついたらそのへんに放ってしまった。その放置ソックスに、夫の目ざといチェックが入りました。

「フフフ、これは何かね？」

わたしが脱ぎ捨てたくるぶし丈ソックスをつまんで見せつけながら、ものすごいしたり顔で夫が言ってきました。

「ハッ！　しまった！」

わたしとしたことが、こんな落ち度を晒してしまうなんて。なぜなら「靴下放置問題」は、わたしが常々、声高に主張している夫の代表的な悪行だから。男性がなぜ脱いだ靴下を洗濯かごに入れず床に放置するのかは永遠の謎であり、それを落穂拾いのごとく回収する妻の心には、なかなか複雑なものがあります。以前知人が、「夫の放置ソックスにあまりに腹が立ったから、殺人現場の人型みたいに枠で囲って抗議したことがある」と言っていて、おお同志よ！　と感激しました。女性の心にはこの手の日常的な男性の負の習慣が、澱のように、澱のように（二回言った）溜まっているものなのですよ。

けれどわたしは今回気づきました。ソックスは一日の間に、けっこうリサイクルする！　脱いでもあとで履いたりする！　なぜそれに気がつかなかったんだ。と考えて、ハッとしました。わたし、暑くなれば裸足だし、冬の外出は基本的に厚手のタイツを着用。靴下を履いて暮らす期間が、三百六十五日靴下着用の夫に比べてかなり短い。

この発見によって今後、放置ソックス問題を改めて見直す必要が出てきました。そこにはなんらかの、夫なりの理由があってのことなのかもしれない。別にないかもしれないけど。

夏にエアコンをつけた部屋でちょっと寒くなったとき、床に落ちてる夫の放置ソックスを拾って履いたりしてます。

夜中のドライブ

十一月に発売される新刊『あのこは貴族』。八月いっぱいが〆切だったゲラ作業（校正刷りの紙束に赤ペンで直しを書き込んでいく）に大幅な遅れが出て、すべてのスケジュールがぎゅうぎゅうと後ろに倒れ、その余波で九月はほぼ休みなしのような状態。どこかへ出かけたくても夜しか夫と予定が合わないので、食事以外のデート的な外出ができず、かなりストレスが溜まってきてます。

そこで久しぶりに、夜ドライブしてきました。といっても車を持っていないペーパードライバー夫婦である我々は、カーシェアリングの車を利用。当然のことながら運転はおぼつかないわ道は知らないわで、ドライブと呼べるほど楽しんでいるわけではなく、それはほぼ「運転の練習」と同義。目的地はホームセンターですが、あえてすでに閉店した時間帯に出発します。つまりこのドライブの真の目的は、ホームセンターまでの道順の下見なのである。

まずハンドルを握ったのは夫。直進しながらいきなり「あっ！」と危うげな声を出したので「どうした⁉」と訊くと、赤信号の交差点に思いっきり突っ込んでしまってヤバいと焦ったものの、直進と左折の矢印が出てたから行ってよかったんだわ、セーフとほっとした声です。横目で夫を見ながら、オイオイ大丈夫か？　と心配顔のわたし。彼が運転免許を取った十年以上前は、こういう変則的な信号はなかったのか？　ていうか交通ルールをどのくらい憶えてる？　これは気合いを入れてナビらねばと、スマホのＧｏｏｇｌｅＭａｐｓをそっとタップしました。

「次は右折だから車線を変更しておいた方がいいよ」「信号青だよ」等、助手席からこまめにサポートします。ところが夫は、それはもう鬱陶しそうに、わたしの指示を無視するのです。あまりにも軽んじられるのに腹が立って、「じゃあわたしは助手席でなにしてればいいの？　鼻くそでもほじって景色見てろってか」と毒づいたところ、「鼻くそでもほじって景色見とけ！」と吐き捨てられてしまいました。そうだ、男性に運転のことでなにか意見を言う場合、「わぁ、運転お上手なんですね〜」以外の言葉はＮＧワードなんだった。男を立てるのが苦手すぎて、ガンガン前に出てしまうマリコであった。良かれと思ってやってるんだけどさぁ。

帰り道はわたしが運転したのですが、今度は助手席の夫が、「左折のときはミラー確認」「ハンドル切ってからウィンカー出しても意味ないよ」等、口を開けば嫌味ったらしい教官のような発言ばかりで、ただでさえテンパリながらハンドルを握っているので、気が散るのなんの。わたしはひとつ学びました。助手席に座ったら最後、運転手に対してはどんな意見も口にしてはいけない。そっと命を預け、行く末を見守るしかないことを。

けどまあ、ドライブ楽しかった。次はイケアまでの道順を下見する予定です。

葉山ドライブ

深夜のドライブ練習からステップアップして、このあいだの休日、車で葉山まで行ってきました。ある日、Eテレ『新日曜美術館』のアートシーンを見ていた夫が、突然目を輝かせ、神奈川県立近代美術館の葉山館に行きたいと言い出したのです。クエイ兄弟という一卵性双生児のアートフィルム作家の展覧会に、異常な興味を示した夫。自分からどこかに行きたいと言うなんて、「ちょっと『アウトレイジ　ビヨンド』観てくるわ」と一人出かけた二〇一二年以来かも。行きましょう行きましょう。葉山でもどこでも行きましょうとも！

葉山館は、結婚するはるか昔に、夫とおデートした思い出があります。あのときは電車とバスを乗り継いで片道二時間かかったっけ。車だと高速を使って一時間二十分ほどで行けるとのこと。これはなにがなんでも車だぜ、夫はいそいそカーシェアリングの予約を入れます。「あんたァ、首都高なんて恐ろしいところ、走れるのかい？」心配顔のわたしをよそに、「カーナビがあれば平気」と言い張ります。

地元ならさておき、東京で運転、しかも首都高を走るとなると、ぐんとハードルが上がります。いくつものレーンが通る首都高は、地下鉄を乗りこなす以上の難易度。いつでも夫に助け舟を出せるように、自分も運転しているつもりで気を張ってカーナビの指示をガン見しているのですが、それでもどこを通ればいいのかしょっちゅうわからなくなる。しかし夫は大変落ち着いた運転ぶりで、無事に葉山へと到着したのでした。正直、「今日死ぬかもしれないな」くらいの気持ちでいたわたしは、「夫ぉ！素敵よ、夫ぉ！」と賞賛を惜しみません。最近はほとんどスマホ廃人といえるほど、スマホばかり見てなにもしない夫のことを白い目で見ていたのですが、一気に見直しました。

到着した葉山館の散策路から海を眺めながら、「ああ、前にここへ来たときは、電車とバスで二時間」と物思いに耽ります。あのころより老けて元気はないけど、車で来られたなんて、ずいぶんと大人になった気がしました。大人になるのも悪くないなぁと思うのは、こういうときです。なにも持たない若者だった自分たちが、車で葉山まで……。ま、その車、カーシェアリングで借りたやつなんですけどね。

近所にあったカーシェアリングのステーションがなくなってしまい、あえなく退会。最近は地方旅行のときレンタカーに乗る程度です。東京暮らしに車は不要！

食洗機を我らに！

四月に食洗機が壊れるという悲劇に見舞われ、皿を手で洗う生活を続けてきたのですが、ついにその我慢が限界に達しました。一度、食洗機のある幸せを味わったせいで、皿を洗う辛さが以前にも増してこたえるようになってしまった。もう嫌だ。なにがなんでも食洗機を買い替えたい。

ただ、うちの食洗機はシステムキッチンに組み込まれたビルトイン式なので、退去するときは持っていけないのが難点。そこでマンションの現オーナーに、部屋の備品を新しくするというていで負担してもらえないか持ちかけたところ、すげなく断られてしまいました。前オーナーが特別仕様でつけたものだから、そこは自己負担でお願いしますとのこと。チッ（舌打ち）。やはり食洗機はまだまだ贅沢品と思われている様子。もし壊れたものが備え付けのエアコンだったら、当然マンション側の負担で新しいものに変えてもらえるでしょうに。だけど食洗機だとそうはいかないのです。

なので、オーナーに問い合わせるメールの文面にも非常に気をつかいました。そもそも「食洗機を新しくしたいから負担してくれだなんて、図々しい入居者ねえ」と思われるのが嫌すぎて、四月に壊れてからオーナーにメールするまでになんと五ヶ月もためらったのです。しかしどうしてもこれ以上皿を手で洗うのが嫌で、一大決心して問い合わせたのでした（そして一瞬で却下された）。

それにしても食洗機の、日本での立ち位置よ。ためしに「食洗機」で検索してみると、「食洗機って本当に便利？」「食洗機のメリット、デメリットを教えて下さい」などのページがヒットしました。なにを言っておる、便利に決まっていようが。メリットしかなかろうが。世の中に新たなマストアイテムがわぁーっと広がっていくにはいろんな仕掛けが必要だろうけど、食洗機にはどうもキャンペーンを仕掛ける気配がまったくない。携帯電話やスマホが一気に普及していったときの勢いみたいなものが、食洗機には全然ない。

食洗機よ、もっと市場を開拓して「一家に一台あって当たり前の白物家電」になれよとわたしは言いたい。経済産業省あたりの肝煎りで、本気で普及させてほしい。「女性が輝く社会は食洗機なしに実現しません」くらいのことは言い切ってほしい。補助金もつけていい。食洗機はそれだけ大事な存在なんだと、食洗機本人に自信を持ってもらいたい。

食洗機レビュー

　そんなこんなで今回は、自腹で食洗機を買うことにしました。しかし約三十年前のビルトイン式食洗機を新しくするとなると、いろんな問題が。壊れた方の食洗機は、戸棚の扉に合わせてフロントオープンのドアが木目調だったのですが、これの完璧な代替品はこの世に存在しないため、木目は諦めなくてはならず、木目を愛するわたしはちょっと悲しい。しかし贅沢も言ってられないので木目への執着は捨て、はまる型番をネットで探し出します。まずはメジャーで縦・横・奥行きの寸法を測り、どのメーカーのどの製品ならはまるのか、自力で調べることに。だがしかし、ここで最初の大きな壁にぶち当たったのであります。

　夫が測ってくれない。

　この手の仕事は夫の出番であるにもかかわらず、極度の面倒くさがり屋のため、なかなか動いてくれません。夫に発注した家庭内の仕事は、基本的に納期が無期限。夫という業者は扱いようによっては機嫌を損ねて納期がますます後ろにずれ込むため、あまり焦《じ》れて「早く測れや！」と催促するのは逆効果、ここはじっと待つしかありません。夫が忘れたころに「あのぅ、そろそろ測ってみては？」と持ちかけ、「そうだね、測らなきゃね」と言いつつ、夫の重い腰はそうそう上がらない。いっそ自分でやりたい。しかしわたしに、巾木《はばき》を外して庫内の正確な計測をするのは無理。ここはぐっとこらえて、夫が測る気になるのを待つのみ。

　こりゃ計測結果が出るのは二〇一七年かもなと半ば諦めてもいたのですが、意外にも約一ヶ月ほどで測ってくれました。夫にしては最短記録では？　この迅速な対応からも、皿洗いから逃れたいという夫の熱い気持ちが伝わってきます。そしていよいよ住宅設備メーカーに発注。しかし、夫が選んだ商品だとメーカー側が「寸法的に厳しい」と難色を示したため、別の商品を持ってきてもらうことになりました（この判断が仇となることを、まだ誰も知らない）。

　工事の前日、いよいよ今日で皿洗いともおさらばか～と、万感の思いで皿を洗いました。明日からはグラスくらいしか洗わんぞ！　なんだって食洗機にぶち込むぞ！　わたしの浮かれぶりを見た夫が、「寸法合わなくて結局明日も皿洗ってるかもね。ハハハ」と嫌なことを言ってくれたりもしましたが、この予言がまさか当たるなんて。

　翌日、作業に来たスタッフのお兄さんは、食洗機を取り外し、奥の壁のパイプの構造を見て一言、「あちゃ～」と漏らしました。おもむろに各所に電話をかけ、様々な人に相談するお兄さん。不穏な空気を察し、そわそわするわたし。彼は電話を切るとこう言いました。

「今日は一旦、持ち帰らせてください」

業者のお兄さんを見送った三秒後、わたしは膝から崩折れました。なにが辛いって、再工事までの二週間。一度皿を洗う気が完全に失せた以上、皿洗いの憂鬱は二倍にも三倍にも膨らんでしまった。

わが家ではダイニングテーブルで夕食を食べ、満腹になったらどちらからともなくソファに移動して、テレビタイムになだれ込む行儀の悪い習慣があります。食べ終わった皿を流しに下げて水を張るところまではやるけど、すぐには洗わず一旦放置。その後、寝る前に最後の力を振り絞って洗うこともあれば、次の日の朝まで持ち越すことも。しかしこの二週間は、次の日の夕飯時くらいまで放置時間が長引いたのでした。そろそろごはん作るか〜と重い腰を上げてキッチンに立つと、シンクには昨夜の汚れた皿がどっさり。がくっとうなだれました。

だがしかし、我慢の二週間も過ぎて、ついに新しい食洗機が設置された！（ここからはフラットな消費者意識で書きたいのでネットのレビュー調になります）

以前使っていた食洗機は旧式すぎて、音がうるさく夜中に回すのは気が引けるほどでした。それに比べると今回購入した某社の食洗機は比較的静か。ただし、ちょっと振動が気になりました。地震？　と思ってしまうほどの揺れを感知。震度一くらいかなぁとNHKを点けたのですが、速報が流れなかったので「あ、食洗機だ」と気づいたほどでした。ほかの方のお宅でもこのくらい振動があるんでしょうか？　うちのマンションが古いだけ?

また、庫内のラックの形状が独特なのも気になりました。どこにどう並べればたくさんの食器を収められ、効率的に洗浄できるのか、二、三度使っただけではわかりません。以前のフロントオープン式はその点わかりやすかったのですが、引き出し式はコツがいりそうですね。洗浄力に関しては可もなく不可もなくというか、かなり予洗いして入れているので、洗い残しなどはありませんでした。標準モードだと九十分ほどかかってしまうのですが、これは長い! 次からは節電モードかスピードモードで使いたいです。そのためにも食べカスを流す程度の予洗いは必須ですね。

うちは共働きで自宅で仕事をしていることもあり、家事に時間をとられると仕事や睡眠時間が圧迫されてしまうので、皿洗いなどの地味に時間のかかる単純作業は積極的に機械化していこうという方針です。そのため今回の出費は覚悟の上でしたが、ビルトイン式はやはり高いですね。でも、これで皿洗いから解放されると思うと笑いが止まりません。買って大満足です! ☆4・1

本当に買ってよかった。いまも毎日この食洗機には世話になってます。値段は十二万円くらいだったのですが、現在までの愛用している期間(八年と少し)を日割り計算したら、一日たった四十円。このあとどんどん減価償却していくので、これは非常にいい投資!

奇跡の十五歳

昨年三月に乳腺腫瘍摘出の大手術を受けた愛猫チチモ、御年十五歳（人間の七十六歳）。残った乳首に再びしこりのようなものを感じたので、久々に病院へ行ってきました。

手術してもらった東大の動物医療センターは完全予約制。電話したところ、いちばん早く予約が取れる日だと、夕方近くにわたしの仕事の予定が入っています。予約してもかなり待たされるはずなので、場合によっては診察の途中で病院を出なきゃいけなくなるかもしれない。けど、一刻も早くお医者さんに診てもらいたい。というわけで付き添いをバトンタッチできるよう、夫について来てくれるか聞いてみました。すると即答でイエス。前回の手術のとき、いまいち親身になってくれなかったことをわたしが根に持っているのを、夫は憶えていたようです。チチモのためならエンヤーコーラとばかり、今回は予定を調整して同行してくれることに。夫はこの一年八ヶ月で、ぐっと成長している！

さて当日、待合室で待たされること一時間半。その間、ありとあらゆる犬と遭遇しました。柴犬、フレンチブルドッグ、ダックスフント、ゴールデンレトリバー。猫ちゃんはみなキャリーバッグの中で身を潜めています。出かけるときは「イヤ〜」と鳴いたチチモも、観念してかごの中で一言も発さず我慢。ノートPCで原稿を書いてるわたし、時間潰しにスマホをいじる夫。全員、名前を呼ばれるのを黙々と待ちます。ようやく診察室がガラッと開いて、「チチモちゃん〜」とお声が。やっとだ！　覚悟して来てはいるものの、あまりの待ち時間にふらふらになりながら診察室に入りました。お医者さんに経過を説明し、チチモは検査へ。再び待たされて、もう一度診察室に呼ばれます。がんが再発してるのか？　転移か？　ともかく年齢も年齢なので、急な手術などはせず、さらに様子を見てから治療の判断をすることにしました。

それはさておき、お医者さんはしきりにチチモの若々しさを褒めてくれました。「本当に十五歳？」「とても十五歳とは思えない」「毛艶がいい」「普通十五歳はもっと毛がボソボソしてる」「生きる意欲を感じる」「長生きするタイプに思える」「顔が若々しい」「可愛い」「とにかくとても十五歳には見えない」と、先生はチチモが年齢に反して見た目が若くて可愛いことに驚いていたようです。

はっきり言って、今年いちばんうれしかった……。あまりのうれしさに、がん再発の憂鬱が吹っ飛びました。チチモって見た目変わらないなぁとは思っていたけど、いつの間にか美魔女の域に達していたなんて！　「山内さん、とても三十五歳には見えないですよ」と言われるより、はるかにうれしかったです。

チチモは東大の先生お墨付きの、奇跡の十五歳〜。チチモをブラッシングするわたしの手にも、おのずと気合いが入ります。病気は完治とはいきませんが、一緒に過ごせる残りの時間を大切にしようと改めて思いました。

サビ猫のなかでもチチモは柄の出方がいい感じで、本当に可愛い子だったのです。最晩年は痩せ、足腰が弱り、毛もモソッとするようになり、ああ、老いるとはこういうことなのだと、身をもって教えてくれました。チチモを失った六年後に、わたしは最愛の父も看取ることになるのですが、チチモのときの経験のおかげで心の準備ができており、覚悟して臨めました。そのぶん、身近なひとの死という意味では、チチモの方がショックは大きかった。本当に、チチモはわが子でした。

新たなる暖房

今年の二月、電気代が四万円という莫大な金額を計上したことを重く受け止めたわたしは、暖房を低めの設定温度で、あえてつけっぱなしにする作戦に出ました。結果としては、電気代が目に見えて安くなった感じはなかったのですが、少なくとも高くなってはいなかった。やっぱり暖房をパチパチつけたり消したりするよりも、低めの設定温度でつけっぱなしにする方が経済的な気がします。一日中部屋が暖かいのに越したことはないわけだし。

しかしながら、エアコンをつければ乾燥は避けられない。なので加湿器もつけなくちゃいけなくなってくるわけですが、ただでさえ給水が手間なのに加えて、うちで使ってる加湿器はお手入れが死ぬほど面倒くさい。週一ペースでフィルターをクエン酸だかなんだかにつけて洗わないとカビが拡散してしまうとかで、手がかかるのなんの（加湿器のお手入れは夫に押し付けてますが）。とにかく今年の冬は早めに暖房対策の手を打っておきたい。そんなわけで、乾燥しない暖房器具を新しく買うことにしました。本格的に寒くなって、商品が品薄になる前に。

一人暮らし時代から使っているデロンギのオイルヒーターは毎年大活躍しています。が、だからといって同じメーカーのものを買うのはつまらない。せっかくだから別のものをと、遠赤外線パネルヒーターその名も「夢暖望」か、バルミューダの「スマートヒーター」の二択で検討することにしました。いずれも、表面が熱くならないからペットのいるご家庭でも安心とのお墨付き。ただしどちらも価格は七万超え。果たしてこれは本当に節約になっているのか。

夜な夜な比較サイトを舐めるようにチェックして、この冬はバルミューダに賭けてみることにしました。「夢暖望」も（名前が）捨てがたかったのですが、ここはデザイン重視で。別売りのタオルハンガーをつければ濡れたタオルを干せるところもナイス配慮。さっそく購入し、届いたスマートヒーターをON。アルミラジエーターという独自の方式らしいのですが、たしかにオイルヒーターとも違う暖かさです。いつの間にか、なんとなく寒くないという感じ。消費電力も表示されるし、変な匂いもないし、音もしないし、空気もきれいで乾燥しない。素晴らしい。

当初は寝室に置こうと思っていたのですが、愛猫チチモが入り浸っている場所を常に暖めておいてあげたいという親心から、仕事部屋用としました。ところがここで思わぬ誤算が。真冬ともなると毎晩のようにチチモはわたしの布団にやって来て、超絶ラブラブな腕枕状態で一緒に寝てたのですが、全然来てくれなくなってしまったのです。あの愛の儀式（添い寝）は、チチモ的にはただの寒さ対策だったのか。うう、クールな奴め。

冬の風物詩、チチモとの添い寝習慣を取り戻したいがために、やっぱり夜は家中の暖房を消しちまおうかな。でもでも可愛いチチモを凍えさせたくないし。悩ましい。

このとき買ったスマートヒーター、気密性のないうちのマンションでは、もう一つパワー不足という感じだったので、翌年メルカリに出しました。理想の暖かさを求めるとオイルヒーターに軍配が。でもそうすると電気代が。エネルギー問題の観点からも、日本の住宅の断熱性を高めることは急務だと思います。寒いのは嫌……。

盆&正月

先日、三十六歳になりました。そういえばちょうど二年前の誕生日に、「下手に記念日を増やすと忘れそうだから」という後ろ向きな理由でこの日に婚姻届を出したんだった。というわけでわたしの誕生日は結婚記念日と兼用。個人的には一年でいちばん祝祭感のある日。自分の中に、盆と正月がいっぺんに来る日です。

去年は夫が、知りうる限りもっとも美味しくて高級な懐石のお店に連れて行ってくれました。食べログでトップ百圏内に入る☆4・5の名店です。あまりの美味しさに、「来年もここでいい。毎年ここでいい」と二人して話しており、今年もそのお店に予約を入れることになりました。しかしここで問題発生。今年の記念日は日曜日で、そのお店の定休日と重なっているのです。記念日当日へのこだわりよりも、その店で美味しいものが食べたいという気持ちの方がはるかに強いので、記念日ディナーは一日前倒しして、前日に入れることにしました。

さて、そのディナーを終え、数日経ったいまの所感をしたためたいと思います。記念日ディナーは毎年同じ店で、というとロマンティックな感じがするけれど、率直に言って、去年の感動（はじめて行く店、はじめて食う飯）には残念ながら及ばなかった。なにせ時期が同じなので、旬の食材が同じなんですもん。去年あんなに感動した蟹の炊き込みごはんに今年も再会できた喜びより、「やっぱり蟹か」という気持ちの方が勝っていた。去年は夫婦で初の高級懐石ということもあってかなり意気込んでいて、なにを出されても「ぅわあぁ！」と歓声を上げてました。が、今年はなにを出されても、「わー」という老テンション（変換したら「老」の字が出てびっくり。正しくはローです、ｌｏｗ）。あらゆる意味で去年の新鮮さには及ばなかったのでした。

さらには誕生日プレゼントも、二週間ほど前にたまたま一緒に出かけたときに、夫が「これ可愛いんじゃない？」と言ったブレスレットを「誕生日プレゼントとして買ってくれるってことだよね？　うれしい！　ありがとう！」の一点張りで押し切って買わせており、なんだか恫喝して手に入れた感が。そのうえ誕生日当日はひたすら仕事という、なんだかなぁ～な一日に。やはり店のランク云々よりも、記念日ディナーは記念日当日にやんなくちゃ意味がないってことを痛感したのでした。

考えると独身のころの方が、自分の誕生日にもっと特別感を出したいと思っていた気がします。なんだかんだでロマンティック・ラブ・イデオロギーに染まっていて、自分の人生にドラマを期待していたってことなんでしょう。結婚を済ませてロマンティック・ラブが終焉したいま、途端に記念日の扱いが雑になってしまって、なんだかよろしくない。日常にハリを出す儀式は必要。来年こそはちゃんと、盆&正月感のある一日に！

夫の誕生日のお祝いに、夫が行きたがっていた銀山温泉の旅行をプレゼントしたのが、これまででいちばん手の込んだ記念日イベントでした。いまもわたしの誕生日&結婚記念日はドタバタで過ぎることが多く、毎年必ず揉めます。とはいえわたし、あまりロマンティックなディナーやプレゼントを仕込まれると「キモい！」と思ってしまう性格なので、正解がまだ見つかってません。花をくれるだけでいいんだけどな。

脱・友達の寄りつかない家庭

かつて三谷幸喜と小林聡美が結婚会見でどんな家庭にしたいかとお決まりの質問をされ、「あったかい家庭」だとか「笑顔の絶えない楽しい家庭」なんて回答が定番のなか、「友達が寄りつかない家庭にしたい」と言って芸能リポーターを煙に巻いているのを見て、「素敵だ」と憧れたものです。

だからというわけではないけれど、わが家もまったく人が来ません。これまでうちの敷居をまたいだことがある人はほぼ親族に限定され、それも数える程度。田舎から上京した親がうちに泊まったことや、友達に鍵をあずけて旅行中に猫の餌やりに来てもらったことはあるけど、それは例外中の例外で、ホームパーティー的なものを開くといった社交とは無縁。引っ越し前はよく近隣に住む知人友人と「うちに遊びに来てくださいよ」とか「今度飲みに行きましょうね」などと軽い口約束をしまくって、わいわい楽しいご近所物語を妄想していたものの、いざ引っ越してみるとそれも一切なかったことに。

そもそも人づきあいの基本姿勢が受け身なので、自分から人を誘うこと自体がものすごく少ない。お声がかかれば出向くものの、根がドタキャン体質なので興が乗らなかったら平気で断るし、夫はわたしよりもさらに無精者だし。気がつけば極端に人の訪ねて来ない家庭になっていたのでした。そういう性分なので仕方ないわと思っていたけれど、あまりにも夫婦プラス猫で暮らしが完結しているため、もしうちで一家全員一酸化炭素中毒死なんてことが起こったら、二週間くらい誰にも発見されないんじゃないかという懸念すらあります。

とまあ、非常に閉ざされた家庭だったのですが、先日めずらしいことが起こりました。なんと一日に二人も来客があったのです！　A氏が帰ったあとにBさんが来るという感じで、これまで来客ゼロだったのが嘘のような千客万来ぶり。なにが嬉しいって、二人とも当日に、気まぐれな感じでフラッと寄ってくれたこと。客人用のスリッパの用意もないわが家に、脅したわけでもないのに自主的に来てくれた。いずれも近くに住む友達で、うちのマンションの場所は知ってたけどちゃんと部屋にあがるのははじめてというシチュエーション。リビングを見回し、夫が最近丹精して育てている植物たちを褒めてくれて、インテリアのそこはかとない昭和感が落ち着くと言ってくれて、こちらはほくほく。そして彼らが帰ったあとは、完全密閉だった濃厚プライベート空間に、「友人」という一陣の風が吹き抜けたさわやかな余韻が残りました。

友達の寄りつかない家庭も楽しかったけど、たまの来客もいいもんですな。ホームパーティーはたぶん一生開かないけど、いつ友達が来てもいいように、ウェルカム態勢を整えておきたいと思いました。今後は家にいるときも化粧をすること、変な部屋着は捨ててマシな恰好をすること、客人用スリッパの早期購入、この三点の改善に努めます。

スリッパは買ったけど、このあと二度と客など来なかった……。

『逃げ恥』とわたし

世の中の流行に疎くなって久しいのですが、ドラマ『逃げ恥』人気にはめずらしく最初から乗れてました。原作マンガ第一巻が発売されたとき、専業主婦の仕事に給料を出して契約結婚という形で男女が同居するという内容に、興味津々で飛びついていたからです。

一話からがっつり予約録画して毎回何度もリピートし、残すところ最終回だけという状況。第十話では、やっとみくり（新垣結衣）と津崎さん（星野源）がいい感じになりプロポーズまでいったのに、津崎さんが提示した結婚試算に対してみくりが、これまで給料を払っていた家事労働を、結婚したら只《ただ》で見積もってきたのは「愛情の搾取」である！　と異議申し立てをするシーンで幕を閉じてました。ああ、ほんと素晴らしい！　最終回が待ちきれない！　マリコはもう夢中です。家であのダンスを踊ってます。

しかし、視聴者のなかには、みくりの「搾取発言」にショックを受けたり、「がめつい」「性格が悪い」などと感じた人もいた様子。ああ、なるほど、そう受け取るか。たしかに、もし自分がうんと若くて、「結婚」の当事者となる以前だったら、このドラマがいったいなにを描いているのか、根本的には理解できていなかったかも。若ければ若いほど「結婚」を神聖視していて、純粋な恋愛の成就であってほしいと願っているものですからね。

元来、女性は「結婚」に憧れるように仕向けられているし、結婚したあとは、夫に尽くす「いい奥さん」になることが良しとされてきました。いい奥さんとは、たとえば料理上手でいつも美味しいごはんを作って夫の帰りを待ったり、いつも家をピカピカにしていたりするのが、理想のイメージ。毎日忙しく働いている身からすると、日々の食事の用意をしてくれたり、掃除しておいてくれたりすることは、とてもありがたいです。そう、妻は、とてもありがたい存在。

だけど、もしその仕事を「他人」にやってもらった場合、料理にも掃除にも、対価が発生します。家政婦さんやお手伝いさんを雇って家事をお願いすると、もちろん時給を払わなくてはいけない。やってもらっていることは同じでも、「妻」は只で、「家政婦」は只じゃない。『逃げ恥』の二人は〝契約結婚〟という形で同居しており、津崎さんは雇用主として、従業員であるみくりに家事代として給料を出していました（みくりの分の家賃や生活費などは細かく天引きしている）。みくりは、妻と家政婦さんの、中間に位置する存在。つまり『逃げ恥』は、契約結婚という〝雇用関係〟にある男女を描くことで、結婚の根源にある大きな問題をあぶり出しているのです。

ここで一瞬、話が飛びますが、この連載エッセイを単行本化した『皿洗いするの、どっち？』の冒頭に、昭和三〇年代の日本映画『婚期』のセリフを引用しました。それがこちら。

「だいたい結婚なんてね、ただの女中に行くようなもんなんだから。女中のほうが公休日はあるし給料はもらえるし、お仕着せ（主人が奉公人に与える着物。現代のボーナスに近い意味）の多少は出るし、ずっと気が利いてるわよ。セックスの道具だったらパン助（娼婦の俗称）より割が悪いわ。只だもの！（中略）基本的人権からいったってそんな踏みつけた話ってないでしょう」

そう、結婚は女性にとって、基本的人権に抵触する根深い問題を内包しているのです。女なんだから生活する上での家事労働をすべて担って当然とされ、そこに賃金などは発生しない。しかし、賃金の発生しない労働は奴隷労働と同じこと。ですが普通、妻は自分を奴隷とは認識していません。結婚して妻になることは、女性にとってステータスでもあるからです。「ありがたい存在」として持ち上げられ、妻が無償で夫の世話を焼くのは「愛情表現」ということにされ、うまくボカされている。けれどそれは全部、「性差別」をごまかされているに過ぎないのだ！（性差別とは、他人に対して性別を理由に、排除や制限などの不利益を不当に及ぼすこと）

結婚にまつわる性差別はあまりにも巧妙に仕込まれているし、なにしろ長い間「当たり前」とされてきたので、そこに疑問を投げかけたり異議申し立てするには、研究者のような鋭い視点が必要になります。ここ数年でSNSによって、結婚がもたらす男女の不均等が「違和感」として共有されるようになり、『逃げ恥』のテーマを受け入れる土壌が一般層にも整ってきたわけですが、地上波ドラマなのでリーチが広いあまり、主人公みくりの鋭い指摘に、「ん?」と戸惑う人も。女性によっては、結婚に純粋に憧れていたり、「わたし幸せに専業主婦やってますけど?」という人からすると、こういう議論自体が自分の立場を否定されることでもあるため、とてもデリケート。議論のテーブルについてもらうことすら難しいものなのです。

そこへいくと『逃げ恥』は、ラブコメの皮を被りつつ、結婚が内包する無数の性差別のなかでも「主婦による家事の無償労働」に焦点を絞ってその是非を問いかけているところが、本当によくできている。ついでに言うと本書も、家事の無償労働をめぐる夫へのレジスタンス(抵抗運動)を描いており、同じテーマを別角度から追及していると言えなくもない。

とにかく、結婚に埋め込まれた理不尽な性差別は、実際に結婚してみて、日常的に家事などの性別役割で心身を削られないと実感が湧かないし、実情がわからない。既婚者でも、そのあたりに鈍感であれば気づかずにいられるので、そもそもの問題として認識されない。そういう、不可視化されがちな結婚のトラップを、『逃げ恥』は見事に突いているわけで。しかも、ここが大事なのですが、イデオロギー先行の押し付けではなく、ラブコメとして本当に面白い。ともすれば重くなりがちな社会問題を軽やかに見せるなど、問題提起をエンターテイメントにまぶす手腕が本当に巧みで毎回惚れ惚れしてます。これで従来の、結婚しましためでたしめでたしに着地しては意味がない。これまでの物語の定型を打ち破る、斬新かつ納得のいくラストをきっと用意してくれているはず。ああ、待ちきれない。

男女逆転クリスマス

去る日曜日、新宿で夫と二人、クリスマスの買い物をしました。

まずはリニューアルしたBEAMS JAPANへ。夫が試着したスカジャンがすごく似合っていたので、「それクリスマスプレゼントに買ったげよっか？」と提案すると、「いいの⁉ まさかこれを買ってくれるなんて！」とめちゃくちゃうれしそう。そこそこ値段の張る品だったのですが、思えばこの一年、夫は家事をがんばっていた。ここ最近はとくにわたしがキャパオーバーな感じだったので、夫が家事の主力ですらあった。なのにわたしは毎週のように夫の愚痴をこうして世間様に向けて書いている。そんな贖罪の気持ちもあってスカジャンを購入しました。収穫があったことで二人の気持ちに弾みがつき、さらにお伊勢丹（新宿伊勢丹のこと）へはしご。夫は二階以上を見るのは初とのことで、「へ～ここがお伊勢丹か～」と、物見遊山な気持ちでエスカレーターをあがっていったのです。

一年でいちばん賑わう時期のお伊勢丹のキラキラ感に、夫は大変感銘を受けた様子。とりわけキッチングッズやリビング雑貨などが並ぶ五階が素晴らしく、わたしの財布の紐は緩みまくって、クリスマスツリーのオーナメントや部屋に飾るファブリックパネルを買い、気がつけば両手に紙袋が。一応「これどう思う?」と夫に意見を求めるものの、基本は自分が欲しいものだから自分で買います。スカジャンを含めるとすでにかなりの出費。金を使い疲れ、体力も消耗してきたので、お茶でも飲んで休憩することにしました。

わたしがブラックコーヒーを頼み、夫は「えーどれにしようかなー」と悩んだ挙句、あまおう(高級いちご)にシャンパンをかけた贅沢スイーツを注文。値段的にはコーヒーの倍くらい。スカジャンからこの時点まですべてわたしが支払っているせいか、シャンパンがかかったあまおうというチョイスと、それを頼むときの夫のちょっと気怠い感じが、どこかいけ好かない女風だったので、いきおいわたしは金のかかる女を連れて歩いているおじさんのような気持ちになり、「金ばっか使ってなんか疲弊感が半端ないな」と漏らしたところ、夫がくわっと居直り「男はそういうのを全部要求されてるんだよ!」とムキになってきました。

確かに、デートでお金を払うのは男の人という、これも性別役割というか、プレッシャーは根強い。とくにクリスマスはバブル以降、女に貢ぐのが正しい行いとばかり喧伝されてきました。「財布担当」という男側の立場に立ったことで、男はつらいよという気持ちの謎がとけた気がしたのでした。が、わたしは昔から一貫して割り勘主義。いまも生活費は折半だし、結婚するときも女房を養うという発想のなかった夫に、金づるにされる男の悲哀を主張される覚えはない！　伊勢丹のカフェでぎゃーぎゃー猛反論して、クリスマスデートは幕を閉じたのでした。

幸か不幸かぼく自身は生まれてこの方〝男子たるものこうあるべし！〟的な呪縛にはあまり囚われずに生きてきました。ホモソーシャル的な人づき合いは大の苦手だし、自慢じゃないけど人生における仕事のプライオリティは限りなく低く、出世？　自己実現？　なにそれ？　そんなことよりそろそろ散歩に最適な季節ですねえみたいな調子なので、妻の〝こいつ、わたしを養う気ゼロだな〟という直感は実際その通りだったわけです。

単行本収録『男のいいぶん』より

もしアラサーのときつき合ったのが、経済力があって女房養う系の男性だったら、小説家になる夢を追うのに疲れていたわたしは、あっさり結婚に逃げていたはず。彼に経済力がなく、女房を養う発想もなかったおかげで、結婚に逃げるというルートが消え、半ばヤケクソで夢を追いつづけ、数年かけてなんとか文筆でお金を稼げるようになり、経済的に自立してから結婚しました。いまも対等な経済力というベースがあってこそ、対等な関係性を堂々求められているわけで、お金はすべての基盤となるパワーなんだなぁとつくづく思います。だからこそ、男女間賃金格差は大問題だし、女性が結婚しないと生きていけない社会設計は女性差別的で、とても恐ろしい。全部つながっている！

ＢＩＧＢＡＮＧ最高

京都在住の友達の誘いで、ＢＩＧＢＡＮＧのコンサート（ｉｎ京セラドーム大阪）に行ってきました。

二〇〇三〜二〇〇六年にかけて滞在した京都時代にできた唯一の友達、きのこ（あだ名）。年齢は一回りほど離れているし、きのこは出会ったときすでに小学生の子どもがいる主婦さんでしたが、感覚的にはわたしよりはるかにヤングで、とても気が合いました。夢と現実のはざまで悶々としているわたしに、「東京に行きな」と背中を押してくれたのもきのこ。折々の相談に乗ってくれたのもきのこ。住む場所が離れてからもしょっちゅうスカイプで長話していたけれど、ここ数年はわたしのライフステージが激変したことで（死ぬほど暇な独身ニートから、死ぬほど忙しい作家兼主婦に）、きのことゆっくり話し込める時間もめっきり減ってしまっていたのでした。

そんなきのこから届く年賀状などに、ＢＩＧＢＡＮＧの切り抜きがあしらわれるようになった数年前から、「ついに韓流に手を出したんだな」と気づいてはいました。たまにＬＩＮＥで「元気？」と聞くと、「Ｇ-ＤＲＡＧＯＮがいるからなんとか生きてるよ」みたいな返信が来るなど、相当惚れ込んでいる様子。そして年末間近のある日、きのこからめずらしく長文のＬＩＮＥが。どうやら一緒にＢＩＧＢＡＮＧのコンサートに行くはずだった娘（もう成人してる！）に予定が入りドタキャンされてしまったとのこと。あまりにもさびしそうなので「わたしが行っちゃろうか？」と言うと、「マジですか⁉」と大喜び。そんなわけで、夫をほっぽり出して一人、京都〜大阪へと旅立ったのでした。

コンサートのあとは大阪にホテルを取って一泊したのですが、よく考えたら結婚してから友達とこんなふうにしっぽり過ごしたのははじめてかも。最近は休みの日となると常に夫とニコイチで行動していたし、話し相手は夫オンリー。そうなると、たとえば編集者さんと話していても、「夫がこんなこと言って」「夫がこんなことをして」なんて内容になりがちで、わたしの世界はどんだけ夫でできてんだ、わたし個人はどこいったんだよ！　というツッコミが自分に入ったりもしたのでした。結婚してたった三年で、わたしも夫のことしか話さないつまらない女に……。

久しぶりに自分の友達に会って、夫のことは忘れて過ごしたことで、妻という属性から解放され、個人に戻っているような感じがしました。作家という個性キツめの仕事を持っていてもこの有り様。まったく結婚生活の侵食性はエイリアン並みである。さすがに大晦日の前日に一人ぼっちにしたのは可哀想だったなぁと思ったり。ともあれ、年の瀬にBIGBANGに行かせてくれた夫はいい夫！

きのこの名言に、「結婚はイニシアチブの奪い合い」というのがあります。きのこが結婚についていろいろ教えてくれていたおかげで耳年増になり、なんとなく結婚の心構えができていたのは大きい。若いときは年上の友達が大事だ。そして歳を重ねると、今度は年下の友達が大事。ていうか、友達は大事。

結婚は、あまりにも女性の人生を丸ごと覆い尽くしてしまいます。結婚したとたん、生活に占める夫の割合は爆増して、女友達に割いていた時間が奪われていく。きのこともこのあとだんだん疎遠になってしまった。そしてBIGBANGにもいろいろあり……。

2017年

不調の連鎖

富山&名古屋のW実家に帰省したり、BIGBANGのコンサートに行ったりして疲れがたまっていたのか、二〇一七年がはじまってすぐ、ぶわーっと熱を出して一晩寝込んでしまいました。

外出先でブルッと悪寒に襲われ、これはヤバいぞと帰りにスーパーで発熱対策三種の神器（オレンジジュース、アイスクリーム、冷凍うどん）を買って帰宅。ところが布団に直行して安静モードに入るわたしに対し、夫は「え、もう寝るの？」と同情心ゼロ。夫、最近熱とか出してないからこの辛さがまったく他人事なんだな。こりゃあなにを言っても看病なんてしてくれないだろうと、ベッドの中から恨めしく夫の冷淡ぶりを分析していたのでした。

しかし数日後、夫がまったく同じ症状で発熱。このときの、わたしの看病は完璧であった。葛根湯を飲ませ、普段はTシャツで寝ているところをちゃんとしたパジャマに着替えさせて、風門（肩甲骨の間）にカイロを貼り（ほんとは就寝時に貼っちゃダメって書いてあるけど）、おでこには冷えピタ、脇の下とそけい部には保冷剤、水分を摂らせて、とにかく寝ろと指示。ところが熱があると苦しくてなかなか寝つけないもので、ときたま寝室をのぞいてチェックすると、夫はこの期に及んでまだスマホをいじっている。

「いやわかるよ、わたしも数日前に熱出したとき、寒いんだか暑いんだかわかんない上に全然寝つけなくて、しつこく本読んだりしちゃったもん。でもね、ちょっとでも寝たら熱はひゅーっと下がって驚くほど翌朝スッキリするから。我慢して寝なさい」

熟睡のためにとクイーンサイズのベッドは夫に独り占めさせてあげて、わたしは別室にマットレスを敷いて寝ることにしました。とにかくほんの数日前に自分が同じ状態だったので、いま彼がなにを欲しているか、どうするべきかが、手に取るようにわかる。一日寝たら熱も下がってすっかり回復した夫。さすがに、逆の立場だったときの自分の無情ぶりを反省したようでした。

しかし、またしてもわたしの方に異変が。熱こそないけどのどが痛くて、声がほとんど出せないのです。喋ると咳き込むので終始無言。夫とのコミュニケーションは表情と身振り手振りで押し通すことに。

最初のうちは「うるさい奴がいなくていい気味～」くらいの反応だった夫ですが、無言三日目になると、なんか元気ない。ムカつくことを言ったりふざけたりする人間がいないと、弾みがつかなくてさびしいみたいです。が、四日目にはまた違う反応が。なにを話しかけてもわたしが「顔芸」と「アメリカ人みたいなジェスチャー」でしか返してこないので、「あ～なんか腹立ってきた！」とワナワナしてる。

五日目にしてようやく病院へ行き、抗生物質を出してもらって、どうにか治りそうな気配を感じてます。占いによると今年のわたしは、健康に注意だそう。正月早々ひどい目に遭ったので、体調管理に命かけていきたいです。

看病スキルこそ人間力！

料理本への回帰

料理スキル最低ランクから出発したわたしですが、ようやくクックパッド依存から卒業しつつあります。冷蔵庫にあるものを見繕って自分でメニューを考案し、それなりに作れるようになってきました。

しかしすでに限界が見えてきています。わたしが考案し自作できるのはせいぜい、冷蔵庫にあるなんらかの肉と、野菜室に入っているなんらかの野菜を、和洋中いずれかの味付けで調理したメインおかず程度。そこそこ美味しいけど、圧倒的に喜びがない。

そこで原点回帰とばかり久しぶりに料理本を開いたところ、めくるめく上級料理が並んでいるのに興奮して、「家庭料理をレベルアップさせたい！」と思うに至ったのでした。

いまわたしがもっとも食べたい料理、それは『土鍋だから、おいしい料理』（PHP研究所）に載っていた「いかの洋風わた炒め」である。残ったソースにリングイネをからめてシメのパスタにするところとか最高！　しかしレシピには「スルメイカ大一ぱい」の文字が。近所のスーパーで売っているイカは、すでにわたを抜いたものしかないので、魚屋の入った大型スーパーに行ってスルメイカを入手しなくてはなりません。しかしこのところかなり切羽詰まった〆切状況のため、イカを求めてわざわざバスに乗り、大きなスーパーまで行く時間なんてない。でも食べたいぃ〜。

そこである日曜日、ふと見ると、夫がけっこう暇そうにレゴで遊んでいたので、「ちょっとイカ買ってきてよ」とお願いしたのでした。

正月に甥っ子たちとレゴで遊んだのが楽しかったので、わざわざ自分でもレゴを買い、黙々とパーツの仕分け作業をしている夫。イカを買ってくるのにこれほど適任の人物もいまい。そこで、「イカ買ってきてついでにこれ作って〜」と甘えたところ、夫は「え、寒いからヤダ」と一蹴。こうしてわたしのイカへの思いは打ち砕かれたのであった。

この無精者めと思いつつ、「寒い」ってことが食生活にじわじわと影響を与えているのは確かである。かつては週の半分くらい外食していたものの、最近は寒すぎて外に出る気も起きず出前を取ったりしていたのですが、その出前にも飽きて、自分が作る適当な料理にも飽きて、喜びのある上級家庭料理を目指すも、また寒さに屈するという負の連鎖。

あぁ、美味しいものが食べたい。けど、すべてはあったかくなったら。話はそれからだ。

ん？　このイカの土鍋料理の話、どっかにも書いたぞ？　自著をひっくり返したところ、ありましたありました。『あたしたちよくやってる』（幻冬舎文庫）にもこの「いかの洋風わた炒め」が食べたい（けどイカの入手が難しすぎる）話が載ってました。どんだけこのころ、イカに心を支配されていたのか。このあと、なんとかイカを入手して作ってみたのですが、思っていた味とちょっと違ってました。作り方が悪かったのか、イカが良くなかったか。

目指せ、家庭内男女平等！

二〇一三年秋にはじまったこの連載が、ついに本になります。当時はまだ同棲中で、『そのうち結婚するつもり日記』という若干投げやりなタイトルがつけられてました。

本では書名を『皿洗いするの、どっち？』に改め、同棲時代から結婚初期にかけてのエピソードを傑作選的に五十六話ピックアップし、トピックスごとに全七章に分けた構成に。副題が『目指せ、家庭内男女平等！』なので、ここはフェアに男側からの言い分も載せたいところですねと、編集者さんと相談の末、各章の最後には夫が書いた感想コラムが掲載されることになりました。

リアルタイムに日記形式で週に一本書き、掲載後はとくに読み返したりもしていなかったエッセイを、本のゲラ作業をするなかで客観的に読み直し、いろいろ思うところがありました。まずは自分の料理スキルの向上。同棲時代は料理が本当に苦痛で、「なんであたいがこんなことを」とムカムカしながら包丁を握っていたものですが、さすがに同居生活も五年を越えて必然的に料理もできるようになり、「面倒くさいけど嫌ではない」程度にはレベルアップ。「料理なんかしたくねえよぉ〜」と愚痴る四年前の己に、「がんばれマリコ。料理は慣れよ！」と励ましたい気持ちになりました。

同じように、夫の家事力も相当アップしているなぁと実感。一緒に住みはじめたばかりのころは、奴があまりにも家事をしないのにブチキレて、しょっちゅう春闘を起こしていました。家事分担の必要性を説き、平等化を要求。ちょっとずつ歩み寄りを見せるようになり、いまでは夫は自主的に洗濯物を干し、ルンバをかけ、食洗機をまわす等、わたしより家事をやっていると言っても過言ではありません。春闘やった甲斐があったなぁとしみじみ。しかも家事の負担がわたしに偏っていたときに比べて、シェア度が高いいまの方が、はるかに夫婦仲がよくて、断然毎日楽しいです。シェア万歳！

以前は主婦っぽい愚痴を吐いていたわたしですが、最近、逆転現象が起こりつつあります。執筆に追われて土日返上、ろくに夫との時間を持てなかったツケがたまり、「アタシと仕事とどっちが大事なのよ」的なクレームが、夫から日に三度くらいのペースで来ているのです。「もちろん夫の方が大事だよ。放っておいてごめんよ夫！」と言いたいところですが、正直に言うと心の中では「うるせえなあ、こっちは仕事で忙しいんだから、栄養たっぷりのメシでも作って俺の健康を支えてくれよ」というセリフがのどまで出かかっているという。つくづく、男女の問題も突き詰めれば、立場の問題なのだなぁと。

ワークライフバランスが問われる現代。今年こそは執筆ペースを落として、土日はガッツリ休んで、家族サービスに徹するぞ。目指せ！　脱・昭和のおじさんみたいなわたし。

このあと仕事のペースを落としたのは、わたしではなく夫の方であった。それにともない夫の家事負担率が増え、わたしの家庭内におけるおじさんポジションは盤石なものに。わたしのおじさんぶりを責めるときの夫は、本当にイキイキしてます。

ああ、『人生フルーツ』

ヤバいものを観ました。九十歳の建築家、津端修一さんと、妻の英子さん八十七歳の暮らしを綴ったドキュメンタリー映画『人生フルーツ』。愛知県春日井市のニュータウンの一角、こんもり茂った雑木林に囲まれた自宅の庭をキッチンガーデンにして、二人は野菜七十種、果物五十種を育てています。

最初は、ほっこりスローライフ系かぁ〜とうっすら斜に構えていたものの、夫婦のやり取りを見るなりわたしの氷の心はすぐに融解しました。ほっこりとかスローライフとかそういう嘘くさい言葉とは違う次元で、なんというか彼らは〝本物〟なのです。

修一さんの設計による平屋のおうち、英子さんの作る料理、庭仕事に精を出す二人の姿もさることながら、何気ない夫婦の会話やちょっとしたやり取りに、優しさとお互いへの敬意が溢れていて、思わず我が身を省み、恥ずかしくなるほどでした。比べると、日頃どうでもいいことですぐに言い争い、粗暴な口をきくわたしって……。あ、このシチュエーション、うちだったらいがみ合いになるところだ！　という場面でも、修一&英子は穏やかそのもの。たとえばリビングのテーブルの位置について。

修一さん「ぼくはテーブルの位置をもうちょっとこっちにやりたいんだけど」

英子さん「あたしはもっと奥にして窓から離したいの」

と微妙に意見が合わないのですが、それでケンカになったりはしない。これ、うちだったら確実に、めちゃくちゃ揉めるところなのに、この二人は笑ってやがる！　別にカメラの前だからいい顔しているわけではなく、ずっとこんな調子でやってきたんだろうなぁと思わせるナチュラルなやり取りに衝撃を受けました。同じ人間、同じ夫婦なのに、どうしてこうも違うのか？

観ていて思ったのが、二人の距離感の絶妙な遠さ。彼らはお互いをさん付けで呼び合い、ものすごくきちんとした、育ちのよさがにじみでるきれいな敬語で話します。敬語って、あくまで目上の人につかう言葉で、親しくなる段階で取っ払っていった方が仲良くなったように感じるものですが、恋人や夫婦の場合、タメ口を利きはじめると、争いごとが多くなる。猛烈な勢いで馴れ合って、「こういう部分も受け止めてよね」的な態度に出てしまい、感情もなんでも丸出しにして、我をぶつけ合ってしまう。わたしはそれを、関係性を深めることと同義だと思っているふしがありました。

修一&英子に感化されて、「（夫に対して）丁寧な暮らし」をいま密かに実践中なのですが、なかなか難しいです。なにより照れる。夫に優しくするなんて照れる。日頃の行いが悪いので、夫に優しくすると「貴様どういう魂胆だ」と言われる始末。

やはりうちは上品路線より、「仲良くケンカする」路線を貫くべきですな。

映画『人生フルーツ』はポリシーを貫き、日本では未DVD化で配信もなし。各地のミニシアターでの上映が続いています。興味のある方は公式サイトの劇場情報をチェックしてみてください。わたしももう一度観たい。

嗚呼、しんちゃん

夫のほぼ唯一の友だち、しんちゃん。われわれが同棲していた荻窪時代は、家が近いこともあってちょくちょく三人で飲んでいたのですが、家が遠くなった途端めっきりご無沙汰に。最後に会ったのは去年の夏の、新日本プロレスG1クライマックスin両国国技館でのこと。あれからもう半年かぁ。

そんなしんちゃんと久しぶりに三人でごはんを食べました。同学年ながら結婚歴がわれわれより長く、子持ちであるしんちゃんの語る家庭生活に興味深く耳を傾けます。曰く、共働きで二人とも忙しいとあって、妻と一緒にいる時間は睡眠を除くと、週七時間くらい、とのこと。週百時間は一緒にいるであろうわれわれ夫婦からすると衝撃的な少なさです。でもたしかに、二人とも外で働いているカップルが、一緒に住んでいても全然会わないというのはよく聞く話。しかし週七時間とは。こんなところでうちらとメシ食ってないで早く家帰れよ！　などと軽口を叩き合いながら、お造りの盛り合わせをもぐもぐつつきました。

わたしも夫も友だちが少ない方ですが、カップル単位でつき合いのある友だちというとしんちゃんだけ。そしてしんちゃんにもわれわれしかいないらしく、わたしたちが引っ越して家が遠くなったのはここ二年弱のことなのに、「君たちが引っ越して四～五年は経ってる気がする」とぽそり。そんなに長く感じるとはよっぽど寂しかったんだな、と同情しつつさらに近況を聞くと、サックスを買って一人で練習しているとのこと。だからそんなことしてないで家に帰れよ！　よくわからんが、家庭から疎外されている男の悲哀がビシビシ感じられました。それにしても同い年の男がもうこんな、山田太一のドラマみたいなことになっているとは。

とまあ、しんちゃんの家庭生活の話を、われらは余裕しゃくしゃくで聞いておったのです。たしかに荻窪同棲時代は三人で飲んでいる最中に、わたしと夫がガチでケンカをはじめて、険悪な空気のまま解散したりもしてました。しかし夫の急成長で家事が原因のケンカも減ったいま、われわれは週七時間しか顔を合わせていないしんちゃん夫婦よりも、俄然仲良しである。まだまだ新婚二年目ですから～と、余裕をかましていました。

雲行きが怪しくなったのはしんちゃんを見送ったあとのこと。夫は久々に楽しい酒だったのかえらく上機嫌で、バーにはしごしようと言い出しました。うわ、ヤダなぁ

〜と思いつつ、仕方なくつき合い、酔っ払いモードの夫を深夜三時まで相手するハメに。酔った夫は超ご機嫌で、本人はめちゃくちゃ楽しそうですが、こっちは完全に目が死んでる。翌日は夫のことがちょっと嫌いになって、丸一日冷たい態度で接してしまいました。

妻に嫌われ、家庭から疎外される男には、本人にそれなりの原因があるのだということを、わたしは身をもって確信したのであった。

虫がわいた家

冬も最初のうちはおニュー（死語か）のニットが着られてうれしいとか、寒さを楽しむ余裕があるけれど、さすがに終盤ともなると、完全に飽きてきてます。飽きるどころか体に疲れがどんより溜まっているのもわかるし、メンタルのトーンもなんだか曇り空。寒くて外に出たくないけど、ずっと家にいると気も滅入ってくるし。あ〜あ、早く春、来ねえかなぁ。

ベランダで細々とやっているガーデニングも冬の間は休眠状態。十月に植えたヒヤシンスの球根が緑の葉っぱを突き出しているものの、まだまだ花が咲く気配はなし。先日なんて、ハンギングバスケットに敷き詰めてあるヤシマットが巣作り目的であろうカラスに荒らされるなど、ろくなことがない。ここ数週間でやっとお花屋さんにコデマリやミモザといった春っぽい花が並ぶようになり、「キタァ――!!!」とちょっとだけ浮上しました。

夫婦二人とも植物好きですが、切り花を飾るのはわたしの担当で、室内にある観葉植物は夫が管理。ベランダで育てていた鉢も、ものによっては室内で冬越しさせるものもあるため、現在リビングの窓際はグリーンに占拠されています。あんまり日当たりが良くないし、暖房のせいでどうしても乾燥するからか、志半ばで命尽き、枯れてしまうものも。同じ植物でも切り花のほうは、枯れたら処分してまた新しく買えばいいけど、グリーンを育てるのは本当に難しそうで、よくやってるなぁ～あのじいさん(夫)、感心感心。しかし年が明けてしばらくしてから、どうも虫が出るようになってしまったのです。

リビングにいると、どこからともなく黒い点みたいな小さな羽虫が飛んできて、視界にチラチラする。なにしろ日に五回くらい顔にたかってくるから鬱陶しいったらない。蚊みたいに人間に害を与えるような虫ではないものの、植木鉢のどこかから虫がわいてると思うとげんなり。夫はいま、こいつらと闘っています。

ところが、虫の出どころがなかなかつかめず、あらゆる虫除けアイテムを駆使しているものの、いまだ根本解決には至っておらず、虫はわきつづけているのです。うげええ。わたしは顔に羽虫がたかってきても無視を決め込んでいるのですが、夫は本気でイライラして、パシッパシッと叩き潰しにかかり、殺せなかったら真顔で「チッキショー！」。あの温厚な夫が、のんびり屋の夫が、虫に対して全力で怒り狂っている！ そしてしまいには、こんなことを言い出しました。

「この虫、ちゃんと見えてる？ もしかして俺にしか見えていないのでは」

「大丈夫だよ！ 虫はちゃんといるよ！」

ああ、早く暖かくなって、ヒヤシンスとか咲いてくれないと。このままでは夫が、いもしない虫に神経を参らせつづけることに。いや、虫は本当にいるんですけどね。

このころ自宅に雑誌の取材が入ったことがあって、その撮影中にも虫はわいていた。編集者さんが「あ、虫」と言うたび、わいている事実を隠蔽しようと、「あれれ？ どこから入ってきたのかなぁ？」などと窓辺でとぼけ、一芝居打ったことがあります。あのときは恥ずかしかったな。

愛の考察

きっかけは『ラ・ラ・ランド』でした。マスコミ試写で先に観ていたわたしは夫に、公開されたら初日に一緒に観に行こうねと、三日に一度は踊ってアピール。自作の歌まで歌って日夜その気持ちを伝えていました。

ところが公開日が近づいてきても、夫は一向に『ラ・ラ・ランド』のチケットを予約しない。どうも公開の一週間くらい前から仕事が立て込んできたようで、週末の予定も仕事になりそうな気配が伝わってきます。『ラ・ラ・ランド』の試写から公開までの（わたしの）宣伝期間中、ずーっと暇そうにしていたのに、よりによってこの夕イミングで多忙になった夫。結局『ラ・ラ・ランド』の公開から一週間が経ったいまも、観に行けてません。仕事で忙しい夫を無理に映画館へ連れ出すわけにもいかず、仕方ないかと受け入れ、わたしも週末を仕事に費やしました。

そういう下地が出来上がっているなかで、ついさっき夫が、話の流れでわたしにこう言いました。「最近、妻の態度が冷たい」

「は？　貴様はなにを言っているのだ？」

こともあろうにそのとき、わたしは夕飯の支度をするため、仕事の手を止めて台所に立っていて、料理している最中だったのです。なのに、わたしの態度が冷たいと言う。お前それ、どういうことだよ。

「こないだの家具メーカーの倉庫セールだって、夫が当日になって行きたいとか言い出して、わたしが予定を変えて一緒に行ったでしょ？　いつもわたしがそっちの都合に合わせてることにはお気づきかしら？　なのにこっちが二ヶ月も前から『ラ・ラ・ランド』を一緒に観たいっつってんのにまだ行けてない。でも仕事なら仕方ないかと別に怒ったりはしてない。あたしがデートしたいデートしたいとアピールしても結局いつもそっちの要望を聞くことになって、こっちの行きたいところは全部後回し。いつもこっちがそちらにギブしてるってことがこうも積もり積もると、さすがに疲弊してくるんですわ！　それでどうしても険のある態度になってくるんですわ！」

という日頃の鬱憤を皮切りに、気がつけばわたしの独演は、夫曰く「俺の人格を否定する発言」にまで発展。わたしは演説モードに入ると「弾が切れるまで撃ちつづける」ため、夫が心のシャッターを二重に下ろしている中、わたしは喋りつづけたのであった。以下が、そのときの演説の概要です。

夫が最近「妻ぁ〜妻ぁ〜」と甘えてくるのは、あたしがあんたにとって都合のいい存在だからでしょ？　ごはんも作ってくれて家もきれいにして、不都合なところが全然ないから妻のこと愛してるとか思ってるんでしょう？　でもそれは自分にとって具合がいいからであって、現にわたしがこうして自我を炸裂させて不満を口にしただけであなたの顔は死んでいる、話も聞いてない、相槌も打たない、解決策を話し合おうという言葉もない。あんたはただ身の回りの世話をしてくれて、休みの日に自分の行きたいところに一緒に来てくれて、自分にとって都合のいいわたしが好きなだけ。外食だって八割の確率で夫の行きたい店に行ってる。わたしが食べたいものは次に回されてる。休日の予定もそう。あたしがいつから『ラ・ラ・ランド』のPRはじめたと思ってんだよ。最近の夫は自分の楽しみをわたしに提供させる一方の状態なの。逆に、仕事と家事に忙殺されているわたしを慰安するような提案、したことがありますか？　恋人時代のように自分からわたしに行きたいところをたずねたり、デートの誘いをしたことがありますか？　否！　夫はいつだって受け身で、自分ではそういうことなんにも考えない。妻の要望を叶えてあげよう、ケアしてあげようなんて微塵も考えてない。そして園児のように「わぁ、次はなにしてくれるのかなぁ。どんなところに遊びに連れてってくれるのかなぁ。どんなもの食べさせてくれるのかなぁ」って目をキラキラさせて待ってるだけなんだよ。ほら！　いま自分を園児にたとえられたら、ムフフって笑ったでしょ？　日本の男って自分を子ども扱いされると喜ぶんだよ。「妻ぁ～」は「ママぁ～」と同義！　自分を受け入れてくれる都合のいい女に甘えてるだけで、あんたたちはそれを愛と勘違いしてるの。頼むからいい加減、大人になってくれよ。そりゃあ昔に比べたら夫は家事やるようになったよ。そのへんの男に比べたらマシかもしれないよ。でもそれは家事参加が世界最低レベルの日本人男性の中での話であって、そもそも次元が低すぎるんだよ。夫婦の愛情なんて、自分に対して相手がどう接してくれるかで、すぐに変動する不確かなものでしょう。夫がわたしの要望に応えず、わたしのことをないがしろにしてたら、夫への態度が冷たくなるのは当たり前。夫だってわたしがこうして耳の痛いことを延々喋りつづけたら、それだけでもうわたしのことちょっと嫌いになってるでしょ？　だからこそお互いをケアし合って、相手のことを大事にしてますよっていう気持ちを、言葉や態度で示すことは大事なの。最近の夫はそれを怠って、自分だけお客さんみたいにサービス受けて、それでいて妻のことを愛していると錯覚している状態なの。夫はただの常連客なの！　以後ループ。

〜インターミッション〜　読者のみなさまはご休憩を。

PMS

口から火を噴くゴジラのように長尺の語りを終え、言いたいことをすべて出し切ったわたし。ふと見ると、夫は白目をむいて口から泡を吹いていました（比喩表現です）。

こういう死屍累々《ししるいるい》の事態が時たま起こります。わたし一人がひたすら怒って内面のモヤモヤを洗いざらいぶちまけ、一方、夫自身は貝のように口を閉ざし心も閉ざし、シャッターを全下ろしにして、完全にコミュニケーション拒否。ケンカというのは相手と意見が食い違って言い争うことだけど、これはただの、わたしの怒りの独演会なのです。そしてここがポイントなのですが、夫曰く「己の身を守るためになにも言わない」という対処が、わたしの怒りの炎に油を注いで、ますます膨れ上がっていくということ。こっちは話し合いたいのに、それを拒絶するような反応をするものだから、やり場のない怒りは爆発をくり返してしまう。自分でもそろそろ疲れてきたから怒るのをやめたいと思っているのに、きっかけがつかめなくて延焼、また延焼をくり返していく。覚醒&暴走するエヴァンゲリオンみたいな感じで、怒りをコントロールできないのは自分でも辛い。

夫は、とにかくその怒りを鎮めてくれ、話はそれからだとばかりに、映画館のサイトから『ラ・ラ・ランド』の座席を予約し、わたしの手を引っぱって駆け込みました。『ラ・ラ・ランド』が未見というのがケンカの原因となって、なんだかとんでもない状態になっているわけで、ひとまず処置を施そう、そうすれば機嫌も良くなるはずと踏んだようです。ところが『ラ・ラ・ランド』後に、さらなる悲劇が待ち受けていた。夫が『ラ・ラ・ランド』を、まったく気に入らなかったのです。

わたしが二ヶ月にわたって映画デートを夢見ていた作品を、夫が「うーん、全然乗れなかった。脚本が雑じゃない？」と言ったことで、MAX険悪な雰囲気に。まさか『ラ・ラ・ランド』で意見が割れたことで、「もう離婚だ！」という啖呵がノドまで出かかるなんて。一体どうしてしまったんだろう。映画の好みなんて人それぞれだし、そもそもわたし、なんでこんなに怒っているんだろうか？

翌日、生理が来て、その答えが判明しました。あれ、もしかしてこれ、ＰＭＳ（月経前症候群）だった？　これまで自覚していたＰＭＳの症状は頭痛だったので全然気づかなかったけれど、ここまで感情のコントロールができなくなるとは。調べたところＰＭＳの精神的症状として、イライラする、怒りっぽい、情緒不安定、家族や身近な人にやつあたりしてしまう、という項目がありました。このあと夫に平謝りで、己の暴れぶりを反省しました。至近距離からバズーカ砲を何度も撃って、ごめん夫。

たしかにＰＭＳの症状は情緒が乱れることもあるけど、女性のメンタルのバランスをなんでもかんでも生理に結びつけるのはよくないので、なんかいろいろ問題あるなぁと読み返しながら思いつつ、でもこういうケース（ＰＭＳで気持ちが荒れて夫への当たりがキツくなる）はこのころよくあったので、削らずに残しておきました。アラフォーになるとこういうことも減った気がします。ホルモンバランスの乱れは男女がともに抱える課題。この先、更年期が待っているので、いまから心の準備だけはしておこう。

ありがとう高級温泉

仕事がなかなか終わらずパソコンに向かっている深夜、気がつけば執筆の手は止まって温泉宿のサイトを徘徊、景気づけに一泊旅行の予約を入れていました。以来、三月のスケジュール帳のラストに燦然と輝く「箱根一泊」の文字がどれだけ心の支えになったか。年度末に温泉旅行があると思うと、どんなストレスにも耐えられるってもんです。

しかし、月末には終わっているべき仕事が、全然終わってない。どう考えても時間が足りてなくて、一時は温泉どころじゃないとキャンセルを考えたのですが、二〜三日〆切を延ばしてもらえばいいというレベルでもない。ワーク・ライフ・バランスが問われる昨今、個人事業主であるわたしは、ここは己のメンタルヘルスと大事な家族との時間を優先するべきと思い、東海道新幹線に飛び乗りました。

ゆるゆると昼過ぎに出発して、夕方ごろにチェックイン。観光などは一切せず、ひたすら宿にこもって冬の疲れを癒やす計画です。今回泊まるのはヴィラタイプなうえに内風呂付き。半地下への階段を降りるとヒノキの香りがぷぅ〜んと漂い、湧きっぱなしの温泉に二十四時間いつでも入れるという、桃源郷のような宿。

老舗でありながらリニューアルしたばかりなので、ヴィラの室内はどこもかしこもピッカピカ。床も壁も天然のアカマツが使われ、真っ白のバリッとした麻のシーツが気持ちよく、土間にはなんと暖炉まで完備。部屋をひと回りした夫がワナワナとつぶやきました。

「最高。でもここいくらしたの？」

やはり気づいたか夫。そう、ここは普段われわれが泊まる宿のランクより、お値段にして倍以上高い。予約をしたのが深夜でハイ状態だったのと、ストレスでややおかしくなっていたこともあり、分不相応な宿なのは承知の上で、予約したのでした。

「いいから！　ここはひとつ金のことは忘れて、温泉に浸かれるだけ浸かるんだ！」

半ばヤケで発破をかけ、豪快に素っ裸になるや、ひたすら内風呂に浸かりまくりました。あったまったら縁に腰かけて体を冷まし、またちゃぽーんと湯船に浸かるのをくり返します。「ハァ〜最高〜」「最高だ〜」それ以上の中身のある会話はなく、ただ黄桜のCMに出てくるカッパのようにひたすら水辺に棲息し、自分がヒトなのかサルなのかカッパなのかよくわからない境地に達するまで、とにかくずっと温泉に浸かっていました。部屋にはテレビもなく、新聞も届けられず、標高が高いので春先にもかかわらず雪が降り積もり、ますます世間から隔絶されている雰囲気の中、チェックアウトぎりぎりの時間まで粛々と風呂に浸かりつづけるわれら。当たり前ですがケンカも言い争いもなく、平和そのものでした。

また年度末にここにやって来てこの慰安会をしようと心に誓いました。ああ、そのためにもあのほっぽり出した〆切をなんとかしなければ。

若くてかわいい夫

夫婦といってても日常生活を営むだけでなく、おデートというハレの日をちゃんと用意しなければわたしは荒れる。ということを自覚し、今年の春は花見に力を入れました。近所の桜スポットを蕾の段階からチェックして、ほころびはじめたら毎日のように散歩へ。執筆に追われているとうっかり数日外に出ないこともあるので、集中的に春成分を摂取します。

できれば遠出して名所の桜を拝みたい。がしかし、箱根で羽目を外しすぎたこともあり、ここは自粛して近場の公園をうろうろするに止めねば。きれいに花をつけている桜のまわりには花見客が群がって写真を撮っているけど、なにせ近場なのでそこまでありがたがる気にもなれず、一応撮っとくかという感じで、セルフでツーショットを撮りました。インスタグラムに上げるわけでもない、誰にも見せることもない写真が、こうしてスマホの中にどんどん堆積していく。すべてのスナップ写真は、「わたしの人生にはこんな楽しい瞬間があったんです！」という証拠みたいなもの。若いころは自分がよく写っていたり、友達とウェイウェイやってる楽しげなシチュエーションの写真を残すことに執着したものです。写ルンです世代である自分はこれまで、数千単位のクズ写真を現像してきました。しかし、「人生に必要なアルバムは一冊」という極論に達し、かなりのスナップ写真を断捨離の名のもとに廃棄&実家送りにしました。いまや写真に対する執着は完全にゼロ。

そんなある日、夫の元に大量のスナップ写真が戻ってきました。長年、アルバム&フィルムの入った段ボール箱を押入れに突っ込んでいた夫。半年ほど前、その箱が大事な収納スペースを無駄に占領していることに気づいたらしく、データ化して現物を捨てる決意をしたのです。データ化サービスの会社に写真を送って、データと共にブツが送り返されてくるという仕組み。データ化したからもう捨てていいはずなのに、すっかり忘れたころに戻ってきた大量の紙焼き写真を名残惜しそうにまた取り出し……。それを横からひょいと見て、衝撃が走りました。写真に写っていた二十代前半の夫が、あまりにもかわいすぎて。

現在の夫もいいけど、若い夫はもっといい！「スナップ写真眺めて後ろなんか振り返ってちゃダメだね。そんなものより大事なのは収納スペース」と説き、あれだけ「捨てちまえ」とふっかけていたわたしが、二十代前半の夫の写真を漁りだします。金髪の夫、成人式でスーツを着ている夫、プールではしゃぐ夫、神社の前で「だっちゅーの」をしている謎シチュエーションの夫。ああ、若い。若くてかわいい！　厳選し、救出した夫写真。家中のフォトフレームをかき集めてヤング夫写真を飾りまくり、とりわけ仕事机の前には自分的にベストな一枚を設置しました。たとえ本人に腹を立てていても、若くてかわいい姿を見ると、大抵のことが許せる魔力、絶賛発揮中。

　このあとチチモが天に召されると、家中のフォトフレームはチチモ一色に。そしてわたしは気づきました。人んちやお店などに飾られている犬猫の写真、あの子たちはみんな、もうこの世にはいないのだということを。写真を飾っているってことは、そういうことなのだ。

二日酔いで改心

つき合いの悪さのせいか、ただ単に友達が少ないからか、花見シーズンにブルーシートでどんちゃん騒ぎ系のお花見に誘われることはまず皆無なのですが、心優しい先輩作家が自宅で開いているお花見に誘ってくれて、去る週末、同年代の小説家さんたちと交流を深めてきました。

〆切はどのくらいのペースで破っているのか、文字数は本当に厳守しているのか、

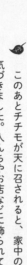

講演会の依頼が来たら謝礼の目安はおいくら位の額を提示しているのか、その際の交通費の請求は普通車かそれともグリーン車でもいいのか等。個人事業主にとってはなかなか得難い重要情報をふむふむと採集し、とてつもなく有意義な時間を過ごしました。普段、孤独に執筆している分、同業者と飲む酒は美味い。ワインをがぶがぶ飲みすぎて、帰るころにはけっこうな酒量に。タクシーに乗った瞬間「ウッ、完全に飲み過ぎた」と気づき、苦しい苦しいと唸りながら車に揺られること数十分。自宅にたどり着いたころには意識も朦朧で、服を脱ぎ捨ててベッドに直行しました。

化粧を落とさずに寝ると肌が死ぬ。ギリギリの自制心でメイク落としシートに手をのばし、最後の力を振り絞って眉毛などのポイントメイクをきゅっきゅっと落とすも、洗顔までする力は残っておらず、志半ばで絶命。その後、外で夕飯を食べてきた夫に発見されたわたしは寝たきりの状態で、「資生堂のオイデルミンをコットンに浸してわたしの肌を拭き取って」と、暗号のような指示を出しました。化粧を落とさずに寝ると肌が死ぬという格言が染み付きすぎたあまり、強迫観念のようになっているのです。が、夫には当然チンプンカンプン。「なにを言っているのかまったくわからん。もう少し詳しく！」「洗面台にあるレトロで上品な瓶に入ったピンク色の液体をコットンにつけてわたしの顔を拭って」。そうしてどうにかお肌を清潔な状態に保って就寝することができました。

案の定というか当然の報いというべきか、翌日は猛烈な二日酔いで、ベッドから起き上がることもままならない。二日酔いの辛さをよく知る夫は、朝イチでアクエリアスを買ってきてくれたり、ハイチオールCを飲ませてくれるなど、献身的な看護をしてくれました。日頃そこまで深酒をしないので、二日酔いになったことも人生で数回しかなく、その辛さをいまいちわかっていなかった。だから数ヶ月前、夫が上機嫌に酔っ払ったあげく、次の日二日酔いで具合悪そうだったときも同情ゼロで、あろうことか「夫のことがちょっと嫌いになって、丸一日冷たい態度で接してしまいました」などとこの連載に書く始末。二日酔いで辛い夫にそんな仕打ちをしてたとは。わたし鬼だわ。

やはり人間、同じ痛みを知ってこそ他人に優しくなれるものなんだなぁとしみじみ。次に夫が二日酔いになったときは優しく世話しようと、めずらしく改心しました。

看病スキルは人間力（二回目）！

いつものパターン

いまのマンションに引っ越して二年。飽きっぽい性格なのでそろそろインテリアにテコ入れをしたいなぁと、模様替えの虫がうずいてきました。しかも厄介なことに、ちょっとした配置換え程度の生ぬるい模様替えでは気が収まりそうにありません。

そもそも、引っ越し当初から寝室の床にカーペットを敷きたいという話は、しょっちゅう夫にしていました。フローリングの床は寒々しい、カーペットを敷けば暖かいし、落ち着いた雰囲気になるし、ほこりも目立たないし、いいこと尽くめだよと、折にふれてアピールしていたのです。しかし……（ここから先の展開は幾度となく繰返されてもはやパターン化しているので、書くのもはばかられるのですが、書きます）。

夫は当初、カーペットに難色を示しました。わたしが「金持ちの家に敷き詰められてるような、目が詰まってしっとりした、厚手のカーペットを敷きたい」と夢を語り、せっせとサンプル請求しても、夫はのらりくらりした態度で、なんやかんやと決断を先延ばしにし、言い逃れを繰り返してきたのです。そのたびに絶望しながら天を仰ぎ、勝手に発注してやろうかなと思ったことも数知れず。

でも、それができない理由があるわけで。うちは財布が別なこともあって、日頃は経済的に自立した一個人としての暮らしを謳歌しているのですが、カーペットに関しては悔しいかな、隷属的にならざるを得ないのです。なぜか。発注の際に必須である部屋の採寸が、二人いないとできないから。しかし面倒くさがり屋の夫を動かすことは、道端のお地蔵さんに「歩け！」と言うようなものなのであった。

年頭になんとか採寸までこぎ着けたものの、今度はカーペットの種類を選べなくて保留状態が続いていました。ようやくこれだというものを選び、じゃあ発注お願いねと頼んだところ、夫曰く「高い買い物するのが辛くて」と、そこからさらに一ヶ月も放置されてしまった。業を煮やしたわたしが「これで払ってくれ」とクレジットカードを託しても、なお購入ボタンを押すのは「精神的に無理」だそうで、結局最後はわたしが発注。先日、やっと届いたカーペットを二人で敷き、素晴らしくいい感じになった寝室を見回して夫は、何事もなかったように無邪気に言いました。

「カーペットって最高だね！」

夫と暮らすとは、一事が万事こういうことなのである。

園芸二年生

ゴールデンウィークにやろうと思っていたこと、衣替え（ニット類の洗濯）とベランダ園芸の本格始動。今年は西日対策として、オカワカメとフウセンカズラのグリーンカーテンに挑戦しようと意気込んでいます。それにはまず、咲き終わったヒヤシンスの球根を掘り上げなくては。

冬の間はただの枯れ木だったベランダの植物も、五月が近づくにつれいっせいに芽が吹き出し、てっきり死んだと思って諦めていたアジサイが新鮮な葉っぱをつけるのを目にしては、「ああ、春って素晴らしいなぁ」と胸いっぱいの今日このごろ。ある晴れた日、居ても立ってもいられずプランターを掘り返して、せっせと土をふるいにかけはじめました。

黙々とふるいをかけながらも、わたしは不安でした。なぜなら、土の再利用のやり方をあんまりわかっていないから。去年はベランダ園芸一年生だったので、プランターから鉢底石、園芸用の土まで、すべて新品でした。ところが二年生となった今年はすべてがお古。とりわけ土は、一度使えば確実に栄養が失われており、二年目からは再利用となるそう。というわけで、ふるいにかけて根っこなどを取り除いて、さらに消毒しなくてはいけない。日光に当てる方法がいちばん簡単らしいのですが、天日干しできるほど広いスペースのない場合は、黒いビニール袋に土を入れて水をかけ、直射日光に一週間ほど当てるやり方が推奨されていました。

見切り発車ではじめてしまい、土で汚れた手でスマホ検索し、黒いビニール袋なんて用意してないよと、途方に暮れるわたし。あまりの段取りの悪さに眉根を寄せる夫が「どっちみちこのベランダじゃ狭すぎて無理だから、住民共用スペースである屋上でやれば?」とアドバイスし、「ほかにも消毒が必要な土があるんじゃないの?」と、園芸グッズを入れている棚を開けた瞬間……。

そこには世にもおぞましい、戦慄の光景が広がっていました。去年買って使わなかった新品の園芸土袋のまわりに、無数の羽虫の死骸が！　遡ること二月、この連載で「どこかから虫がわいている。夫が管理している鉢があやしい」と、さも夫のせいみたいに書いていたあの虫！　その出どころがついに突き止められ、完全にわたしの失態であったことが発覚したのであります。土を買いすぎたのはわたし。その土を室内の棚（ベランダのすぐそば）に押し込めて冬の間、無視しつづけていたのもわたし。虫をわかせた犯人はわたしであった。なんかそんな気はしてたんだけど、ついに向き合うときが来たか。

土の再利用どころか、新品の土すら利用できなくなったことで、ゴールデンウィークのベランダ計画は大いに狂いました。土はおいそれとゴミに出せないため、専門業者に回収しに来てもらわなければならない。

すべては連休が明けて、回収の予約ができてから。話はそれからだ。

キャラ交換

新婚の人に「家事分担どう？」とたずねて回り、「彼なにもしないんですよー」という不満を採集するのがライフワークのようになっているのですが、ときどき従来のパターン(妻の家事負担が九割)に陥っていない新時代の夫婦に出くわします。パートナーと一緒に住みはじめて一年という知人は、「結婚とっても良いです」とニッコリ。「そのこころは?」と訊くと、食事はすべて料理好きの夫氏が用意しているそうなのです。「料理さえしてくれたらまったく問題ないです。掃除や洗濯はわたしがやるけど、それは苦じゃないので」と、ノーストレスであることを証言していました。得意分野に絞った完全分業制は揉めないという、素晴らしいモデルケースであります。

うちの夫もわたしに比べれば料理好きではあるものの、なにも言わずに毎日ごはん作って待っててくれるわけではなく、こちらから要請しない限り登板することはほぼなし。忙しくて外食つづきのある日、このままじゃ体(と財布)がもたないと思い、わたしは「土井先生が提唱する一汁一菜を実践する」と宣言しました。これまでは「ごはん・味噌汁・メインおかず・副菜二品」くらいを目安に献立を考えていたけれど、仕事中心の日々でその品数を作るのは過酷、自分の首を絞めているだけだと気づきました。年々食べる量も減り、土井善晴先生の本『一汁一菜でよいという提案』(新潮文庫)に書いてあったとおり「ごはん・味噌汁(具だくさん)・漬物」だけでほとんどお腹いっぱいになってしまうんだし、それでいいじゃないかと目標を下方修正したのです。

しかし食べるのが好きな夫にその提案はややラジカル過ぎたのか、「だったら俺が作るってことにしよう」と言い出しました。「料理をしないのはそれが自分の仕事だっていう認識が薄くてプレッシャーがかかってないから。自分が毎日するものだって決めてあった方がやりやすい」とのこと。やったぁ！　図らずも冒頭の新婚さんと同じスタイルに落ち着くことになり、わたしはホクホクでした。

そうして二日ほど続けて夫が夜ごはんを作ってくれました。一日だけならときどきあるけど、二日連続は快挙！　ありがてえです。料理してくれるならほかの家事はわたしが、と思っていたのに、なぜかその二日間、洗濯も風呂掃除もルンバかけるのも、夫が自主的にやってくれました。

夢のような話です。が、家事分担が妻1：夫9となった瞬間、わたしの態度がおかしくなりました。「すいませんねえ、お世話になってばかりで、誠に申し訳ない」と演技過剰にへりくだり、いつもの自分ではなくなってしまった。一方、夫はどこか冷たい態度で淡々と家事をこなし、本心を覆い隠したような顔でツンケンしています。家事分担率が男女逆転した途端、キャラクターまで入れ替わってしまった。

三日目、外食にしたら、二人のキャラは無事元に戻りました。

家事を押し付けられている代わりに大きな態度でフェミニズム的主張をするわたしから、ごはんを作ってもらっているわたしに転落したとたん、へーこらへーこら、腰の低い情けないキャラクターになってしまった。そしていま、夕飯時は基本的に後者の、腰の低い人として食卓についてます。

アテンド体質

ゴールデンウィークに旅行すると人が多いしホテル代も高い。しかし一年でいちばん過ごしやすい五月。せっかくだからどこか遠くへ行きたい。というわけで、京都にサクッと一泊旅行を計画しました。上京する前に三年ほど住んでいた縁のある街でありながら、夫と行くのはこれが初めてです。

「行ってみたいところは?」と事前調査したところ、夫からの回答は特になし。そもそも夫は、ある朝目が覚めたら自分が京都に旅行することになっていたので(深夜わたしが急に思い立ってホテルを予約したから)、行ってみたいもなにも、という感じ。「しいて言うなら?」と食い下がって唯一出てきたのが、東華菜館という北京料理店でした。

東華菜館本店は、四条大橋のたもとに突如として現れるスパニッシュ・バロック調の豪奢な洋風建築。純和風の建物が連なる鴨川沿いにあってかなり異様な感じなので、はじめて見る人は度肝を抜かれます。大正十五年竣工のレトロ建築を当時の姿のまま維持している現役のお店ですが、三年京都にいても中に入ったことがなかった。なにしろランドマーク的に目にしていたので文字通りスルーしていたのと、門構えからして高級な威圧感に満ちているため、当時二十代前半だったわたしが気軽に入れるような店ではなかったのです。でも、三十代半ばのいまなら東華菜館でランチくらいは食べられる！　というわけで、十二時きっかりに予約を入れておきました。

京都駅に着いてから鴨川沿いを歩きつつ、四条を目指します。せっかくの旅なので、限られた時間内にできるだけたくさんのもの（わたしがかつて住んだ思い出のアパート等）を夫に見てほしい。無駄なくスムーズに、東華菜館に十二時ジャストに着く行程を頭の片隅で逆算しながら歩きます。そう、わたしはアテンド係であると同時にタイムキーパー。旅先では常に引率の先生のように、夫を案内する役目なのです。

ましてや今回は土地勘と思い出のある京都なので、いつも以上にアテンドに気合いが入ります。時間ピッタリに到着した東華菜館、目的は建築物鑑賞だったのですが、料理も驚くほど美味しく、接客も素晴らしかったことで夫がご機嫌なのを見て、「よしよし」とほくそ笑むなど、気がつけば自分が楽しむこと以上に夫の楽しみ具合を気にしてしまう。一瞬、わたしもたまにはアテンドされたい！　なんだこの損な役回りは！　と思ったのですが、そろそろ認めざるをえません。自分が根っからのアテンド体質であることを。そして夫が正真正銘の、お客様体質であることを。

例外的に、二人が力を合わせて旅している感が出るのは、どちらもストレンジャーと化す海外旅行のみ。当面はその予定がないので、国内旅行におけるわたしの引率業務は続くのであった。

東華菜館には行けなかったあのころ、よく行ってたのはその斜向かい、木屋町通の角にある、不二家のレストランでした。久々に京都に行くとマツモトキヨシに変わっていてショックだった。東華菜館に限らず、京都の中華はお酢を上手に使って独特のさっぱりした味付けがとても美味しいです。

海外出張

先日、雑誌「婦人画報」からはじめての原稿依頼が来ました。内容は、海外旅行に行って写真の被写体になりつつ、感想をしたためる紀行もの。仕事上のマイルールとして、はじめての媒体からの依頼はなるべく断らないようにしているのですが、にしても人生初の海外出張とは、ハードルが少々高い。

愛猫チチモのお世話を夫に押し付けて行くのも気が引けるけど、この依頼に乗らなけりゃ行く機会もないだろう土地だし、行ってみたい気持ちももちろんあります。夫に「行ってもいい？」と訊くと、最初は「う、五泊六日も⁉　長い！」とショックを受けた様子でした。なにしろ夫、わたしが出張で家を空けるたび、不摂生のせいで顔に吹き出物をこさえるほど、一人暮らし能力の低下が著しいので。最近のわたしは、はっきり言って大した家事はしていないのですが、それでも「いる」だけで、夫の生活が健康的&文化的に保たれているのはもはや疑いようがありません。夫は基本的な家事能力はあるにもかかわらず、わたしがいないと、死ぬ。

一昔前なら「夫の世話をほっぽりだして妻が海外出張だぁ～？　ダメだダメだぁ！」（亭主関白のイメージ）となるんだろうけど、夫は「うっ、でも、行っておいで。行って見聞を広めておいで」と快く（とても辛そうに）送り出してくれました。ああ、優しい夫！　なんとか五泊六日の一人暮らしを乗り切ってくれ！

そうしてかくかくしかじかあって日本に帰って来た今日。成田空港から戻る時間をあらかじめLINEしてあったにもかかわらず（あれだけわたしの不在を嘆いていたにもかかわらず）夫、とくに迎えになどは来ず。そもそも出発の日の朝も夫は寝ていて、むにゃむにゃしながら「いってらっしゃい」と半目で言うだけでした。うちのマンションにはエレベーターがないから、せめてスーツケースを下まで降ろすのはやってほしいって、あれだけ言ってたのに。夫はわたしに、好き勝手させてくれるという意味ではとても優しいけれど、ホスピタリティという面ではまったく優しくないのであった。

さて、帰国して家に直帰し荷物をほどきつつ、土産話もそこそこに夫にたずねました。「わたしがいない間どうだった?」。すると一言、「無」という返答が。なんかその無、想像がつく。食生活については、「極限まで腹が減らない限り空腹を無視してた。夜は酒ばっかり飲んじゃうし、一日一食だった」とのこと。なんだその最悪な生活は。わたしがいれば、「あ、大変、お腹が空きそう! 今日のごはんどうする?」と警報を鳴らすのですが、いないと自分の体が発する危険信号すら無視してしまうのが、男性というものなんでしょうか。にしても、普段あんなに食にうるさいくせに、一人じゃ食べないなんて詐欺だ。

実は今月、〝缶詰〟で何日か家を空けて某所に籠もるため、三分の一くらい不在なんです。大丈夫かなぁ、夫。あと、チチモも。

アウトソーシング攻略への道

数ヶ月前からメールの返信やスケジュール調整などの煩雑な事務を、オンライン上の秘書サービスにアウトソーシングしています。そのオンラインサービス、月〇〇時間のサービス時間に対し〇〇万円という定額プランなのですが、たまに時間を消化しきれないことがあり、先日こんな提案を受けました。

「今月は作業時間が大幅に余っているので、家事代行サービスを派遣する形でペイすることもできますが、どうしますか？」

諸外国では、共働き家庭（もしくはお金持ち家庭）に家政婦さんがいるのは当たり前だし、アメリカ映画なんかではティーンエージャーがベビーシッターで小遣い稼ぎしたりしていますが、日本ではまだまだ一般家庭でカジュアルに取り入れられてはいません。普及していない原因は、核家族化以降、家庭の中に他人を入れるのを嫌がったり、主婦が家事を背負い込んでがんばる傾向があるため、なんて言われています。

昨今たまに、妻と夫が両輪となって仕事と家事＆子育てを両立している家庭の話を耳にするのですが、ちょっと聞けばかなりの過労状態で、真似したら死ぬレベルだったりも。女性の就業率のアップに比例して、遠からず家事をアウトソーシングするのが当然の社会が来ることが予想されます。そんなわけで、生まれてはじめて家事代行サービス、受けてみることにしました。

その日の朝、ドキドキしながら掃除スタッフの女性を待ちました。ピンポンが鳴るなりわたしは、ホテルのベルボーイのような慇懃さで、派遣されてきたスタッフ女性

（年上、美人、一見してリーダータイプ）にペコペコご挨拶。さっそく風呂場にご案内し、汚れ箇所を説明するのですが、「こんなこと頼んで申し訳ございません」と土下座でもしそうな勢いで、できれば排水口もやってほしい気持ちを伝えます。仕事部屋に戻って仕事をする間、なんだか気もそぞろであまりはかどらず。早く終わったのでほかにすることはありませんかと訊かれるも、「もう充分です大丈夫です！」と、時間を残して追い返す恰好に。

家事を家族以外の第三者にやってもらうことの心理的ハードルの高さは言わずもがな、自分が人を使うのに、心底慣れていない（&向いていない）ことを痛感した四時間でした。わたしもやりづらかったけど、掃除スタッフの女性も相当やりづらかったに違いない。

考えてみると性格上、オンライン秘書さんに対してもいまだに遠慮気味だったりするので、対面で人に指示を出すのに自分が慣れる日が来るとは思えません。「家事って大変！　日本ももっとアウトソーシングすべきよね～」とか言いがちな自分こそ、もっと変わるべきなのを思い知りました。

連載終了記念インタビュー

今年二月にこの連載が本になり一区切りついたこともあって、残り三回でひとまず店じまいすることになりました。連載開始は二〇一三年の九月だから、はじまったときはまだ三十二歳だったのか。

あれは四年前の夏のこと、突然「ａｎ・ａｎ」から連載依頼のメールが来て、当時まだデビュー一年目だったわたしは飛びついて快諾し、さてどんなテーマで書こうか考えあぐねました。ちょうど同棲して二年ほど経っていたこともあり、「メンズと暮らすこと」をテーマに、彼氏／夫との家事闘争ぶりなどを書くことにしたのでした。

連載中に結婚し夫となった一般男性とは、現在も大変仲良く暮らしております。連載を締めくくるべくもう一人の主役である夫にインタビューしてきたので、よかったらお聞きください。

――「ａｎ・ａｎ」の連載、どうだった？

「えー。やだよ。いまその連載がはじまるって言われたら断るよ。当時のあなたの浅いキャリアで『ａｎ・ａｎ』というビッグネームでの連載が決まったって言うから、せっかくだし仕方なく許した感じはあるけど。そもそも私、自分のことを人に知られるのが大嫌いなので」

――夫は控え目な人物だからね。でも四年も続いてたから慣れたのでは？

「無です。なにも感じてません」

――そういえば単行本で夫が書いたコラム、評判だったよ。美文家だと一部で絶賛されてた。

「そんなのどうせ関係者のおべっかでしょ？　ど～こで～壊れた～のオーフレンズ♪」

――へ？

「おべっかからのレベッカでした」

――夫はこういう人なんですよ！　ところで夫、こないだいいこと言ってたね。自分はごはん作らなきゃっていうプレッシャーが一切ないから、いっそのこと料理は自分の持ち場って決めた方がいいんじゃないかって。夫から提案してくれてた。あれ、どうなりましたか？

「んー。いい提案だとは思ったんだけど、実行するのは難しいよね。でも、出前のオーダーは積極的にやってます」

――わたしも最近はもっぱら一汁一菜主義だし、食事の手は抜いてるけど、夫はそのことにクレームつけたりしないしね。

「うん、だって、別に、美味しいし、それで量も足りるから。まずいもの出されたら文句言いますけど」

――いまこの簡易インタビューの合間にも、夫はゴミを集める作業をやってくれてる。最近は家事が原因でケンカすることはほとんどなくなりました。むしろ、わたしは「やってる感」出してるけど、夫は出してないから、夫の方が偉いと思う。

「思う〜」

――わたしこの連載終わったら、家庭生活をどこにも晒す必要がなくなって、弛緩しきってしまいそうなんだけど、夫はそういうことある？

「これ以上どう弛緩するというのですか」

以上、連載終了記念インタビューでした！

愛しのチチモ、八十歳！

連載も残り二回。なにか書き残したことあったっけと考えて、大事なことが思い浮かびました。御年十六歳になる、愛猫チチモのことを書いておかなくては！　子猫だった彼女を拾ったのが二〇〇一年。同時多発テロ事件の直後のことでした。その後十年に及んだ二人暮らしに割って入る形で、夫が同居生活に参入したのが二〇一一年のこと。当然、チチモは夫を毛嫌いしました。

ノラ猫時代に苦労しているからか、警戒心が強く、滅多なことでは人に心を許さないチチモ。幼少期の体験が特異な性格を形成したのか、昔から一貫してエキセントリックな子でした。至福の表情で撫でられていたかと思った次の瞬間、「そこさわんな！」と牙をむいてガブッと噛んでくることがあり、わたしはこれをやられるたび「お前ぇ」と本気でムッとします。さっきまで精魂込めて撫でさすり、尽くしていた人間への恩など一切なくガブッなので、心が折れる。夫も何度となくやられていて、そのたびに「なんて猫だ」「飼い主の躾けが悪い！」と言っていたものですが、二年三年と経つうちに、自然と和解してました。よかったぁ。

ほかにもチチモはこちらの人間性を試すようなことを頻繁に仕掛けてきます。自分に注意を向けて撫でてくれるまでしつこく鳴くのはお決まりですが、その鳴き方に芸があり、か細い声で可愛らしく「ミャーミャー」と絞り出していたのが、突如、最後っ屁のように「ぎゃあぁぁ〜！」と絶叫したり、笑わせてくれます。カーペットの上を悠然と歩いてきて絶妙な位置取りでパタッと倒れ、尻尾で床をペシンペシン叩き、無言で腰ポンをせがむときの態度など最高。猫はきっとみんなそうですが、コメディーセンスが天才的。そんなとき一緒に笑い合える相手（夫）がいるのは、とても楽しいです。

おちゃめが毛皮を着ているようなチチモも、二年前に乳がん摘出の大手術を受け、今年に入ってまたしこりが見つかりました。人間でいうなら八十歳となり、病気もあってか、衰えを感じるように。歩き方もヨタヨタしているし、食事の量も減り、体重を維持するのが大変です。もともと体が小さく三キロしかなかったのが、二キロ台前半となり、腰のあたりがこけているのは、見るだにせつない。最近は通称「天《あま》の岩《いわ》戸《と》」と呼ばれる夏場のお気に入りスポット（クローゼットの隅）からまったく出てこない日もあります。

なのでヨタヨタ出てきてくれると「うわぁあ、モーちゃん、いらっしゃぁーい！」と全力で歓待します。頭の片隅には、いつかチチモが天の岩戸から出てこなくなる時のことがチラついて、できるだけのことをしなければと思う。ああでも、無尽蔵に腰ポンをせがまれると、さすがに疲れが。仕事に追われて満足に構ってやれない日もあります。そんなとき夫が「じゃあわたしが代わりに」と言って、チチモの好物のモンプチ・クリスピーキッスを手から食べさせ、なでなでしているのを見ると、心の中で柏手を打って感謝。

チチモと一緒に過ごせる日常を、ことのほか愛しんでいる毎日です。

このときまではなんとか元気でしたが、秋になり、寒さが日毎に強まっていくのに比例するように弱っていき、冬のはじめにチチモはこの世を去りました。チチモはわたしたちの心の中に、（そしてときたまイラストレーターさんにお願いして描いてもらう形で）いまも生きつづけています。

親友たちよ

ついに最終回。全百八十五回に及んだ連載も、これがラストです。ここはひとつしんみり振り返りたいところですが、結婚生活はまだ三年目で、いかんせん歴史が浅すぎる。それに連載は終わっても生活は続くので、いまいち感慨が湧きません。じゃあなにがよぎったかと言うと、親友たちのことでした。

いま、夫との結婚生活が曲がりなりにもうまくいっていて、時々ケンカしつつもその都度仲直りし、いい関係を作ってこられているのは、ほかでもなく、親友たちのおかげだったなぁと思うのです。大学時代に出会ったあもちゃん、京都時代に出会ったきのこ。彼女たちとのめぐり会いなくして、いまの夫との関係は築けなかった。わたしは親友とのつき合いを通して、心の開き方を知り、腹を割ったコミュニケーションの歓びを味わい、関係性を深めたり、ときには加減したりといった術《すべ》を学んでいったのでした。

相手を知り、自分を知り、お互いを受け容れ合う。愛し、尊重し、褒める！　心にもやもやがたまったら押し殺したりせず、心の内をちゃんと言う。そうしてさらに仲良くなっていく。出会ったときはよく知らない他人だった人が、いつの間にかかけがえのない存在になっている。そういうプロセスを、彼女たちとのつき合いを通して経験していたからこそ、いま夫ともごく自然に、うまくやれているのだと思います。ゲラゲラ笑いながら楽しく生活できているのは、かつて彼女たちとそのようにつき合ってきたからにほかなりません。

思うに、これだけ密につき合える相手というのは、その時々で一人しかいない。いまその席には夫が座っていて、キャパシティの九割が埋まっている状態。悲しいかなそれは同時に、親友たちとは疎遠になってしまったことを意味します。住む街も違うし、立場も環境も違う。みんなそれぞれに忙しく、たまに話したいと思っても、割ける時間はめっきり減りました。

でも、だからと言って縁が切れたかというとそうでもなくて、とくに連絡を取り合わなくても「元気かなぁ」と相手を思い、誕生日にはプレゼントを送って、「お互いがんばろうぜ」とメッセージを投げかけ合う。それで充分な関係性を築いてこられたという自負があるから大丈夫なのです。

いまも、緊急を要するSOSの電話をキャッチしてくれて、しょうもない愚痴を聞いてアドバイスしてくれる彼女たちに、改めて感謝を。そして読んでくださったみなさんにも！　四年間ありがとうございました。またどこかで。

相手が女か男かに限らず、昔から一対一のしっぽりした関係が落ち着くタイプでした。結婚も、一人の人と深くつき合うという意味では同じなので、わたし案外結婚に向いていたのかも、と思わなくもない今日このごろです。この十年ずっと仲良くしている無二の親友、それが夫なのです。

おわりに

連載途中で単行本化したため、いつか文庫化するときはもとの日記形式に戻して完全版の形にしたいな、となんとなく考えていました。その〝いつか〟がまさか十年先になるとは、そのころは考えもしなかったけれど。

この連載をはじめた時点では、世の中でジェンダーへの問題意識が語られることはほぼなく、雑誌にはまだ「モテ」なんて言葉が躍っていました。わたしはまるでスパイの気分で「ａｎ・ａｎ」の片隅に生息、愚痴っぽい日記という体裁をとりつつ、フェミニズムの入口になるような読み物を目指しました。

二〇〇〇年代から二〇一〇年代にかけて、日本が停滞し保守化する一方の時代を生きた若い女性たちの多くは、フェミニズム的な気づきとは無縁で生きていました。わたしもその一人です。モテファッションの真似をしていたわたしが「この社会はなにかおかしい」と思うようになったのは、二十代も後半になってから。手探りでフェミニズムの本にアクセスして、なるほどこういうことだったのかと、世の中の理不尽な構造がすっかり腑に落ちたのは、三十歳を過ぎてからでした。

なので、かつての自分のような〝普通〟の女性たちのジェンダーへの意識が、どのあたりにあるかはなんとなくわかる。彼女たちにも意図が伝わるよう気を回して書くあまり、その配慮がいま読むとちょっと鈍臭く、切れ味悪くて、SNSに溢れる本題だけずばっと言い切る物言いに慣れた人には退屈に感じられるかも。などと心配もしながら、加筆修正していきました。

しかし繰り返されたフェミ的交渉（もしくは闘争）によって、ぼくの中に当事者意識が芽生えたのも事実です。女性が一体全体何に怒り、何を求めているのか。ぼくをはじめ多くの日本人男性はそれを理解する能力に長けているとは言えません。しかし彼女はその男女の溝をとにかく話し合いで埋めようとします。コミュニケーションの鬼です。不機嫌な空気をジワジワと充満させて「何怒ってるの？」と聞かれるのを待つようなまどろっこしい戦法を彼女は好みません。全ての要求は言語化され繰り返し執拗に投げ付けられるのです。おかげで互いの主張は次第に擦り合わされて来たのか、ずいぶんケンカは減りました。しかし時にあまりに理不尽な要求を聞きながら目が死ぬこともまだあります。よくあります。

単行本収録『男のいいぶん』より

社会をよりよく変えることは難しい。自分の結婚相手にすら、変わってもらうことはこれほどまでに難しいのだから。でも、バカ正直に何度も衝突したことで、夫がこちらの考えを理解し、少しずつでも変わってくれたことは本当によかった。数年に及んだ家庭内でのフェミニズム教育&バトルが、する方もされる方もいかにハードだったか……。本人たちはすっかり忘れていたけれど、こうして毎週記録されていた！　これが読者のみなさんにとっても、それなりに意味のあるものとして読まれることを願うばかりです。

しかしそうやって日々ジェンダー教育を受け続けたぼくは今や「その主張は君が忌み嫌うミソジニー的思想をそっくりそのまま反転させただけのものではないか！」などと彼女の中のマッチョ志向を看破しネチネチと指摘する立派な戦士となりました。

戦士となった夫と、バズっているジェンダーの話題を議論するのはとても楽しいです。夫へのフェミニズム教育の成功に味を占め、わたしが愛するもう一人の男性、父憲治と、いつか『お父さんのためのフェミニズム講座』をやりたいなぁとたくらんでいたのですが、せっかちらしく早々とあの世へ行ってしまいました。毎週「ａｎ・ａｎ」を買って連載を楽しみに読んでくれていた父に、この本を捧げます。エッセイのなかで、在りし日の父やチチモと再会できたことが、なによりうれしかった。

連載中はマガジンハウスの中西陽子さんに、単行本化の際は瀬谷由美子さんに、そして文庫化では筑摩書房の許士陽子さんに、大変お世話になりました。『娘と私』のちくま文庫のカバーが好きすぎて、筑摩書房から本を出せるならばと全面的なオマージュを熱望し、タイトルも寄せ、イラストは河村怜さんに、デザインは宇都宮三鈴さんのコンビに登板いただきました。注文の多い著者の希望を叶えてくれて、本当に感謝です。そして本書を手に取ってくださった読者のみなさんに、心からのありがとうを。

二〇二四年一月

山内マリコ

引用文中には、今日の人権感覚に照らして差別的ととられかねない箇所があります。しかし、作者が故人であることや、執筆当時の時代背景を考え、原文のままとしました。

娘と私　獅子文六
文豪、獅子文六が作家としても人間としても激動の時間を過ごした昭和初期から戦後、愛娘の成長とともに自身の半生を描いた亡き妻に捧げる自伝小説。

青空娘　源氏鶏太
主人公の少女、有子が不遇な境遇から幾多の困難にぶつかりながらも健気にそれを乗り越え希望を手にする日本版シンデレラ・ストーリー。（山内マリコ）

ことばの食卓　武田百合子　野中ユリ・画
なにげない日常の光景やキャラメル、枇杷など、食べものに関する昔の記憶と思い出を感性豊かな文章で綴ったエッセイ集。（種村季弘）

新版 いっぱしの女　氷室冴子
時を経てなお生きる言葉のひとつひとつが、呼吸を楽にしてくれる――。大人気小説家・氷室冴子の名作エッセイ、待望の復刊！（町田そのこ）

向田邦子ベスト・エッセイ　向田邦子　向田和子編
いまも人々に読み継がれている向田邦子。その随筆の中から、家族、食、生き物、こだわりの品、旅、仕事、私……、といったテーマで選ぶ。（角田光代）

遠い朝の本たち　須賀敦子
一人の少女が成長する過程で出会い、愛しんだ文学作品の数々を、記憶に深く残る人びとの想い出とともに描くエッセイ。（末盛千枝子）

わたしは驢馬に乗って下着をうりにゆきたい　鴨居羊子
新聞記者から下着デザイナーへ。斬新で夢のある下着を世に送り出し、下着ブームを巻き起こした女性起業家の悲喜こもごも。（近代ナリコ）

矢川澄子ベスト・エッセイ 妹たちへ　矢川澄子　早川茉莉編
澁澤龍彦の最初の夫人であり、孤高の感性と自由な知性の持ち主であった矢川澄子。その作品に様々な角度から光をあて織り上げる珠玉のアンソロジー。

ねにもつタイプ　岸本佐知子
何となく気になることにこだわる、ねにもつ。思索、奇想、妄想はばたく脳内ワールドをリズミカルな名短文でつづる。第23回講談社エッセイ賞受賞。

明治・大正・昭和 不良少女伝　平山亜佐子
すれっからしのバッド・ガールたちが、魔都・東京を跋扈する様子を生き生きと描く。自由を追い求めた近代少女の真実に迫った快列伝。（井上章一）

真似のできない女たち　山崎まどか

彼女たちの真似はできない、しかし決して「他人」でもない。シンガー、作家、デザイナー、女優……唯一無二で炎のような女性たちの人生を追う。

他人《ひと》のセックスを見ながら考えた　田房永子

人気の漫画家が、かつてエロ本ライターとして取材した風俗やAVから、テレビやアイドルに至るまで、男女の欲望と快楽を考える。（樋口毅宏）

こちらあみ子　今村夏子

あみ子の純粋な行動が周囲の人々を否応なく変えていく。第26回太宰治賞、第24回三島由紀夫賞受賞作。書き下ろし「チズさん」収録。（町田康／穂村弘）

貧乏サヴァラン　森茉莉　早川暢子編

オムレット、ボルドオ風茸料理、野菜の牛酪煮……。食いしん坊茉莉は料理自慢。香り豊かな〝茉莉ことば〟で綴られる垂涎の食エッセイ。文庫オリジナル。

泥酔懺悔　朝倉かすみ、中島たい子、瀧波ユカリ、平松洋子、室井滋、中野翠、西加奈子、山崎ナオコーラ、三浦しをん、大道珠貴、角田光代、藤野可織

泥酔せずともお酒を飲めば酔っ払う。お酒の席は飲める人には楽しく、下戸には不可解。お酒を介した様々な光景を女性の書き手が綴ったエッセイ集。

るきさん　高野文子

のんびりしていてマイペース、だけどどっかヘンテコな、るきさんの日常生活って？　独特な色使いが光るオールカラー。ポケットに一冊どうぞ。

注文の多い注文書　小川洋子　クラフト・エヴィング商會

バナナフィッシュの耳石、貧乏な叔母さん、小説に隠された〈もの〉をめぐり、二つの才能が火花を散らす。贅沢で不思議な前代未聞の作品集。（平松洋子）

ロシア文学の食卓　沼野恭子

前菜、スープ、メイン料理からデザートや飲み物まで。「食」という観点からロシア文学の魅力に迫る読書案内。カラー料理写真満載。（平松洋子）

杏のふむふむ　杏

連続テレビ小説「ごちそうさん」で国民的な女優となった杏が、それまでの人生を、人との出会いをテーマに描いたエッセイ集。（村上春樹）

色を奏でる　志村ふくみ・文　井上隆雄・写真

色と糸と織――それぞれに思いを深めて織り続ける染織家にして人間国宝の著者の、エッセイと鮮かな写真が織りなす豊醇な世界。オールカラー。

遊覧日記
武田百合子
武田花・写真

行きたい所へ行きたい時に、つれづれに出かけてゆく。一人で。または二人で。あちらこちらを遊覧しながら綴ったエッセイ集。（巖谷國士）

おいしいおはなし
高峰秀子編

向田邦子、幸田文、山田風太郎……著名人23人の美味な思い出。文学や芸術にも造詣が深かった往年の大女優・高峰秀子が厳選した珠玉のアンソロジー。

この話、続けてもいいですか。
西加奈子

ミッキーこと西加奈子の目を通すと世界はワクワク、ドキドキ輝く。いろんな人、出来事、体験がてんこ盛りの豪華エッセイ集！（中島たい子）

買えない味
平松洋子

一晩寝かしたお芋の煮っころがし、土瓶で淹れた番茶、風にあてた干し豚の滋味……日常の中にこそある、おいしさを綴ったエッセイ集。（中島京子）

甘い蜜の部屋
森茉莉

天使の美貌、無意識の媚態。薔薇の蜜で男たちを溺れ死なせていく少女モイラと父親の濃密な愛の部屋。稀有なロマネスク。（矢川澄子）

紅茶と薔薇の日々
森茉莉
早川茉莉編

天皇陛下のお菓子に洋食店の味、庭に実る木苺……森鷗外の娘にして無類の食いしん坊、森茉莉が描く懐かしく愛おしい美味の世界。（辛酸なめ子）

贅沢貧乏のお洒落帖
森茉莉
早川茉莉編

鷗外見立ての晴れ着、巴里の香水……江戸の粋と巴里のエレガンスに彩られた森茉莉のお洒落。全集未収録作品を含む宝石箱アンソロジー。（黒柳徹子）

パスティス
中島京子

漱石も太宰もケストナーもベケットも鮮やかに変身！　珠玉のパスティーシュ小説集が「あとがき」という名の新作を加え待望の文庫化。（清水義範）

最高殊勲夫人
源氏鶏太

野々宮杏子と三原三郎は家族から勝手な結婚話を迫られるも協力してそれを回避する。しかし徐々に惹かれ合うお互いの本当の気持ちは……。（千野帽子）

コーヒーと恋愛
獅子文六

恋愛は甘くてほろ苦い。とある男女が巻き起こす恋模様をコミカルに描く昭和の傑作が、現代の「東京」によみがえる。（曽我部恵一）

断髪女中
獅子文六
山崎まどか編
新たに注目を集める獅子文六作品で、表題作「断髪女中」を筆頭に女性が活躍する作品にスポットを当てた文庫初収録作を多数含むオリジナル短篇集。

聖女伝説
多和田葉子
少女は聖人を産むことなく自身が聖人となれるのか？ 著者の代表作にして性と生と聖をめぐる少女小説の傑作がいま蘇る。書き下ろしの外伝を併録。

君は永遠にそいつらより若い
津村記久子
22歳処女。いや「女の童貞」と呼んでほしい――。日常の底に潜むうっすらとした悪意を独特の筆致で描く。第21回太宰治賞受賞作。（松浦理英子）

とりつくしま
東直子
死んだ人に「とりつくしま係」が言う。モノになってこの世に戻れますよ。妻は夫のカップに弟子は先生の扇子になった。連作短篇集。（大竹昭子）

ラピスラズリ
山尾悠子
言葉の海が紡ぎだす、〈冬眠者〉と人形と、春の目覚めの物語。不世出の幻想小説家が20年の沈黙を破り発表した連作長篇。補筆改訂版。（千野帽子）

歪み真珠
山尾悠子
「歪み真珠」すなわちバロックの名に似つかわしい絢爛で緻密、洗練を極めた作品の数々。読んだらきっと虜になる美しい物語の世界へようこそ。（諏訪哲史）

マッカラーズ短篇集
カーソン・マッカラーズ
ハーン小路恭子編訳
西田実訳
再評価が進むマッカラーズの短篇集。奇妙な片思いが連鎖する「悲しき酒場の唄」をはじめ、異質な存在とクィアな欲望が響きあう触発の物語8篇を収録。

オーランドー
ヴァージニア・ウルフ
杉山洋子訳
エリザベス女王お気に入りの美少年オーランドー、ある日目をさますと女になっていた――4世紀を駆ける万華鏡ファンタジー。（小谷真理）

氷
アンナ・カヴァン
山田和子訳
氷が全世界を覆いつくそうとしていた。私は少女の行方を必死に探し求める。恐ろしくも美しい終末のヴィジョンで読者を魅了した伝説的名作。

82年生まれ、キム・ジヨン
チョ・ナムジュ
斎藤真理子訳
キム・ジヨンの半生を振り返り、女性差別を描き絶大な共感を得たベストセラー、ついに文庫化！ 累計29万部。（伊東順子／ウンユ）

ワイルドサイドをほっつき歩け　ブレイディみかこ

不器用だけど愛すべきおっさんたちへの祝福に満ちた笑って泣けるエッセイ21篇。第2章は解説篇。累計12万部。推薦文＝國分功一郎　（梯久美子）

難民高校生　仁藤夢乃

DV被害、リストカット、自殺未遂を繰り返す仲間たちとともに、渋谷で毎日を過ごしていた著者が居場所を取り戻すまで。大幅に追記。　（小島慶子）

隣のアボリジニ　上橋菜穂子

大自然の中で生きるイメージとは裏腹に、町で暮らすアボリジニもたくさんいる。そんな「隣人」アボリジニの素顔をいきいきと描く。　（池上彰）

翻訳教室　鴻巣友季子

「翻訳をする」とは一体どういう事だろう？　第一線の翻訳家とその母校の生徒達によるとっておきの超・入門書。スタートを切りたい全ての人へ。

昭和の洋食　平成のカフェ飯　阿古真理

小津安二郎『お茶漬の味』から漫画『きのう何食べた？』まで、家庭料理はどのように描かれてきたか。食と家族と社会の変化を読み解く。　（上野千鶴子）

増補　戦う姫、働く少女　河野真太郎

ジブリの少女たちやディズニープリンセスは何と戦ったのか。現代社会の問題をポップカルチャーから読みとく新しい文芸批評。大幅増補で文庫化！

加害者は変われるか？　信田さよ子

家庭という密室で、DVや虐待は起きる。「普通の人」がなぜ？　加害者を正面から見つめ分析し、再発を防ぐ考察につなげた、初めての本。（牟田和恵）

ファッションフード、あります。　畑中三応子

ティラミス、もつ鍋、B級グルメ……激しくはやりすたりを繰り返す食べ物から日本社会の一断面を切り取った痛快な文化史。年表付。　（平松洋子）

生きるかなしみ　山田太一編

人は誰でも心の底に、様々なかなしみを抱きながら生きている。「生きるかなしみ」と真摯に直面し、人生の幅と厚みを増した先人達の諸相を読む。

一本の茎の上に　茨木のり子

「人間の顔は一本の茎の上に咲き出た一瞬の花である」表題作をはじめ、敬愛する山之口貘等について綴った香気漂うエッセイ集。　（金裕鴻）

柴田元幸ベスト・エッセイ　柴田元幸編著

例文が異常に面白い辞書。名曲の斬新過ぎる解釈。そして工業地帯で育った日々の記憶。名翻訳家が自ら選んだ、文庫オリジナル決定版。

イギリスだより　カレル・チャペック旅行記コレクション　カレル・チャペック　飯島周編訳

風俗を描かせたら文章も絵もピカ一のチャペック。イングランド各地をまわった楽しいスケッチ満載で、今も変わらぬイギリス人の愛らしさが冴える。

ピスタチオ　梨木香歩

棚（たな）がアフリカを訪れたのは本当に偶然だったのか。不思議な出来事の連鎖から、水と生命の壮大な物語「ピスタチオ」が生まれる。（管啓次郎）

絶叫委員会　穂村弘

町には、偶然生まれては消えてゆく無数の詩が溢れている。不合理でナンセンスで真剣だからこそ可笑しい、天使的な言葉たちへの考察。（南伸坊）

亜土のおしゃれ料理　水森亜土

食べることが大好きなアドちゃんが楽しいイラストとキャッホー！ヤッホー！の愉快な文章で贈るアド流いいかげんレシピ集。（はらぺこめがね）

ベランダ園芸で考えたこと　山崎ナオコーラ

ドラゴンフルーツ、薔薇、ゴーヤーなど植物を育て、生と死を見つめた日々。『太陽がもったいない』を改題、書き下ろしエッセイを新収録！（藤野可織）

Ai　ジョン・レノンが見た日本　ジョン・レノン絵　オノ・ヨーコ序

ジョン・レノンが、絵とローマ字で日本語を学んだスケッチブック。「おだいじに」「毎日生まれかわります」などジョンが捉えた日本語の新鮮さ。

沈黙博物館　小川洋子

「形見じゃ」老婆は言った。死の完結を阻止するために形見が盗まれる。死者が残した断片をめぐるやさしくスリリングな物語。（堀江敏幸）

内田百閒アンソロジー　小川洋子と読む　内田百閒　小川洋子編

「旅愁」「冥途」「旅順入城式」「サラサーテの盤」……今も不思議な光を放つ内田百閒の小説・随筆24篇を、百閒をこよなく愛する作家・小川洋子と共に。

無限の玄／風下の朱　古谷田奈月

死んでは蘇る父に戸惑う男たち、魂の健康を賭けて野球する女たち――赤と黒がツイストする三島賞受賞作かつ芥川賞候補作が遂に文庫化！（仲俣暁生）

ちくま文庫

結婚《けっこん》とわたし

二〇二四年二月十日　第一刷発行

著　者　山内マリコ（やまうち・まりこ）
発行者　喜入冬子
発行所　株式会社　筑摩書房
東京都台東区蔵前二―五―三　〒一一一―八七五五
電話番号　〇三―五六八七―二六〇一（代表）
装幀者　安野光雅
印刷所　星野精版印刷株式会社
製本所　株式会社積信堂

ISBN978-4-480-43910-9 C0195